書くことはレジスタンス

第二次世界大戦と
イギリス女性作家たち

河内　恵子　編著

麻生えりか
生駒　夏美
遠藤不比人
松本　朗
原田　範行
秦　邦生　著

音羽書房鶴見書店

目次

序 …… 河内恵子 3

第一章 暴力を描くこと、小説を書くこと

『歳月』、『幕間』、ヴァージニア・ウルフの晩年 …… 麻生えりか 13

第二章 覇権の脱構築

レベッカ・ウェストのフェミニスト戦争論 …… 生駒夏美 48

第三章 不在の戦争の言語的形象

『日ざかり』における空間と時間 …… 遠藤不比人 81

第四章 永遠の訪れ人の美学

戦争を書くスティーヴィー・スミス …… 河内恵子 108

第五章 難民と英文学

オリヴィア・マニングのバルカン三部作と後期モダニズム …… 松本朗 153

第六章　ユーモアの居場所
戦後社会とエリザベス・テイラーのヒロインたち……原田　範行　186
第七章　『ミニヴァー夫人』と『日ざかり』から『夜愁』へ
第二次世界大戦の映像化と女性作家たちからの貢献……秦　邦生　212
あとがき……原田　範行　241
［以下巻末左開］
索引……250
執筆者略歴……252

書くことはレジスタンス*

——第二次世界大戦とイギリス女性作家たち

＊Elizabeth Bowen, *The Demon Lover and Other Stories* の "Postscript" に書かれている 'I wonder whether in a sense all war-time writing is not resistance writing?' という言葉に依拠している。

序

河内　恵子

第二次世界大戦の規模を厳密に定めることは困難だ。マリナ・マッケイの指摘によると、イギリス人にとっては、ドイツがポーランドに侵攻した一九三九年九月一日の二日後に戦争が始まり、アメリカ合衆国が広島と長崎に原子力爆弾を投下した後、日本が降伏した一九四五年八月一五日（正式な調印は九月二日）に終わった(Mackay, *Cambridge Companion to the World War II* 1-9)。また、一九三九年九月に始まったとはいえ、一九四〇年四月上旬まで、この戦争の中心勢力であるドイツとイギリスとの間で本格的な戦闘が展開されない状態が続いたので「奇妙な戦争」あるいは「いかさま戦争」と称されることもある（村岡・木畑　三一九）。アメリカは日本によって真珠湾攻撃を受けた一九四一年一二月八日を開戦日と捉えている。また、極東では一九三〇年代に日本が中国に侵攻した時に大戦はすでに始まっていた、と考えることも可能だ。一九四五年にドイツと日本が無条件降伏したとはいえ日独伊枢軸と戦ったいくつかの国々では、終戦という解放は内戦への序章となった。また、連合国として共に戦ったアメリカ合衆国とソビエト社会主義共和国連邦はたもとを分かち、第二次世界大戦の終結は冷戦の始まりへと繋がっていく。

このように第二次世界大戦が公式の年代日時の枠組《パラメーター》みを大きく超えていることについてE・M・フォースタ

ーは「他の地域ではより早く始まっていたとしても、イギリスでは一九三九年に始まった戦争は、今でも続いている」と一九五一年に記した (Forster xiii)。また、時間的にだけではなく空間的にも第二次世界大戦は枠組《パラメーター》みを超えている。戦争は多くの国々や地域で戦われた。海、陸、砂漠、ジャングルというようにさまざまな空間が戦場となった。エリザベス・ボウエンが「地図の端々を飛び出る」と称したようにこの戦争はまさに世界的《グローバル》でその地理的範囲を決定することは不可能だった (Bowen, *The Heat of the Day* 298)。

甚大な犠牲者を出した第一次世界大戦後、イギリス全体が喪に服すかのようで、歴史家D・キャナダインが指摘するように「戦中間時代のイギリスは死にとらわれて」おり犠牲者を弔う建造物が築かれ、悲しみの儀式が形作られた (Cannadine 189, 219, 232)。戦中間期の前半にあたる一九二〇年代には第一次世界大戦に関係する夥しい数の作品が発表され、その中にドロシー・リチャードソンやヴァージニア・ウルフ等によるモダニズム文学を含むことができる。戦中間期後半の一九三〇年代は不況による失業や貧困といった社会問題や台頭してきたファシズムと対峙することが余儀なくされた時代であった。知識人や作家たちの政治的コミットメントが深まり、社会的・政治的な問題意識にあふれた文化活動が活発に展開された。また、この時代には、第一次世界大戦中拡がった女性たちのさまざまな活動領域が戦前の体制に戻っていく傾向がみられた。戦場から戻った男性たちに職場を返し、彼女たちの多くは家庭へと戻っていったのだ。父権社会の復活である。この傾向は第二次世界大戦時にもみられた。

女性の就業率が上昇したことは、第一次世界大戦の場合と同様であり、機械産業や金属産業などの軍需産業や、中央・地方の公務員などへの大量就業を中心に、就業数がピークであった一九四三年には約七七五万人の女性が職についていた。

ただし、第一次世界大戦の場合とおなじく、戦争中に職についた女性の多くは、戦争末期から戦後にかけて家庭にもどっていき、社会と家庭における男女の社会的役割の差別に戦争はそれほど大きな変化はもたらさなかった。また男性と女性のあいだの賃金格差は縮小したものの、それはわずかな割合でしかなかった。（村岡・木畑 三三三—三四）

ギル・プレインも指摘している。「戦争は父権社会の終焉ではなく再生とみなされるべきだ。一九三〇年から一九五〇年のあいだに、古い父権社会の衰微、戦争というアポカリプス、それから新たなる父権社会の誕生というサイクルが描かれた。しかし、新しい父権社会は古いそれと何ら変わっていない。変化は見られない」(Plain, *Women's Fiction of the Second World War: Gender, Power and Resistance* 28)

しかし、驚くべきことに、第二次世界大戦は多くの読者を生んだ。多くの作品が書かれ、読まれた。そのほとんどが消えてしまったが。ジェニー・ハートレイが論じているように、「戦争中であっても年間千作以上の新しいアダルトフィクションが書かれており、『タイムズ文芸サプリメント』は毎週多くの新しい小説の書評を出さねばならなかった。例えば、一九四三年二月六日には一二本の新しい小説と六本の新しい探偵小説が批評の対象となったが、この数字は大戦前一九三七年の同日の小説一〇本と探偵小説五本とほとんど同じ数だ」(Hartley 6)。また、スティーヴィー・スミスは戦争中 *Modern Woman* に一ヶ月に一四作品の書評を執筆したと記録されている (Spalding 169)。紙の材質は悪く、装丁は単純で一回の刷り部数は少なかったが、多くの作品が書かれ多くの人たちが読んだ。戦争初期こそ現実的な戦闘が不在の「奇妙な戦争」であったかもしれないが、一九四〇年、四一年のドイツ軍による空襲以降、イギリス国内の人びとは食料品の配給制、灯火管制、防空壕での避難生活等、不自由を強いられた。このような生活からの逃避願望を満たす役割を読書は担っていた。また、マス・オブザヴェイション[1]が示すとおり、読書は、やはり戦争中に人気の高かった映画とともに事実を伝える手段して重要な役割を果たしていた。「フィクションのかたちで事実が伝えられている書物や映画」は六年にわたる戦争期間を生きる人びとを支えていた。

このような状況において、すなわち戦争というアポカリプスの時代において、女性作家たちは如何に活動していたのだろうか。

戦争直前、戦争中、そして戦後に創作活動していた女性作家たちの作品には男性の歴史《マスキュリン・ヒストリー》の恣意的な枠組みへの拒絶がみられる。（中略）戦前の抵抗から戦後の悲嘆と再調整に至るまで、女性作家たちと第二次世界大戦の関わりは歴史が規定する六年間という時間を大きく超えている。それゆえに、戦争とジェンダーの関係は決して単純なものではない。一九三〇年代後半、女性作家たちは戦争を起こした責任がある支配的なパワー・ストラクチャーに挑戦しようとしたが、戦争の勃発と戦争に伴うさまざまな経験がパワー・ストラクチャーを転覆させるよりも戦争を生き延びることを重要視する姿勢を生み出した。戦争と女性たちとの複雑な関係は国家の団結という見せかけの装いの下で抑圧され隠蔽された。(Plain 20)

しかしこの見せかけの一体感のもとで、「書くこと」によって真摯に戦い続けた女性作家たちが存在していた。

ジェニー・ハートレーがまとめているように「第二次世界大戦期のイギリス女性作家たちのフィクションは多種多様である。さまざまな物語が、時には一度に複数の物語が語られる」(Hartley 14)。エリザベス・ボウエンは「戦争時代のすべての作品はレジスタンスでは?」と語った。『書くことはレジスタンス――第二次世界大戦とイギリス女性作家たち』はそれぞれの立ち位置で自らに課したレジスタンスを戦った女性作家たちについて論じている。つまり戦争という破壊の時空をレジスタンスによって創造の時空へと変えた女性作家たちの力について考察している。彼女たちのレジスタンスの対象はパワー・ストラクチャーであったり、戦争という事態であったり、歴史そのものであったり、自分たち自身の生きかたであったりした。一つ一つのレジスタンスが一つ一つのフィクションを創った。

二〇一一年に『西部戦線異状あり――第一次世界大戦とイギリス女性作家たち』[2]を上梓して以来、第二次世界大戦を生き、書いた、女性作家たちについて考えたいと思っていたが、二〇二一年の日本英文学会シンポジアムがきっかけとなり、ようやくじっくりと取り組むことができた。それぞれの論者は、自らがもっとも強い関心を抱いている作家の世界を第二次世界大戦との関わりを軸に論じた。第一章「暴力を描くこと、小説を書くこと――『歳月』、『幕間』、ヴァージニア・ウルフの晩年」(麻生えりか)はウルフの晩年の二作品を詳細に検討することで彼女の「精神の闘い」の凄まじさを伝えている。第二章「覇権の脱構築――レベッカ・ウェストのフェミニスト戦争論」(生駒夏美)ではウェストの『兵士の帰還』(一九一八)と第二次世界大戦後のいくつかの法廷レポートと『鳥たちの落下』(一九六六)を題材にさまざまな価値観の闘争とその中で翻弄される個人の在り方が描かれる。第三章「不在の戦争の言語的形象――『日ざかり』における空間と時間」(遠藤不比人)

は真の戦争文学において戦争は不在であるというパラドクスについてエリザベス・ボウエンの作品を題材に論じる。第四章「永遠の訪れ人の美学――スティーヴィー・スミスの戦争物語」(河内恵子)は『黄色の紙に書かれた小説』『境界を越えて』『休暇』の三作品で描写される女性の生きずらさを戦争というエネルギーの奔流との関連で考察している。第五章「難民と英文学――オリヴィア・マニングのバルカン三部作と後期《レイト》モダニズム」(松本朗)は第二次世界大戦時の難民が表象されるバルカン三部作を詳細に分析することによってヨーロッパ文学における難民の在り方を探り、また、作者マニングを後期《レイト》モダニズムに位置づけることによって戦争、難民、文学というテーマに挑戦している。第六章「ユーモアの居場所――戦後社会とエリザベス・テイラーのヒロインたち」(原田範行)はテイラーが描いた日常生活の寂寥や不安とそこから抜け出す力となるユーモアをさまざまな作品をとおして具体的に示し、戦争と戦後社会を生きる術を伝えた彼女の作品の奥深さを伝える。最終章「『ミニヴァー夫人』と『日ざかり』から『夜愁』へ――第二次世界大戦の映像化と女性作家たちからの貢献」(秦邦生)は第二次世界大戦における女性たちの経験を女性作家たちと映像表現という観点から論じながら、芸術と「可視性・不可視性」の問題に切り込んでいく。

イギリス小説を研究対象とする執筆者たちはそれぞれの観点から自らが選択した女性作家たちの第二次世界大戦を論じた。当然のことながら、第二次世界大戦を生き、書いたすべての女性作家をここで扱ったわけではない。今回の研究をとおしてとりわけドロシー・L・セイヤーズ (Dorothy L. Sayers)、ストーム・ジェイムソン (Storm Jameson)、ナオミ・ミチソン (Naomi Michison)、ロザマンド・レーマン (Rosamund Lehmann) 等の重要性を確認できた。これらの作家たちの作品世界についてはまたの機会に論じてみたい。

エリザベス・ボウエンは戦争中の作家と読者について書いている。

よく知られていることだが、すべての人たちは以前より多く本を読んだ。古い本であれ、新しい本であれ、人びとは本のなかに個人的な生活を伝えるものを探していた。肉体的にだけではなく精神的に生きのびることがもっとも重要なのだ。住居を吹き飛ばされた人たちは瓦礫から——壊れた飾り物、片方だけ残った靴、部屋に掛けられていたカーテンの切れ端—といった自分自身の一部を徹底的に集める。同じように、人びとは物語や詩や自らの記憶やお互いの話から自分たち自身を集めて確認する。(中略)この時代のすべての作家はひとりひとりの人間の個人的な叫びに気づいていた。そして作家はひとりひとりの人間が自らの運命を確認することができるあらゆる物やイメージや場所や愛や記憶の断片に熱く執着することに気づいていた。(Bowen, "Postscript" to *The Demon Lover and Other Stories* 193–94)

今回の論集において扱った女性作家たちはひとりひとりの人間の叫びにきわめて敏感であった。彼女たちの熱い執着心は「破壊することができる世界の破壊することができない道標《ランドマーク》」となって私たち執筆者を鼓舞し続けた。

注

1　詩人・ジャーナリストであったチャールズ・マッジ (Charles Madge) と鳥類学と人類学の研究者であったトム・ハリソン (Tom Harrison) と写真家・映画製作者ハンフリー・ジェニングズ (Humphrey Jennings) が一九三七年に設立した組織。さまざまな場所での人びとの行動や会話を観察し記録する調査員と組織から送られてくる質問事項に答える協力者と日記をつけて送付する協力者からなり、イギリスの一般の人びとの考え方を体系的に把握して発表することによって、人びとの生活状況への政府の関心の増大を促そうとする一種の社会運動であった。第二次世界大戦が勃発すると、マス・オブザヴェイションは戦争がイギリス国民の生活を如何に変えていくか観察していた。この仕事に着目したイギリス政府は、人びとの意識に関する報告書を情報省に定期的に提出するように要請した。マッジは元来政府に対する批判的姿勢をもって出発した組織が政府とのつながり持つことに反対し、また、自らの社会経済学の研究のためマス・オブザヴェイションを去った。ジェニングズは戦争のドキュメンタリーフィルムの仕事のためマス・オブザヴェイションを離れた。残ったハリソンが中心になって、政府との協力関係を保ちつつ、戦争中多くの資料が集められた。膨大な観察記録のうち公刊されたものは僅かだが、戦争当時のイギリスの人びとの意識や生活については多くの情報が得られる。マス・オブザヴェイションについての説明と第二次世界大戦中の情報についてはHarrison と Noakes、並びに村岡・木畑を参照にした。

2　河内『西部戦線異状あり——第一次世界大戦とイギリス女性作家たち』ではドロシー・リチャードソン、レベッカ・ウエスト、ヴァージニア・ウルフ、キャサリン・マンスフィールド、メイ・シンクレア、ヴェラ・ブリテン、ラドクリフ・ホール、ヘレン・ゼナ・スミスを取り上げた。

文献表

Bowen, Elizabeth. *The Demon Lover and Other Stories*. Jonathan Cape, 1947.

——. *The Heat of the Day*. Edward Arnold, 1972.

Cannadine, David. 'War and Death, Grief and Mourning in Modern Britain'. *Mirrors of Mortality: Studies in Social History of Death*, 187–242.

Forster, E. M. 'Prefatory Note'. *Two Cheers for Democracy*. Edward Arnold, 1972, xiii–xiv.

Deer, Patrick. *Culture in Camouflage: War, Empire and Modern British Literature*. Oxford UP, 2009.

Harrison, Tom. *Living through the Blitz*. Collins, 1976.

Hartley, Jenny. *Millions Like Us: British Women's Fiction of the Second World War*. Virago, 1997.

Ingram, Angela and Daphne Patai, eds. *Rediscovering Forgotten Radicals: British Women Writers 1889–1939*. North Carolina UP, 1993.

Joannou, Maroula, ed. *Women Writers of the 1930s: Gender, Politics and History*. Edinburgh UP, 1999.

Klein, Holger, John Fowler and Eric Homberger, eds. *The Second World War in Fiction*. Macmillan, 1984.

Lassner, Phyllis. *British Women Writers of World War II: Battlegrounds of their Own*. Macmillan, 1998.

MacKay, Marina. *Modernism and World War II*. Cambridge UP, 2007.

——, ed. *Cambridge Companion to the World War II*. Cambridge UP, 2009.

McLoughlin, Kate, ed. *Cambridge Companion to War Writing*. Cambridge UP, 2009.

Montefiore, Janet. *Men and Women Writers of the 1930s: The Dangerous Flood of History*. Routledge, 1996.

Noakes, Lucy. *War and the British: Gender and National Identity, 1939–91*. I. B. Tauris, 1998.

Plain, Gill. *Women's Fiction of the Second World War: Gender, Power, and Resistance*. Edinburgh UP, 1996.

——. 'Women's Writing in the Second World War'. *The History of British Women's Writing, 1920–1945*. Ed. Maroula Joannou. Macmillan, 2015, 233–49.

Rawlinson, Mark. *British Writing of the Second World War*. Oxford UP, 2000.

Schneider, Karen. *Loving Arms: British Women Writing the Second World War*. Kentucky UP, 1997.

Spalding, Frances. *Stevie Smith: A Biography*. Norton, 1991.

Stewart, Victoria. *Women's Autobiography: War and Trauma*. Macmillan, 2003.

Taylor, D. J. *Lost Girls: Love, War and Literature 1939–1951*. Constable, 2020.
Wade, Francesca. *Square Haunting: Five Women, Freedom and London between the Wars*. Faber, 2020.
Whaley, Joachim, ed. *Mirrors of Mortality: Studies in the Social History of Death*. Europa Publications, 1981.
河内恵子編著『西部戦線異状あり——第一次世界大戦とイギリス女性作家たち』慶應義塾大学出版会、二〇一一。
霜鳥慶邦『百年の記憶と未来への松明《トーチ》——二十一世紀英語圏文学・文化と第一次世界大戦の記憶』松柏社、二〇二〇。
村岡健次・木畑洋一編『世界歴史大系　イギリス史3　近現代』山川出版社、二〇〇四。

第一章

暴力を描くこと、小説を書くこと
――『歳月』、『幕間』、ヴァージニア・ウルフの晩年

麻生　えりか

はじめに　戦争とウルフの小説

現代イギリスの戦争文学研究を牽引する批評家マリーナ・マッケイは、第一次世界大戦（一九一四―一八）の現代性は「戦争経験の無定形さ」、つまり戦争経験を写実的に描くことの不可能性にあると指摘する。戦車や飛行機、毒ガスといった最新兵器が導入された結果、ヨーロッパ各地での戦闘が泥沼化したこの戦争は、兵士のみならず一般市民を巻き込んで四年の長きにわたって続いた。それまでの戦争文学作品は特定の場所での戦いを見たままに描くものが主流だったが、法外な破壊力と影響力をもつ大戦を経験したモダニストたちは、戦争を「間接的かつ内面的に」(MacKay, *Modernism and World War II* 8) 描くようになった。彼／女らは、実際の戦線（バトル・フロント）に赴いた人たちだけでなく、銃後（ホーム・フロント）で戦争を経験した人びとの心の内を描くことで、無定形な戦争経験の「社会的、認識論的、心理的意味」(MacKay 7) を追求し、戦争小説の領域を拡大したといえる。

従来の戦争観を男性優位主義的な歴史観の産物だとみなすマーガレット・ヒゴネットとパトリス・ヒゴネットは、男性中心主義的な戦争の言説に「他者」として無視、あるいは軽視されてきた女性の視点から二度の世界大戦をとらえなおす必要性を唱える (38)。それは、戦場での男性兵士や野戦病院での女性看護師の経験にとどまらず、より広い時空間で戦争を経験する男女の多様な感情を包含する経験として戦争を理解することである。

女性の戦争経験は、従来の歴史認識とは異なる時間的スパンをもつ。それは公式の戦争開始以前に始まり、戦後も長く続く。男性優位主義的な歴史は明確に定義できる事件としての戦争を強調するが、女性の時間はベルクソンの言う「持続」の概念をより強く反映している。(中略)フェミニストの視点から戦時の「時間」を修正すれば、戦争の歴史は男性と女性のより広範な経験を知覚できるようになる。歴史の時間についていえることは、歴史の空間についてもあてはまる。私たちは軍事化された前線、あるいは国家や組織によって定められた場所で起きる例外的で特別な出来事の向こうにある、私的な領域と心の風景を歴史に含めるべきである。(Margaret Higonnet and Patrice Higonnet 46)

戦争の時空間を「私的な領域と心の風景」に結びつけるという課題に取り組んだイギリスのモダニスト作家の一人がヴァージニア・ウルフ (Virginia Woolf, 1882–1941) である。彼女は、フェミニストとして文学に戦争をいかに書くべきか、書けるのか、という問いと向き合いながら二度の世界大戦を小説に描いた。

ヴィクトリア朝後期の一八八二年にロンドンの上層中流階級の家に生まれたウルフは、第一次世界大戦中の一九一五年に『船出』を出版し小説家としてデビューした。彼女は長編小説のほか、短編小説、伝記、エッセイ、書評と、幅広いジャンルの作品を残したが、とりわけエッセイにおいてモダニスト、フェミニスト、パシフィスト（平和主義者）としての自らの主張を明確に表明した。モダニストとしての彼女は「現代の小説」（一九一九）、「ベネット氏とブラウン夫人」（一九二四）において、人間の意識の流れをそのままに描く実験的な小説を擁護した。フェミニストとしては『自分ひとりの部屋』（一九二九）で、女性が「小説ないし詩を書くのであれば、年収五百ポンドとドアに鍵のかかる部屋が要る」（一八一）と述べ、女性の経済的自立の必要性を強調した。晩年はフェミニストかつパシフィストとして、『三ギニー』（一九三八）において家父長制と戦争の共犯関係を批判し、男性社会のアウトサイダーである中流階級の女性たちが戦争阻止に向けて担う役割を説いた。ウルフは一三歳で母を亡くした直後から精神疾患を患っていたが、数度にわたる深刻な心身の不調と二度の自殺未遂を経て、第二次世界大戦さなかの一九四一年三月、サセックス州のウーズ川に入水して五九年の生涯を閉じた。彼女の作家人生は二度の世界大戦とその長い影とともにあったといっても過言ではない。

ウルフは第二次世界大戦が迫る一九三〇年代、極端な反ファシズムに傾きつつある読者に対していかに反戦と男女平等を訴えるかという課題に取り組んだ。本章では、晩年にあたる三〇年代にウルフがいかに戦争を小説に描いたかを、『歳月』（一九三七）と死後出版の『幕間』（一九四一）の二作品から考察する。そこには、エッセイにおけるような歯切れの良い主張の展開は見られない。世界情勢の混迷と緊張が高まる中、彼女はそれ以前にはそれほど重視していなかった社会的要素を取りこんで伝記やエッセイを著すようになっていたが、それ

1. モンクス・ハウス（イースト・サセックス州ロドメル村）でのヴァージニア・ウルフ（撮影年不詳）。1919 年以降、ウルフのおもな作品はここで執筆された。

でも「真実」を書くには小説がもっともふさわしいという考えを一貫してもっていた。[1]「真実が重要だというならば、私は（歴史ではなく）フィクションを書くほうを選ぶ」(Woolf, *The Pargiters* 9)。小説に対するウルフの強いこだわりは、清書を終えた小説『幕間』を大幅修正したい旨の手紙を死の直前に編集者に書き送ったことにも表れている (Woolf, *Letters VI*: 486)。自分たちが経験した、そしてまたしても経験しようとしている戦争の「真実」は、事実が多いエッセイではなく想像、創作の余地が大きいフィクション、つまり小説においてこそ書かれなければならない。なぜならそれによって読者が経験していないかもしれない戦争を自分のこととして想像し、戦争を阻止する道を探ることができるからだ、とウルフは考えていたのではないだろうか。第二次世界大戦中に命を絶ったウルフが「間接的かつ内面的に」小説に描いた戦争を読み取ることは、無定形な戦争経験が小説中の過去の日常だけでなく読者の現在の日常ともつながっていることを発見し、新たな目で戦争そのものを見直す契機になるだろう。まずはウルフが『歳月』と『幕間』を執筆していた三〇年代を振り返ってから、各小説における暴力と戦争の表象を見ていきたい。

一　一九三〇年代と暴力

ウルフにとって作品に戦争を書くことは、「戦争について書くことの意味について考える」ことだった(MacKay, *Modernism, War, and Violence* 141)。その晩年の小説は、日常の中にある一見ばらばらで取るに足らない出来事や状況が連鎖して戦争という大きな暴力を生みだすことを暴露する。それまで言語化されてこなかった暴力をすくいあげることで、戦争が特別な遠い出来事ではないこと、読者の日常にも戦争の芽が遍在することを示すウルフの小説は、読者に戦争観の修正をうながし、まさに「戦争について書く」、そしてそれを「読む」ことの意味を問いかける。セアラ・コールは、ウルフの小説では「瞠目すべき暴力の数々の挿話が枠にはめられ、かっこに入れられ、おおいかくされ、分散させられ、テクストの構造に吸収されている」と述べ、その間接的かつ多様な暴力表象を高く評価する(200)。『歳月』と『幕間』にはさまざまな角度から暴力と戦争が表象されており、晩年のウルフのライフワークは、いわば「文学的な暴力の美学の創造」(Cole 202)だったとさえいえる。

しかし、それはとてつもなく孤独な、大きな勇気を要する仕事だっただろう。一九二二年にイタリアでムッソリーニ、世界恐慌を経て三三年にドイツでヒトラー、三九年にスペインでフランコと、独裁者による政権が相次いで誕生し、三〇年代のヨーロッパは重苦しく不穏な空気に覆われていた。そのような中、多くのイギリス人は反ファシズムを掲げて左傾化し、文学者を含む若者たちが「ヒトラーとファシズムとの戦いの最後の前線」(Cole 211)と呼ばれたスペイン市民戦争（一九三六—三九）の戦場に赴いた。独裁者フランコが率いる反乱軍と戦う人民戦線政府軍に義勇兵や医療救護者として参加し命を落とした者の中には、ウルフの甥ジュリアン・ベルもいた。ウルフにとってさらに衝撃だったのは、三〇年代前半に流行した平和運動の推進者たちが戦争賛成に傾いていったこと、そして第一次世界大戦時に良心的兵役拒否を唱えた彼女の同志たちさえもが第二次世界大戦を「正義の戦争」として積極的に支持したことである。[2] もっとも身近な存在であるユダヤ人の夫レナードは、開戦後、ドイツ軍の侵攻に備える無給の市民軍である国土防衛軍（ホーム・ガード）に妻の反対を押しきって入隊しようとした (Lee 728) だけでなく、四〇年には著書『平和のための戦争』を出版して大戦におけるイギリスの役割を正当化した。イギリスがドイツ軍に降伏すればウルフ夫妻が拘束されるのは確実だったので、レナードの行動は正当防衛ともいえる。それでも平和実現のために暴力行使をもってファシズム打倒を叫ぶ「平和主義者」たちに賛同できないヴァージニアは、それまで味わったことのない孤独と絶望を深めていった (Zwerdling 288–89)。[3]

つまり一九三〇年代のイギリスは、戦争のパラドックスに陥っていたといえる。戦争のパラドックスとは、戦争という暴力を終わらせるために戦争という暴力手段に訴えることで暴力の連鎖がエスカレートしていく、つまり「平和が暴力に包摂されるというパラドックス」である。「戦争を終わらせるための戦争」だったはずの第一次世界大戦は大方の予想を裏切って長引いたばかりでなく、ヨーロッパの戦争はそれで終わらなかったし、二一世紀になっても世界各地で暴力の連鎖は続いている。このパラドックスの「循環構造に陥ることなく個人と暴力の関係を考察すること」(Cole 201) こそが、非暴力を支持する孤独なパシフィストとして三〇年代のウルフが自らに課した難題だった。

二　『歳月』――戦争小説らしくない戦争小説

中流階級のパージター家の人びとの五〇余年の歩みを追った年代記小説『歳月』執筆のウルフの出発点は、「女性の性的な生」(Woolf, *Diary* 4: 6) を描きたいという欲望だった。彼女は一九三一年の講演をもとにしたエッセイ「女性にとっての職業」（一九四二）において、女性作家が解決すべき課題を二つ挙げる。一つ目はヴィクトリア朝の女性の模範とされた自己犠牲的な「家庭の天使」を殺すことで、それは解決済みだと述べる。一方、女性の身体の経験を描くという二つ目の課題は未解決だという。「私自身の経験として身体の真実を語ることについては、私も解決できていません。（中略）女性作家が闘わなければならない亡霊は多く、克服しなければならない偏見もまだたくさんあります」(Woolf, 'Professions for Women' 144)。男性優位社会下の暴力ともいえるさまざまな圧力やタブーに屈しつつも違和感を抱き、抵抗する女性たち自身の「性」と「生」をいかに描くか。フェミニストのウルフは、暴力に遭遇しながら社会の周縁で生きる女性たちの「心の風景」を描くことでその方法を追求した。

ウルフは当初、小説部分とそれを解説するエッセイ部分とが交互に登場するエッセイ小説を構想していたが、冒頭の一章を書き上げた一九三三年二月にこの試みを断念し、仕切り直して年代記小説を書きはじめた (*Diary* 4: 146–47)。小説とエッセイ、つまりフィクションと事実のあいだで迷いながら書き進められた『歳月』は、エッセイ小説の着想からじつに六年以上を経て一九三七年三月に出版された。『パージター家の人びと』として一九七七年に出版されたエッセイ小説一章分の第一稿とその後の小説のタイプ原稿、そして最終稿との間の異動を詳細に分析したグレイス・レーディンは、執筆過程でこの作品が「明確に政治的な小説から、長年にわたる人びとの生き方や関係についての穏やかな研究へとシフト」したことに注目する (35)。レーディンは、とくに出版直前にウルフが施した徹底的な修正の結果、性の不平等、家父長的価値観や戦争に対する公然の非難という「フェミニスト的、パシフィスト的、そして性的なテーマが削除され、ぼかされ、薄められた」(148) と指摘する。「事実」が多いマニフェスト的な小説になってしまうことをおそれたウルフは、修正過程で削除した「事実」をさらに修正して『歳月』の翌年に出版した反戦エッセイ『三ギニー』に移動させる際、小説中の戦争反対論者である登場人物の発言を大幅にカットしたという (147–49)。同じくレーディンが指摘する「イギリス社会、そしてその社会の女性に対する扱いへの容赦ない攻撃」(35) の削除には、フェミニストを嫌悪する世間の反応を気にするウルフ自身のためらいが反映されているかもしれない。[4]

『歳月』執筆をめぐるこれらの経緯をもってこの小説を失敗作だと判断するのは早計である。たしかに彼女は「事実」を取り込んだ政治的なエッセイ小説を目指したにもかかわらず、結果的には大幅に「事実」を削って政治色を薄めた年代記小説を出版した。年代記という伝統的なジャンルとその写実的描写のせいで保守的な作品とされてきた『歳月』の評価はこれまでけっして高くなかった。だが近年、エリザベス・エヴァンズやトマス・デイヴィスをはじめとする批評家たちが強調するように、『歳月』はイギリス社会の歴史的、日常的な暴力性を静かにあぶり出している点で、じつはきわめて革新的な小説なのである (Evans 53; Davis 74-82; Cramer 203; Wood 138)。国家や戦争に対する直接の言及が減ってもなお、あるいはむしろ減ったからこそ、『歳月』は女性が経験する家父長的な暴力のありさまを「間接的、内面的」に浮き彫りにしている。

前述したように、『歳月』の出発点は女性の性的な生を描きたいというウルフの願望だったが、執筆の過程でこの目標は、エッセイ「女性にとっての職業」で未解決の課題として挙げられていた「女性の身体の経験を描くこと」へと、つまり性的な経験にとどまらない、より包括的な女性の身体経験や感覚を描くことへとシフトしたと考えられる。ウルフは『自分ひとりの部屋』で、文学の中の女性たちは「ほとんど例外なく」「男たちと関係づけて描かれて」おり、女性どうしの恋愛関係が描かれてこなかったと不満を述べる（一四五）。『歳月』ではさらに、異性愛や同性愛の恋愛感情に回収されない一人の人間としての、あるいは友情や家族愛として感知される女性たちの感情や経験を描くことで、男性優位社会における有形無形の暴力に身体で異を唱える女性たちの姿を追った。以下では、この長い小説の主人公ともいえるパージター家の長女エレナの身体表象を中心に見ることで、『歳月』における女性と暴力と戦争の表象を考える。レーディンが「削除され、ぼかされ、薄められた」と指摘する「フェミニスト的、パシフィスト的、そして性的なテーマ」(148) は、語り手や登場人物の言葉としてテクストに明示されるのでなく、エレナの身体感覚と身ぶりによって暗示的に語られる。[5]

『歳月』には、一八八〇年から一九三〇年代半ばの「現在」にいたるパージター家三代の人びとが登場する。冒頭の章「一八八〇年」では、八人の子持ちの母ローズが長い自宅療養を経て亡くなり、二二歳の長女エレナは家族の暗黙の了解のもと、静かに母の役割を引き継ぐ覚悟をする。母が亡くなる前、家族が寝静まった夜に看病を終えて母の寝室から出たところで、エレナは「私はどこにいるのだろう」と自問する。「彼女は無のただなかにたったひとりでいるような気がした。でも降りていかなくてはならない。重荷を背負わなくては。まるで頭の上に水差しを、土器の水差しを載せて運んでいるかのように、彼女は両腕をふり上げた」(Woolf, *The*

Years 42)。これまでも自分のことより父や弟妹たちの面倒を優先してきたエレナだったが、母亡き後は自分が家政をあずかる「主婦」になるしかないという閉塞感に押しつぶされそうになる。「私はどこにいるのだろう」という彼女の問いは、否応なしに主婦として不可視化されゆく者の心の叫びである。[6] この章では、家族に惜しまれることなく亡くなるかつての「家庭の天使」である母ローズのほか、兄弟たちが学校教育を受ける一方で教育や外出の機会を奪われ不満を募らせるエレナの妹たちや、夕方に一人で買い物に出かけ露出狂の男性に遭遇した恐怖を誰にも打ち明けられない幼い妹ローズも描かれる。神聖な場所とされたヴィクトリア朝の家庭の日常風景を通して、女性たちがさまざまな家父長的権力や性的暴力にさらされてきたことが示される。

その約三〇年後にあたる六番目の章「一九一一年」では、父の死によって五五歳のエレナに転機が訪れる。フランス、スペインとギリシャへの旅行を満喫し、ドーセット州にある義妹の実家で姿見に映る自分を久しぶりに見た彼女は、主婦の役割から解放された喜びと独身女性を敬遠する世間の目線との乖離を実感する。「いま私には、洗濯して鳥を観察するオールド・ミスというレッテルが貼られている。みんな私のことをそう思っている。だけど違う——私は全然そんなじゃない、とエレナは言った。彼女は首を振り、鏡から目をそらした」(193)。鏡の中の自分を見つめるエレナは、レッテルを貼ることで女性を家庭に閉じこめる世間の視線にあらがい、自分の身体を取り戻そうと決意する。

> 別の家に引っ越そうかしら。旅行しようかしら。念願だったインド旅行に。（中略）私の人生は始まったばかり。いいえ、別の家には引っ越さない、家なんて、と考えながら、彼女は天井についた染みを見上げ

た。そのとき再び波間を静かに進む船、線路の上を左右に揺れながら走る列車の感覚が戻ってきた。（中略）私たちはこれからどこへ向かうのだろう。どこへ？　どこへ？（203）

これまで五五年間、娘、姉、そして主婦として不自由かつ不本意な生活を強いられてきたエレナはここで、乗り物に揺られて旅をしたときの感覚を思い出しながら、自分の体そのものを長距離移動できる船や列車にたとえ、世間という姿見の中から出ていこうとしているようでもある。注目すべきは、引用の最後で、文章の主語がそれまでの「私」や「彼女」から「私たち」へと複数形に変化していることだ。この「私たち」が指すのは、エレナと同じく家から解放された女性たち、あるいは男性も女性も含めた同時代人と考えると、ほかの人たちとのつながりを求める彼女の無意識の願望がここに込められているとも考えられる。[7]

ウルフが第一次世界大戦中の記憶をたどりながらとりわけ苦労して執筆した（*Diary 4*: 193）九番目の章「一九一七年」は、デイヴィスが「モダニズム文学においてもっとも奇妙な戦争シーン」（79）と形容するように、空襲シーンであるにもかかわらず、その空襲は語り手にも登場人物にも目撃されることがない。日常生活を戦争によって中断される市民の心情とともに、空襲下で未来のビジョンを得るアウトサイダーの姿が描かれることの場面は、もっともウルフらしい戦争シーンの一つといえる。この章では灯火管制下のロンドンにある従妹のマギー宅での夕食中にドイツ軍機が来襲し、エレナはほかの客とともに地下室へ避難する。空襲後に再開された食事中、エレナは初対面の外国人ニコラスが口にした「新しい世界」という言葉に魅了され、場違いなほどの解放感をおぼえる。

いつ、その新しい世界は到来するのでしょう？と、エレナはニコラスに訊ねたかった。私たちはいつ自由になれるのでしょう？　いつになったら私たちは、洞窟に住む手足の不自由な人間のようにではなく、本当の人間らしく大胆に生きることができるようになるのでしょう？　彼は彼女の中の何かを解き放ってくれた。彼女は新しい時空間を感じただけでなく、体の中から未知のもの、新しい力がわき上がってくるのを感じた。（中略）私たちは自由になる、私たちは自由になる、とエレナは考えた。(282–83)

エレナは、この日マギーの家に集ったイギリスのアウトサイダーたち――マギーの夫でフランス人のルニー、フランス人と結婚したマギー、マギーの妹で身体障がい者のセアラ、同性愛者の外国人ニコラス――がいる場でつかの間、「新しい世界」という漠然としたビジョンをつかむ。ニコラスが同性愛者であると知らされたとき、エレナは「ナイフで肌を薄く切り取られたような嫌悪のおののき」(283) を覚えるものの、すぐに彼女はニコラスに好意を抱き、「まるで何かが消滅したかのよう」に体内から生まれる「果てしない広がりと平和の感覚」を味わう (284)。この「新しい世界」の具体的な姿についてはニコラスも語らないしエレナにもわからない。だが、地下室で身を縮こまらせて空襲警報の解除を待つ、国籍やジェンダー規範に縛られた不自由な人間としてではなく、誰もが自分の意思でのびのびと生きることができる世界の到来を想像することがエレナに大きな希望を与える。

エレナが体験する「果てしない広がりと平和の感覚」は、一見すると空襲直後のこの場面には不似合いだが、ここにはまだ見ぬ理想を思い描くことへのウルフの強い信念が反映されている。彼女は第二次世界大戦中に書いたエッセイ「空襲下で平和について考える」（一九四〇）において、武器を持たずに自由のために戦うことを「精神の闘い」と呼び、戦争下でこそ平和について考えることが重要なのだと主張する（Woolf, 'Thoughts on Peace' 216）。空襲に脅えて思考停止することなく、その先に平和な世界を空想するエレナも、ここで戦時下の「精神の闘い」を実践しているといえる。エッセイの中でウルフは、イギリスに不時着したドイツ軍機から降りたったドイツ人飛行士がイギリス人の男女と和やかに談笑する場面を未来の一つの可能性として提示するが、偶然いあわせたアウトサイダーたちが平和のビジョンを共有する『歳月』のこの場面は、その可能性の萌芽を示している。[8]

しかし、それからさらに二〇年近く経った一九三〇年代半ばを舞台にした最終章「現在」では、一九一七年にエレナがニコラスと想像した「新しい世界」はまだ実現していないばかりか、ヨーロッパ各地での独裁者台頭によって遠のいてしまっている。七〇代のエレナはロンドンのフラットで一人暮らしを謳歌しつつ海外旅行にでかけ、その部屋は国籍も年齢も多様な友人たちであふれている。この日、彼女は妹ディリアが主催するパーティーに姪ペギーとともに出かけていく。ここでも彼女は身近に迫る戦争について考えるのではなく、ここにいる人たちとの「幸せ」を想像することで「精神の闘い」を実践する。

一方、このようなエレナの態度はペギーの目にはあまりに非現実的に映る。「この世界で幸せに——生きている人と幸せに」（368）と言いながら、その場にいる人びとを抱きしめるようなしぐさをするエレナを横目に、ペギーはパーティー会場の外の世界の喧騒や暴力を心から追い払うことができない。

どの街角の貼り紙にも死と書いてある。あるいはもっと悪い――専制、残忍、拷問、文明の堕落、自由の終焉。いまここに集まっている私たちは、破壊される運命にある葉っぱの下で雨宿りをしているだけ。なのにエレナは世の中が良くなったと言う。何百万人という人のうちたった二人が「幸せ」だからという理由で。(369)

だがその直後、ペギーはたわいのないゲームに興じている人びとの笑いの輪に加わってリラックスし、自分が「大きくなったように」感じる。一九一七年の章で、空襲後に体内に「果てしない広がりと平和」を感じていたエレナの身体感覚をなぞるかのように、ペギーは「いま、ここ」に、「場所」というよりも「ほんものの笑いとほんものの幸せがある状態」(370) を体感し、いわば心より先に身体で、人びとともに笑いあうというささやかな平和の感覚を味わう。この後、彼女は弟ノースとのわだかまりを解いて家族への愛情を実感し、まさに「たった二人が「幸せ」だからという理由で」幸せを感じる。つらい過去にこだわり未来に恐怖を抱くのでなく、現在を明るく輝かせたいという希望を身振りで示すエレナの思いが、次世代のペギーに継承される瞬間といってもいいだろう。

この小説では家父長制に抑圧されてきた女性たちの言葉にならない感情が身体感覚や身振りを通して表現される (Cramer 210) が、さらに注目すべきなのは、その感情がニコラスやノースのようなイギリス社会の男性のアウトサイダーとも共有されることである。第一次世界大戦に出征後、アフリカでの農園経営を経てイギリスに戻ったノースは、パーティーで「政治と金」(383) の話しかしないイギリス人たち、正義と自由を声高に論じるエリートの若者たちを見て、強烈な違和感と孤独を味わう。「何かがおかしい。言葉と現実のあいだにギャップが、ずれがある。世の中を変えたいなら、彼らはなぜそこから、中心から、自分たち自身から変えないのだろう、と彼は思った」(385)。両親世代のエレナたちと違い、したがうべき指導者も確固とした人生基盤も見いだせず「どこにも居場所がない」(390) ノースは、答えを求めて思わずエレナを見てしまう。

ノースの思いを受けとめるかのように、エレナが窓から見える一組の男女のカップルを指し示し、美しい朝を迎えるところで小説は終わる。パーティー後、彼女は明け方の窓辺に立ち、向かいの家の前で停まった一台のタクシーから降りたった若い男女が鍵を開けて家の中に入っていく様子を見て「ほら！」と言う。それから部屋に残っている人たちのほうに向き直り、「さぁて」と言いながら、ペギーとノースの父である弟モリスに両手を差し出す。その後に続く以下の情景描写の文章で、パージター家の人びとの五〇年あまりの物語は幕を閉じる。「太陽がのぼった。家々の上の空は、驚くほど美しくシンプルで平和な空気をたたえていた」(413)。若いカップルを指して「ほら！」と言い、「さぁて」とこちらを振り返るエレナは、弟たちに何かを具体的に伝えるというより、未来は自分たち次第じゃない？と問いかけているようである。平和と協働のビジョンを間接的に示す場面で幕を閉じるこの小説を読み終える読者は、戦争の影の下で平和を志向するパージター家の人びとの物語の続きに思いを馳せながら、エレナの呼びかけにどのように答えようか、と自分たちの現在地について考えることにもなるだろう。

ここまで見てきたように、『歳月』において女性の性的な身体経験を描くというウルフの目的は、必ずしも性的なものに限られない、他者との連帯につながる女性の身体表象にシフトしたと考えられる。それは、もっぱら性的な存在として女性を囲いこんできた社会や文学に対するウルフの間接的な異議申し立てととらえることもできる。最終章「現在」でエレナは、一九一七年に遠くに思い描いた「新しい世界」と同じでなくても、いまここで実現できるはずのよりよい「別の人生」を身振りで示そうとする。

別の人生があるはず、と椅子に沈みこみながら彼女はいらだって考えた。夢の中ではなく、いまここで、この部屋で、生きている人たちとともにある人生が。彼女は髪を後ろになびかせて崖の縁に立っているような気分だった。ちょうどつかみそこねたものをつかもうとしているような。（中略）彼女は膝の上に両手でくぼみを作った。（中略）いまのこの瞬間を包んでそのままとっておき、過去と現在と未来とあわせて満たし、お互いへの理解で深まったそれをまるごと明るく輝かせたかった。(406)

半世紀前、家の中の暗闇で孤独に「両腕をふり上げ」ていたエレナはいま、戦争が迫る現状に焦りを感じつつも人びとと時空間をともにする瞬間を愛おしみ両手をあわせる。言葉で国家や社会を批判するかわりに、暴力による抑圧からの解放と平和への希望を身体で語ることで自らの人生を切り拓いてきた彼女にとって、身体感覚とそれを表現する身振りは、偽りのない感情を守り、伝えるための生命線だったといえる。

一九三〇年代を生きるイギリスの人びとを描くために、ウルフはヴィクトリア朝後期の家庭の描写から『歳月』を書きおこした (Woolf, *Pargiters* 9)。エヴァンズが指摘するように、一家の五〇年あまりの歩みを追った後ではじめて読者は、家庭の内でも外でもさまざまな暴力が女性やアウトサイダーを抑圧してきたこと、それらが戦争という大きな暴力につながっていることを理解するだろう (74–75)。ウルフの小説はその「真実」をマニフェスト的に直接言葉にするのではなく、読者が「読書の過程で自ら気づく」よう仕向けることで、「私たち読者のものの見方を巧妙に変えさせる文学を創造している」(Hussey 10)。

三　『幕間』――「暴力に満ちている」小説

ウルフは一九三七年三月の『歳月』出版後、膨大な資料と格闘しながら『ロジャー・フライ伝』を執筆していたが、七月に救急車の運転手としてスペイン市民戦争に参加した甥ジュリアンの死の報に接する。その悲しみが癒えない中で『幕間』を最初に構想したのが三八年四月、その二ヶ月後にはフェミニストの立場から戦争阻止を唱えたエッセイ『三ギニー』を出版している。三九年九月、ドイツ軍によるポーランド侵攻を受けてイギリスとフランスがドイツに宣戦布告し第二次世界大戦が始まったことは、非暴力主義を信じていたウルフをさらに孤独な立場へと追いやった。アレックス・ズワドリングは、三〇年代後半のウルフの執筆ジャンルと内容が二〇年代に比べ散漫で断片的になった点に、一つの作品内で言いたいことを表現しきることの困難に悩むウルフの姿を見る (270)。自由を求める女性たちの身体感覚の共有と平和を志向する『歳月』に比べると、暴力を冷徹にまなざす『幕間』には最晩年のウルフの焦りが鮮明に刻印されている。ウルフは『幕間』を楽しみながら短期間で書きあげたことを繰り返し強調したが (*Diary 5*: 149, 160, 179, 327, 336, 340)、その暴力表象からは彼女が渾身の力をふりしぼってこの小説を書いたことも読みとれる。

『幕間』は、イングランドのカントリーハウスで村の年中行事の野外劇が上演される一九三六年六月のある一日を描く。時間的にも空間的にも広がりをもつ『歳月』とは舞台設定が対照的なこの小説は、一九三〇年代末の一触即発の緊張状態のもとで書かれただけあって、暴力はより普遍的で突発的かつ身近なものとして描かれる。ウルフはこの作品で、暴力を文学の中でいかに可視化するかという課題に取り組んでいる (Cole 202)。登場人物たちの姿を通して、読者は戦争につながるさまざまな暴力が日常に遍在することに気づかされるだけでなく、それらを無意識に受け入れてきた自分たち自身の戦争と暴力に対する認識や態度を顧みることにもなるだろう。

『幕間』には、第二次世界大戦という差し迫った人為的な暴力にとどまらず、はるか昔から続く自然界の、さらには自然界に対する人間や文明の暴力も描かれる。『幕間』を「暴力に満ちている」と評するジリアン・ビアは、この小説がさまざまな位相の暴力の階層化を拒否するだけでなく、イギリスの歴史を描く劇中劇である野外劇が暴力シーンを排除しつつ暴力のありさまを暴こうとする点を高く評価する (140–41)。コールは、先史時代を含む人類の歴史が本質的に暴力の歴史であったことを露呈するこの小説は、侵略や攻撃行為が文明に固有のものであるか否かというフロイトの問題提起に触発された暴力と人間の本質に関する一九三〇年代の議論に貢献しているとみなす (277)。

大小の暴力を日常の中からすくいあげる『幕間』は、従来の戦争小説の範疇を超えつつも、その視線の先にはしっかりと戦争がとらえられている。ギル・プレインは、戦争を直接描かずに読者の心を動揺させる暴力のイメージを繰り返し提示する『幕間』を戦争小説として読む。これまで暴力として認識されてこなかった日常的な行為の暴力性を暴き、それが戦争という大きな暴力につながるさまを描くことは、プレインによると、戦争を書くというよりも、その不可能性を書くことである。

（『幕間』の）登場人物たちは言葉を奪われ、自分たちの感情を表現することができない。また劇作家と観客の関係は、「共通の意味を生み出す」ことの苦痛に満ちた失敗として描かれる。意思疎通の瞬間ははかなく、中途半端に知覚されるだけで、言葉の不安定さと無力さがおおかたを支配している。歴史、共同体、そして国家と関わる点において『幕間』が戦争小説であることは間違いないが、この小説が何よりもはっきりと表現するのは、戦争について書くことは不可能だということである。(172)

ウルフにとって戦争を書くことは、プレインが主張するように、言葉で戦争を描ききることはできないことを認めつつ、それでも言葉によって戦争につながるさまざまな暴力を可視化することで暴力のサイクルを読者に認識させ、どうしたら戦争を阻止できるのかを考えさせることだった。

『幕間』の主人公アイサは、イングランド中心部にポインツ・ホールというカントリーハウスをかまえるオリヴァー家の跡継ぎの嫁で、幼い一人息子の母である。夫のジャイルズは金を稼ぐ必要から不本意ながら週日はロンドンのシティーで株式仲買人として働き、一九三六年六月の週末のこの日の昼、ポインツ・ホールに帰宅する。彼はその朝、ソ連のスターリンによる粛清についての新聞記事を読んで憤っていた上に、野外劇の上演準備のために家の中が慌ただしいこと、そして妻アイサの自分への愛情に確信がもてないことにいらだっている。この後突然ポインツ・ホールを来訪する近所の裕福なユダヤ人の妻マンレサ夫人にジャイルズが心惹かれる一方、アイサはやはり隣人の農場主ルパート・ハインズに淡い恋心を抱き、夫婦のあいだに会話はない。

アイサはマンレサ夫人の連れである同性愛者とおぼしき青年ウィリアム・ドッジに「隠れた顔を探し回る共謀者」（ウルフ『幕間』一四〇）の匂いを嗅ぎとり親近感を抱く。ドッジは「「突然死の運命が、僕らの頭上にのしかかっている」」、「「退却もできないし、前進もできない」」（一四二）と、社会に冷遇され八方塞がりの自分の状況に、戦争を前にした国の現状を重ねる。ジャイルズはドッジに会った瞬間に嫌悪感を抱くが、好戦的な資本主義社会の心理的なアウトサイダーという意味では、彼もアイサとドッジと同類である。

彼（ジャイルズ）は（言葉にしないままに）言った。「俺はひどく不幸だ」

「ぼくもだ」ドッジがこだまする。

「そしてわたしも」アイサが考えた。

彼らはみんな、捕らわれ檻に入れられていた――見世物をなすすべもなく見ているしかない捕虜だった。何も起きなかった。機械がティック、ティックと鳴り続ける音のせいで、頭がおかしくなりそうだった。

「行け、小さなロバよ」アイサは呟いた。「砂漠を横切り……重荷を背に……」（二一三―一四）

文学作品や聖書からの引用を交えて詩を口ずさむアイサは、機械の音に背を向け小さなロバに跨って砂漠をゆく者に自らを重ねる。「小さなロバに跨り、苦労して前進せよ。指導者らの熱狂には耳を貸すな――導くふりをして裏切るのだから。（中略）むしろ聞くべきは、羊飼いが農場の塀の隣で咳きこむ音。（中略）兵舎で衣服を剥ぎ取られた少女の怒号。ロンドンで窓を開け放つときに飛びこんでくる誰かの叫喚」（一九一）。アウトサイダー――羊飼い、少女、泣き叫ぶ誰か――と対置される「導くふりをして裏切る」「指導者ら」は大小のファシスト、つまり国家の指導者のみならず家庭に君臨する家父長たちをも指すだろう。小さなロバに跨る者は、ファシズムや反ファシズムに熱を上げ戦争を正当化する世間の流れにあらがって「精神の闘い」に従事するアウトサイダーの象徴でもある。

先の引用にある「兵舎で衣服を剥ぎ取られた少女の怒号」とは、その日の『タイムズ』紙に掲載されていたロンドンの衛兵による実際にあったレイプ事件の記事に言及したものだが (Cole 282, 340n)、この新聞（記事）はさまざまな暴力と連鎖する。この日の朝、アイサの義父で元軍人の老オリヴァーが丸めた新聞を顔の前に突き出し、孫のジョージを驚かせようと木の陰から突然飛び出すが、驚いて泣き出したジョージに怒って「泣き虫だな」（二〇）と言う。そのとき純粋な心で目の前にある「花を丸ごと理解」（一八）し啓示の瞬間を味わっていたジョージにとって、祖父の悪ふざけは暴力以外の何ものでもない。その道具として使われた新聞は用済みとなり、老オリヴァーによって床に捨てられる。

それを拾ったアイサは、ロンドンの官庁街ホワイト・ホールの衛兵たちが作り話でだまして兵舎に誘いこんだ少女を襲い、少女に顔を叩かれたという記事を読む。イギリス人を守る正義の味方であるはずの衛兵たちによる集団レイプ事件に激しく動揺するアイサはこの事件を「リアルなもの」と受けとめる。「ひどく真に迫っていたので、マホガニー張りのドアにホワイト・ホールのアーチが見え、アーチの向こうに兵舎が、兵舎の中に寝台が見え、寝台の上では少女が悲鳴をあげながら衛兵の顔を叩いているのが見えた」(二八―二九)。暴力に暴力で応酬するしかなかった少女の恐怖に寄り添うことで、アイサは正義を掲げて公然と暴力行為を行う軍隊や国家への不信を言外に語る。するとそこへ、老オリヴァーの妹ルーシーがドアを開け、戸棚から「無断で持ち出した金槌」を戻すために「手に金槌を握り締めて」(二九)入ってくる。時代遅れの無害な老婆として登場するルーシーは野外劇の会場準備に使った道具を返しに来ただけなのだが、ここではルーシーも暴力の加担者になりうる者としてアイサの目線でとらえられる。このように、少女に対するレイプ事件が国家による暴力行為である戦争と、そしてアウトサイダーたちの日常の中で感知される一見取るに足らない瞬間と連鎖するさまが描かれる。

『幕間』では、人間による人間に対する暴力にくわえ、人間と自然の暴力の結びつきも強調される。この小説においてもっとも露骨な暴力シーンは、捕獲したヒキガエルを呑みこめずに苦しむ蛇をジャイルズが踏みつぶし、白いスニーカーを鮮血で染める場面だろう。野外劇の休憩時間中、暇つぶしに一人で石蹴りを始めたジャイルズは、ゴール近くの草むらでヒキガエルをくわえたまま身動きがとれなくなった蛇を見つけるが、見るに堪えられず両者を踏みつけて殺してしまう。

蛇は呑み込めず、ヒキガエルも死ねないでいた。痙攣が走って蛇の肋骨が収縮し、血が滲み出る。出産のあべこべだ――おぞましい逆転だ。だから脚を上げ、彼は蛇とヒキガエルを踏みにじった。魂が砕けてぬめった。テニスシューズの白いキャンヴァス地に、血とネバネバしたものがついた。でもそれは行動だった。行動したおかげで解放された。テニスシューズに血をつけたまま、彼は納屋へと大股で歩いていった。
（一二二―一二三）

この場面は、短気なジャイルズの個人的な欲求不満解消法を描くだけでなく、戦争のパラドックスを表してもいる。つまり、暴力が蔓延した現状を戦争という「行動」によってしか打開できないかに見えるヨーロッパ情勢、そして反戦運動や反ファシズムに加担することこそが「行動」であるという戦間期のイギリス人の認識 (Cole 220-28) に対する皮肉が込められている。あるいはもっと長いスパンの暴力、つまり人間を含め動物は、太古から暴力行使という「行動」によってこそ生き残ってきたという事実をあらためて読者に示しているとも解釈できる。

一九三〇年代に流行したイギリスの野外劇は、戦間期の人びとの内向き傾向を反映し、古き良きイングランドを賛美することが多かったが、劇作家兼演出家のラ・トロウブによる劇中劇はその傾向に逆行し、「観客のもつ歴史概念に異議を唱える」(Wood 127) ことで、戦争に向かう国家を冷静に注視するよう観客をうながす。[9]「なんでイギリス軍を除外するんだろうなあ？　軍隊あってこその歴史じゃないか」（一九二）と不満げな観客をよそに、ラ・トロウブは一見すると暴力と無縁な各時代の文化と文学をなぞりながらイングランドの日常風景をたどるが、じつはそこにも暴力と欺瞞が満ちている。たとえば第三幕でヴィクトリア朝の警官に扮し、警棒を振りかざしてロンドンの交通整理をする村人バッジは、大都市を守るだけでなく帝国と植民地を統括していると自負する。さまざまな人種が行き交う「女王陛下の大英帝国」の交通整理は、「女王陛下の全領土内、すべての臣民の純潔と安全」を「守って取り仕切る」(一九七)「白人の仕事」なのだと彼は言う。これは大英帝国の植民地主義を支持する言説にほかならない。

繁栄と道徳《リスペクタビリティ》ってのは、いつだって手に手を取り合ってやっていくもんだからな。帝国の支配者たるものは、ベビーベッドにも目を光らせないといかん。台所、客間、書斎——人間が二人、隠れられるところならどこでも警戒しないといかん。合言葉は純潔、そして繁栄と道徳。もしも服従できないっていうなら、苦しんでいただく……。(一九八)

耳に心地よいとはいえないバッジの演説が観客につきつけるのは、「古き良きイングランド」、そしてヴィクトリア朝の「繁栄と道徳」を可能にしたのは世界各地でのイギリス国家による権力と暴力の行使だったという事実である。

また、「どんなに慎ましくても、わが家に勝るところはない」(二〇九)という自らの信条を押しつけ、生活の中の義務を得意げに羅列するバッジの言葉に、観客の一人ミセス・リン・ジョーンズは「なぜか自分の父が——そして自分自身が——嘲笑されているように」(一九九)感じ、家庭には「不純という言葉は当たらないまでも「不衛生」なところ」(二一〇)があったと思い返す。家庭がけっして神聖でも理想的でもなかったことをこのとき発見するミセス・ジョーンズが「わが家」に抱く言語化されない複雑な感情は、ほかの女性観客にも共有される(一九九)。このように、家庭を礼賛するバッジの過剰な演説は女性たちの困惑と沈黙を誘い、聖域とされた家の中で女性たちが自由ではなかったことを逆説的にあぶり出す。

現代を描く最後の第四幕では、演者それぞれが鏡を抱えて舞台に登場し、観客は唐突に鏡に映し出された自分たちの無防備な姿と対峙させられる。そこへ匿名の声が、じっくり自分の姿と向き合うようにと観客に呼びかける。野外劇にお決まりの美辞麗句はそこにはない。

たいていは嘘つき。泥棒でもあります。（中略）あちこちで銃を構えている殺し屋連中、爆弾を落としてくる人たちのことを考えてみましょう。彼らが公然とやっていることは、われわれがこっそりやっていることと変わりません。（中略）それに市場で株を買ったり売ったり……。ああ、われわれ皆同類。（中略）紳士淑女の皆さん、われわれ自身をご覧ください！　そして塀をご覧ください――この塀、大いなる塀、われわれが文明と呼んできた、多分呼び間違えてきたこの大いなる塀の材料は（ここで鏡がキラキラ光った）屑、ガラクタ、断片ばかりではないでしょうか――われわれ自身がそうであるように！（二二六―二二七）

鏡を観客に向ける演出じたいがある意味で暴力的だが、匿名の声は「市場で株を買ったり売ったり」する国民の行為、あるいは「われわれ」観客の生活――株の売買や景観を無視した家の建設、女性の厚化粧など――が、戦争を行う為政者たちの暴力と地続きなのだと主張する。そして「文明」とは金や武器を使って権力を求める人間の暴力の歴史にほかならず、「屑、ガラクタ、断片」でできた「塀」であり「壁」なのだと言い放つ。ラ・トロウブはここで自分たち自身の歴史――イギリス人と外国人、男性と女性、強者と弱者を隔てる壁を暴力と権力の行使によって作ってきた歴史――を冷静に省みるよう観客にうながしているのだが、塀の内部に安住してきたがゆえに投げかけられた問いを理解できない彼／女らを見て、自分の試みの失敗を確信する。小説の読者は、劇に困惑する観客に自分たちを重ねるか、ラ・トロウブの意図について考えるか、どちらにしても「彼らが公然とやっていることは、われわれがこっそりやっていることと変わりません」という、暴力というキーワードで為政者と国民を結びつける匿名の声の発言の意味を考えさせられることになるだろう。

さらに野外劇に偶発的に加えられる演出が、資本主義と戦争という文明の暴力性を観客に体感させる。上演後、劇を総括して教会への寄付をうながす村の牧師ストリートフィールドの言葉は、頭上を飛ぶ「完璧に編隊を組んだ十二機の飛行機」の「爆音」によって「二つに切断」（二三三）される。

「でもまだ不足額があります」（中略）「まだ百七十五ポンドが足りません。ですからこの野外劇を愉しまれた皆さまにおかれましては、まだまだチャ……」言葉が二つに切断された。ブーンという爆音が切断したのだった。（中略）

「……ンスがあります」ストリートフィールド先生は続けた。「ご寄付のチャンスが」（二三三―三四）

野外劇を乱暴にまとめ、村の人びとに団結と金を求める聖職者の登場じたいが「場違い」（二二九）で「グロテスク」（二三〇）と乱入扱いされている。牧師の言葉と飛行機という異なる位相にあるように見える暴力が、領土や金への欲望という共通項で結びつけられ、さらには飛行機が牧師の言葉を「切断」するさまには、暴力に対する言葉の圧倒的な無力さが示されているようでもある。

ラ・トロウブは劇の途中で二度、致命的な失敗を覚悟するが、二度とも自然の力に救われる。だがその自然はまるで人間の暴力に脅え、嘆いているかのように「泣いて」いる。最初の窮状を救うのは、「子を亡くした」一頭の雌牛が突然あげる鳴き声である。その声はほかの牛たちにも伝染し、「彼女らは次々と同じ追慕の啼き声を上げた。世界じゅうが声にならない追慕に満ちた。それは現在この瞬間の耳に大きく語りかける太古の声だった」（一七二）。亡くした子どもを追慕する母の声は動物と人間が共有する「太古」のものであると同時に、第一次世界大戦で息子を亡くした大勢の母たちの、そして第二次世界大戦によって新たに悲しみを経験する現代の母たちの嘆きを連想させる（Cole 274）。この場面は、スペイン市民戦争で反乱軍を支援したドイツ軍の無差別爆撃で亡くなった子どもを抱きかかえ、牡牛に訴えかけるかのように泣き叫ぶ女性が左端に描かれたパブロ・ピカソによる絵画『ゲルニカ』（一九三七）をも彷彿させ、戦争によって損なわれるのが命そのものであるという当たり前の事実を物語る。

2. スペインのゲルニカにあるパブロ・ピカソ『ゲルニカ』(1937)のレプリカ壁画

二度目の危機は、最終幕の前の間の長さに観客が当惑することで訪れるが、突然降り出した雨に彼／女らの注意がそらされるおかげで劇の準備が整う。しかしその雨はただの雨とは様子が違い、三人称の語り手によって世界中の人びとが流す涙にたとえられる。「するとにわか雨が降ってきた――突然、降りしきった。雲が近づいてくるところなんて、だれも見ていなかった。それなのに膨れた黒雲が、みんなの頭上に垂れこめている。ザーッと降りしきった――まるで、世界じゅうの人々が咽び泣いているみたいに。涙。涙。涙。……全人類が全人類のために流している涙」。アイサは「『ああ、我ら人間の苦しみが終わるといいのに！』」と呟き、「全人類が全人類のために流している涙」（二一八）を顔に受ける。この場面も歴史を超越する自然の営みを描いているようでいながら、どこからともなく近づいてきて爆弾の雨を降らせる戦闘機、多くの命を奪って人びとを悲しみの底に突き落とす世界大戦を、読む者に容易に連想させる。さらにはこの小説の出版の四年後、太平洋戦争末期の広島と長崎への原爆投下後に降り注いだ「黒い雨」を思い起こす読者もいるかもしれない。人間の暴挙に傷つき言葉にならない抗議と悲しみの声をあげている雌牛とにわか雨が、暴力に抗する劇の進行を助けている。

劇を上演すること、つまり「差し出すことにこそ勝利感があった」（二五二）と自らを慰めつつも、ラ・トロウブは観客にイギリスの歴史観の修正を迫る自らの試みが失敗したと落胆する。が、観客が帰った後の夕闇の中で、彼女は早くも次作の構想を始める。その新しい芝居の最初の場面では、時代も場所も特定できない「真夜中」の「ただの大地、特にどことも特定できない大地」（二五四）を舞台に、岩陰に隠れる二人の人物が「最初の言葉」（二五六）を発する。次の芝居のこの冒頭場面が、小説『幕間』の結末に重なる。夜、ジャイルズとアイサは家族が寝静まった家の中でその日初めて二人きりになり、「敵意」と「愛」をむき出しにして、寝る前に「闘争」、そして「抱擁」（二六三）しなければならないと語られる。屋敷が消えて太古の大地が現れた真夜中に幕が上がり、二人が話し始める、というところで小説が終わる。話の内容、そしてその後に二人が「闘争」するのか「抱擁」するのかはわからない。人びとの連帯の可能性を提示して明け方に幕を閉じる『歳月』に比べると、コールが指摘するように、さらなる暴力の連鎖を予感させる暗い結末といえる (271, 278)。

これまで見てきたように、ウルフはイングランドの戦前の一日を描く『幕間』のストーリーと劇中劇を通して、イギリス国家、資本主義、戦争、人間、そして自然によるさまざまな位相の暴力を描いた。一見戦争とは無関係な出来事に光が当てられているが、それらは登場人物や劇の観客それぞれの内面で乱反射され、ときに戦争と明確に結びつき、「暴力とは何か」という問題を根本から考えさせる。と同時にこの作品は、ラ・トロウブが野外劇で挑戦したように、遍在する暴力を人びとに認識させ、戦争を阻止するために文学ができることは何かという切実な問いを自らに、そして読者に投げかけている。

おわりに　モダニズム、暴力、戦争

ウルフ晩年の一〇年あまりは、ヨーロッパが戦争に突き進んでいく暗い時代だった。世間が反ファシズム一辺倒になり戦争を正当化する中、非暴力主義を信じる孤立無援の彼女は、戦争を生み出す男性的な権力欲によって女性がいかに長い間苦しめられてきたかを戦間期の小説『歳月』に描いた。『歳月』では好戦的な国家権力と家父長的な家庭内の暴力が結びつけられ、身体でその暴力にあらがうアウトサイダーたちが平和のビジョンを心に描くことが危機的状況を脱する可能性として示される。一方、第二次世界大戦が始まり、空襲でロンドンの自宅を破壊され、ドイツ軍の上陸に怯えるウルフが切迫した状況下で書いた『幕間』では、暴力の位相はさらに多様化される。さまざまなレベルの人間や自然に対する暴力が小説と劇中劇に折りこまれ、人間の文明の本質として示される一方で、その犠牲になる弱いものたちの嘆きと悲しみが言葉を介さずに浮き彫りにされる。

人類の歴史は暴力行為の歴史であり、それが国家の発展や文明を支えてきたといっても過言ではない。戦争を正当化する人たちも憎みおそれる人たちも、直接間接にそのシステムにとらえられている。戦争を経験していなくても、自分たちの人生や生活が暴力と無縁ではないことを認識し、それをなくす努力をしなければ戦争は絶対になくならない。その理解と覚悟を読者にうながすために、ウルフは『幕間』において日常の中で感知される暴力から戦争を書いた。コールはウルフのこのような暴力表象をモダニズム文学に特有のものとみなす。

> モダニズムは暴力を見つめ、人間の身体、風景、文化が信じがたいほど醜くなった事実を確認する。これらのおそろしい現実を表現するためにモダニズムがさしだすのは、シャベル、血塗りの絵、紫色の染み、突然のショック、干からびた切り株など、簡潔な言葉のかけらである。これらの目印はより大きなものを表す象徴物であると同時に、それじたいが特筆に値する。それらはつねに、もっと深い洞察、歴史的な視野、この世界が生み出し隠蔽してきた身の毛のよだつような残虐行為を暴きたいという欲望、想像不可能なことを想像しようとする気持ちを持つようにと読者をうながす。(Cole 289)

いまここに存在する、そしてずっと昔から人間とともに存在してきた暴力という無定形な「真実」を読者に「見せる」ために、ウルフはエッセイではなく小説で「簡潔な言葉のかけら」を用いて暴力を描くことを選んだ。さらには小説の中に野外劇を入れ、暴力の普遍性を漠然と認識しかける劇の観客を読者に「見せる」ことで、遍在する暴力に疑問を持たなかった読者自身の姿をあらためて「見る」ようにしむけている。

その試みが成功したかどうか、ラ・トロウブと同じくウルフは自信がなかったようだ。「くだらなくてつまらない」(*Letters VI*: 486) と清書済みの原稿を酷評し、大幅改訂の意向を編集者に伝えた後、彼女は入水自殺を遂げた。[10] もしもウルフが、ラ・トロウブのようにもう一度立ち上がり、戦争をくぐりぬけて新しい小説を書いていれば、と想像せずにはいられない。暴力の本質を凝視し、その向こうに平和と抱擁の可能性を想像することの大切さ。ウルフは晩年の二つの小説を通して、絶望の中にあっても「精神の闘い」を必死に続ける自らの姿を私たち読者に「見せて」くれている。

注

1　アリス・ウッドは、ウルフが『歳月』の前身であるエッセイ小説『パージター家の人びと』を構想した一九三一年はじめに、同時代の社会的、経済的要素を作品に取りこむオルダス・ハクスリーから刺激を受けたことを指摘する (32–40) が、一方でウルフは「事実」がフィクションを圧倒する「オルダス小説」を書くことは「絶対に避けたい」と『歳月』執筆中に日記に書いている。(*Letters IV*: 281)

2　一九三〇年代のイギリスの状況とウルフの立場については、コール第四章、ズワドリング第一〇章、第一一章に詳しい。

3　一九四〇年に出版されたエッセイ「斜塔」において、ウルフは資本主義社会から恩恵を受けながら資本主義を糾弾する左傾化した若者たちの中途半端な政治姿勢と無自覚な暴力を非難し、彼らの書く詩を「学者ぶっていて教訓じみていて拡声器のよう」('The Leaning Tower' 272) だと形容している。

4　ハーマイオニー・リーは、攻撃対象への言及を削除したこの小説を「破損した (crippled) テクスト」(677) と呼ぶ。ウルフは、フェミニズム運動が下火になった戦間期に、女性たちだけでなく男性たちの意識をいかに男女平等という理念にさしむけるかという難題も抱えていた。人びとの集合的な物語を読者に受け入れられやすい形で著し、平和と男女平等という理想の実現に結びつけるにはどう書けばよいか、という問題である (Zwerdling 243–70)。戦間期のフェミニズム運動については、バーバラ・ケインを参照。

5　『歳月』におけるエレナの身体表象の分析は、麻生「未来の〈わたしたち〉」と現在の「わたしたち」」における記述と一部重なる。また、家父長的制への強い嫌悪感を行動で示すエレナの従妹キティーの身体表象については、麻生「継娘のナショナル・アイデンティティ」を参照。

6　イギリスの女性たちは第一次世界大戦後、参政権と職業選択の自由を手にしたが、戦間期には第一次世界大戦中にもましてその身体は国家イデオロギーに利用され、次の戦争を前に、いわば再生産の道具として家庭に束縛される傾向が強まった（麻生「家事労働」一二五）。ヴィクトリア朝で「家庭の天使」と呼ばれた中流階級の女性たちは、戦間期、使用人の激減や家庭用電化製品の導入により、モダンな「専業主婦」として鋳直され、賢く家事、育児と購買活動を行う幸福な「主体」として、資本主義社会に組みこまれていった。ドイツの社会学者マリア・ミースは、『国際分業と女性――進行する主婦化』（一九八六）において、資本主義社会の「主体」とされながらその労働に経済的価値を付与されず孤立する女性を、既婚未婚を問わず「主婦化」された存在と呼ぶ。ミースは主婦化を植民地化と読み替え可能だと指摘し、女性の抑圧と資本主義国家の暴力のあいだの緊密な結びつきを看破する（一六六―六七）。

7　プレインは、戦間期に国家のイデオロギーに利用された女性の身体が、女性作家の小説の中でクローズアップされた傾向を重視する。「戦時に女性の身体をめぐる不安が高まることを考慮すれば、第二次世界大戦勃発以前から、女性作家の書きものにおいて女性と政体 (body politic) の関係がさらに徹底的に追求されるようになったのは意外なことではないだろう。」(168)

8　エッセイ「空襲下で平和について考える」におけるフィクション性については、麻生「未来の「〈わたしたち〉」と現在の「わたしたち」」（一四〇―四二）を参照。

9　戦間期から第二次世界大戦にいたる時期のイギリス文学の野外劇の分析については、ジェド・エスティの第二章を参照。

10　入水自殺をする前日の一九四一年三月二七日ごろ（日付の後に「?.」が入っている）にウルフが書いたホガース社の共同経営者で編集者のジョン・レーマン宛のタイプで打った手紙は、以下のように始まる。「あなたの手紙が届く前に決めました。あの小説（『幕間』）をこのまま出版することはできません。あまりにくだらなくてつまらないから。秋に出版できるように修正してまとめたいと思います。」(*Letters VI*: 486)

文献表

Beer, Gillian. *Virginia Woolf: The Common Ground*. Edinburgh UP, 1996.

Caine, Barbara. *English Feminism 1780–1980*. Oxford UP, 1997.

Cole, Sarah. *At the Violet Hour: Modernism and Violence in England and Ireland*. Oxford UP, 2012.

Cramer, Patricia. '"Loving in the War Years": The War of Images in *The Years*.' Hussey, 203–24.

Davis, Thomas S. *The Extinct Scene: Late Modernism and Everyday Life*. Columbia UP, 2016.

Esty, Jed. *A Shrinking Island: Modernism and National Culture in England*. Princeton UP, 2004.

Evans, Elizabeth F. 'Air War, Propaganda, and Woolf's Anti-tyranny Aesthetic.' *Modern Fiction Studies* Volume 59, Number 1, Spring 2013, 53–82.

Higonnet, Margaret R. and Patrice L.-R. Higonnet. 'The Double Helix.' *Behind the Lines: Gender and the Two World Wars*, edited by Margaret Randolph Higonnet et al., Yale UP, 1987, 31–47.

Hussey, Mark. 'Living in a War Zone: An Introduction to Virginia Woolf as a War Novelist.' Hussey, 1–13.

——, editor. *Virginia Woolf and War: Fiction, Reality, and Myth*. Syracuse UP, 1992.

Lee, Hermione. *Virginia Woolf*. Vintage, 1997.

MacKay, Marina. *Modernism and World War II*. Cambridge UP, 2007.

——. *Modernism, War, and Violence*. Bloomsbury, 2017.

Plain, Gill. 'Women Writers and the War.' *The Cambridge Companion to the Literature of World War II*, edited by Marina MacKay, Cambridge UP, 2009, 165–78.

Radin, Grace. *Virginia Woolf's* The Years: *The Evolution of a Novel*. U of Tennessee P, 1981.

Wood, Alice. *Virginia Woolf's Late Cultural Criticism: The Genesis of* The Years, Three Guineas. *and* Between the Acts. Bloomsbury, 2013.

Woolf, Virginia. *The Diary of Virginia Woolf Volume 4: 1931–1935*. Edited by Anne Olivier Bell, Penguin, 1983.

——. *The Diary of Virginia Woolf Volume 5: 1936–1941*. Edited by Anne Olivier Bell, Penguin, 1985.

——. *The Essays of Virginia Woolf Volume 6: 1933 to 1941*. Edited by Stuart N. Clarke, Hogarth, 2011.

——. 'The Leaning Tower.' *The Essays*, 259–83.

——. *The Letters of Virginia Woolf Volume VI: 1936–1941*. Edited by Nigel Nicholson and Joanne Trautmann, Harcourt Brace Jovanovich, 1980.

——. *The Pargiters: The Novel-Essay Portion of* The Years. Edited by M. A. Leaska, Hogarth, 1978.

——. 'Professions for Women.' *The Essays*, 479–84.

——. 'Thoughts on Peace in an Air Raid.' *The Essays*, 242–48.

——. *The Years*. 1937. Edited by Hermione Lee, Oxford UP, 1992.

Zwerdling, Alex. *Virginia Woolf and the Real World*. U of California P, 1986.

麻生えりか「家事労働を語ること——家庭の天使、『波』のスーザン、ハウスワイフ2.0」日本ヴァージニア・ウルフ協会、河野真太郎、麻生えりか、秦邦生、松永典子編『終わらないフェミニズム——「働く」女たちの言葉と欲望』研究社、二〇一六、一一九—四五。

——「継娘のナショナル・アイデンティティ——*The Years* における女性の体」『ヴァージニア・ウルフ研究』第二六号、

日本ヴァージニア・ウルフ協会、二〇〇九、一―一九。

――「未来の「〈わたしたち〉」と現在の「わたしたち」――『〈わたしたち〉の到来』から読むウルフの『歳月』」『ヴァージニア・ウルフ研究』第三八号、日本ヴァージニア・ウルフ協会、二〇二一、一二八―四七。

ミース、マリア『国際分業と女性――進行する主婦化』奥田暁子訳、日本経済評論社、一九九七。

ウルフ、ヴァージニア『自分ひとりの部屋』片山亜紀訳、平凡社、二〇一五。

――『幕間』片山亜紀訳、平凡社、二〇二〇。

画像

1 Virginia Woolf sitting in an armchair at Monk's House. From Wikimedia Commons. https://commons.wikimedia.org/wiki/File:Virginia_Woolf_at_Monk%27s_house.jpg

2 Replik des Guernica-Bildes von Pablo Picasso in Guernica. From Wikimedia Commons. https://commons.wikimedia.org/wiki/File:Guernica-Replik_in_Guernica.jpg

第二章 覇権の脱構築
——レベッカ・ウェストのフェミニスト戦争論

生駒 夏美

はじめに

二〇世紀前半から中盤にかけて、文筆界で大きな存在感を持った作家レベッカ・ウェストは、二つの世界大戦を生き、双方について作品を書いた数少ない作家の一人だ。激動の社会とその大波に飲まれて右往左往する人間たちを鋭い観察力で描写し、階級、ジェンダー、国家、宗教などの枠組みをフェミニストの立場から厳しく問い直した。本名をシシリー・イサベル・フェアフィールドといい、一八九二年にロンドンで生まれた。父親はアングロ・アイリッシュ[1]で政治ジャーナリストであったことから、自宅にはロシア革命に関係した人物や様々なアクティビストが出入りしていたという (Pullin)。しかし父親はシシリーが八歳の時に家族を捨て、一家は母の故郷であるエジンバラで暮らし、その後一九一〇年からロンドンに居住した。

筆名の由来はイプセンの劇作品「ロスメルスホルム」の登場人物である。舞台でイプセンの作品を演じた経験も持つウェストは、イプセンやジョージ・バーナード・ショーの社会派演劇に強い興味を持ち、ファビアン協会やショー自身とも交流があった。イプセン劇に登場する社会通念を破壊する革命的思想の体現者、当時のいわゆる「ニューウーマン」の名を自らにつけたウェストは、それ以降、その名の通りの執筆活動を送ることになる。女性参政権運動に参加する傍ら、ジャーナリストとしての活動を開始したウェストは、当時の参政権運動のあり方や保守党、労働党それぞれの政策についてフェミニストの立場から舌鋒鋭く批判し、「女版ジョージ・バーナード・ショー」と評された。[2]

参政権運動に参加しながらも、ウェストにとってフェミニズムとは「投票権を求める闘争以上のもの」であり「芸術、科学、政治、文学の世界で成長するための闘争、日の当たる場所を求める闘争」(Marcus 3)[3] なのだった。男性のために自己犠牲を払うことにマゾキスティックに満足するのではなく、女性は「ミューズであることをやめ、自らの芸術的、自らの科学、自分自身の女主人にならなければいけない」(3) と女性自身の変革を促し、「英国の女性の皆さん、私たちは賢く有能で信頼がおけ、祖母の時代の女性たちの二倍の活躍をしています。しかし私たちにはいまだに毒が足りていません」(295) と言って鼓舞した。作家ヴェラ・ブリテンは、若き日のレベッカ・ウェストを「フェミニスト運動の体現者であり、二〇世紀に現れたメアリー・ウルストンクラフトの後継者」(Marcus 11) と評している。

ロンドンに出てきた数年後から二六歳上の作家H・G・ウェルズと一〇年に及ぶ婚外関係を持ち、彼との間に生まれた一人息子を育てた。その後、別の男性と結婚して彼の死まで様々な場所をともに旅している。経験を積み見聞を広げるうちに、ウェストの作品世界はイギリス国内にとどまらず、世界へと広がっていき、旧ユーゴスラヴィア旅行記『黒い仔羊と灰色の鷹』(一九四一)、第二次大戦後にイギリス国家への叛逆罪に問われ

1. レベッカ・ウェスト

た人々の裁判傍聴記を含む『叛逆の意味』（一九四七）、米国上院議会レポート（一九五三）、ニュルンベルクでの国際軍事裁判傍聴記を含む『火薬列車』（一九五五）などに結実している。

後期のウェストは、一つの国に収まらない現代ならではの諸問題、たとえばナチスドイツによるユダヤ人虐殺や、各地で暗躍したスパイたち、移住者をめぐる問題など、複数の位相が複雑に絡み合った問題における「正義」のあり方、「人」としてのあり方を、評論・ジャーナリズム・小説を通して問い続けた。「正義」は、フェミニストであるウェストにとって、ある政治信条や宗教的立場などの公的なものではなく、人間としての、極めて親密でパーソナルなものでなければならなかった。国家間の闘争や、政治信条の異なるものたちの争いが吹き荒れた二〇世紀の思想家として、ウェストは大きな「国」の「政治」や「大義」が個人を飲み込む様を批判し、その中にいる一人一人の人間にとっての望ましい生き方や尊厳のあり方を求める、独自の正義論を展開した。フェミニズムの標語に「パーソナル・イズ・ポリティカル（個人的なことは政治的なこと）」というものがあるが、ウェストはそれを女性だけではなく、日の当たらない個人への眼差しに込めて、作品世界に展開したといえる。

小説だけではなく、評論、ジャーナリズム、ルポ、紀行文、自伝などジャンルの枠に収まらない執筆家であったのも、ウェストが個人のあり方に興味を持っていたからに他ならない。経歴や家庭環境、社会的立場、家族関係などを取材して、その人物をコンテクスト化し、そこから深い思索を引き出すことにウェストは非常に長けていた。だがジャンルに収まらない彼女の特性ゆえ、[4]あるいは彼女の社会批判や私生活が当時の読者層から過激と見做されたためか、ウェストの作品があまり正当な評価を受けることなく、文学史のキャノンから外れているのはなんとも残念なことである。というのも、グローバル化が進み、またコロナ禍が世界中を吹き荒れるこの時代、功利主義や国家第一主義が対立を激化させ、国際的な協働や人類という共同体の平和と安全が脅かされる事態となりつつある。その中で、国や組織に属する存在としてではなく、異質な他者を尊重し、覇権的ではなく包摂的な個としての生き方を問うたウェストの慧眼が今こそ必要と思われるからである。

本稿では、第一次世界大戦をモチーフとした初期の小説『兵士の帰還』（一九一八）と、第二次大戦後のいくつかの法廷レポート、そして後期の小説『鳥たちの落下』（一九六六）を題材に、世代間、国家間、階級間、思想信条間の闘争と、その中で翻弄される個人がどのようにウェストによって描かれ、またその描き方がどのように変遷したかについての分析を試みる。感染症や温暖化という、国境を無視した地球規模の問題系を前に、それでも一国の利害に拘泥する政治を目の当たりにする中で、あるいは紛争と難民の古くて新しい問題に対峙して、現代の読者はウェストの作品から、グローバルな社会で他者と寄り添い、より良く生きるための視座を見出すことができるのではないだろうか。

一　『兵士の帰還』——階級差を越えて

ウェストが二六歳の時に発表されたこの小説は、第一次大戦に従軍した兵士クリス・ボールドリーの留守を守る妻キティと、夫妻の完璧な豪邸の描写から始まる。語り手はクリスの従妹ジェニーで、絵に描いたような「素敵さ」(*The Return of the Soldier* 3) を持つ夫妻の豪邸ボールドリー・コートにキティと共に暮らしている。しかし冒頭から、この裕福な社会階層の、絵に描いたように豊かで幸せな暮らしには、虚構・まがい物感が見え隠れする。結婚した際に建て直されたというボールドリー・コートは、雑誌『カントリーライフ』[5] に掲載される様々な豪邸を真似たデザインだ。庭の造形や池へ続く丘の緑まで、どこかで見たことのある景色、何かの模倣の寄せ集めなのである。「あなたもその景色の美しさをきっと見たことがあるでしょう」(2) とジェニーは読者に語りかける。女主人キティも「まるで雑誌の表紙に載っている娘のようで、一五セントという大きな文字が彼女の体のどこかに付けられているのではないかと思う」(2) ほど、絵に描いたような、そしてどこか典型的すぎる、物質的な美しさだ。また、クリスとキティの息子オリヴァーは五年前に幼くして死んでいて、趣味のいい子供部屋には高級なおもちゃや洋服がそのまま残されている。物質的には満たされているように見える完璧な邸宅には、空虚な穴が空いているのだ。

クリス不在の今、その穴はさらに大きなものとなっている。しかもこの二週間、彼からの連絡がない。しかしキティとジェニーは、この贅沢な生活ぶりを保つことこそが、留守を守る女性たちの義務だと信じて、不吉な予感を振り払おうとしている。この邸宅の豊かで完璧な上品さこそ、クリスを幸せにしてきたし、戦争から帰還してからも幸せにするに違いない。「彼が帰ってきてくれたらいいのに！彼はここでとても幸せだった！」とジェニーが言うと、「この上なく幸せだったわ！」(4)とキティも返す。

ことさらにクリスの「幸福」や「満足」を強調する二人だが、その直後にジェニーは、子供時代のクリスが安定した贅沢な生活に満足するようなタイプとは程遠く、海外での冒険を夢見る想像力豊かな少年であったと回想する。父親が急逝したためにビジネスを引き継がざるをえなかったクリスにとって、この邸宅が象徴するような豊かさは本当に望んでいたものなのかという疑問が読者には湧き上がってくる。

そこに登場するのが、奥様に知らせたいことがあるとやってきたウィールドストン在住のマーガレット・グレイなる中年女性である。キティは使用人が運んできた名刺を見て、眉をひそめる。「ウィールドストンなんかに知り合いはいないけど」と彼女は言う。ウィールドストンは語り手が「野原を汚す郊外の赤い染み」(5)と呼ぶ、貧民層の居住する地域らしい。そのような場所に知り合いはいない、というキティの言葉には階級意識が垣間見える。

「見て！」(6)とキティはジェニーに囁く。階段の手摺越しに、階下で待つマーガレットの姿が見える。ここでジェニーが物理的にも心理的にもキティと同じ立ち位置にいることに留意するべきだろう。この瞬間、階上のキティとジェニーは（そして彼女の視点を通して読者も）、階下のホールにいるマーガレットを見下ろす。ボールドリー・コートとウィールドストンという隔絶した二つの世界に暮らす女性たち。一方にキティの若さ、絶世の美しさ、贅沢で上品な衣装、他方にマーガレットの悪趣味な黄色いレインコート、最近自分で染め直したらしき黒い麦わら帽子、ツイードの地味な灰色のスカート、泥のついたブーツ、筋ばった手が対照的に描かれる。瀟洒な邸宅のセンスの良さからは程遠い、場違いな趣味の悪さ、老い、貧しさが描写され、下層階級が持つ差異に対する二人の蔑みが伝わってくる。

しかし、マーガレットがもたらす報せによって、この相入れないはずの、遠く離れた対照的な二つの世界が衝突することになる。マーガレットが言葉を詰まらせながら告げたのは、クリスが爆撃にあってブローニュの病院に入院していること。怪我は大したことがないが、シェルショックで記憶を失っているらしいこと、自分は一五年前にクリスと交際していたが、それ以降は交流がなかったこと、ところが一週間前にクリスから、独身時代の自分の名前宛の電報を受け取って驚いたこと、自分は一〇年前にすでに結婚しているが、クリスの奥さまに知らせる必要があると思ったこと……。キティは初め悪い冗談か金目当てだと思うが、クリスからのマーガレットに宛てた愛情あふれる電報を見せられると、今度はこの女と夫が不倫関係にあると思い込み、マーガレットに罵声を浴びせる。

クリスが、このように美しくもない下層の中年女と一時でも恋仲だったとは信じがたい。ましてや自分との結婚生活をまったく記憶していないなんて！　裏切られた気分のキティの激烈な反応に理解を示しつつ、ここで語り手ジェニーの立ち位置が微妙に変化するのが興味深い。マーガレットの真摯な言葉や振る舞いに真実を感じとったジェニーは、キティがクリスの不実を疑ったこと、そしてマーガレットに差別的な暴言を投げたことを（はじめて）非難するのである。

やがてマーガレットの話が真実だったことが判明して、記憶喪失のクリスがキティの待つ家へ帰還する。一五年間の記憶は失われ、モンキー島の旅館の娘であるマーガレットと自分が今でも恋愛関係にあると思っている。キティとジェニーが心を砕いて維持してきたボールドリー・コートは、クリスにとっては見知らぬ家だ。父もかつての執事もすでにこの世にはおらず、従妹ジェニーを除けば見知らぬ他人に囲まれている。キティたちがクリスを幸福にすると信じていた邸宅の豊かさや上品さが、今やクリスを幸福から阻害していた。彼にとってはマーガレットだけが幸福の源であり、彼女こそが居場所なのだ。キティが知っていたクリス、結婚していた歳月は消滅したかのようだった。

マーガレットとの再会を切望する夫にキティは激しく傷つくが、クリスの回復を願って夫がマーガレットに会うことを承知する。恋人同士だったときから一五年の歳月が流れ、マーガレットはみすぼらしい中年女性でしかない。そんな彼女を見ればクリスも目が醒めるだろうと踏んだのだ。ところが予想に反し、記憶喪失であること、キティと結婚していること、マーガレットも別の男性と結婚していること、一五年が経過していること、すべてを理解しても、クリスのマーガレットへの深い愛は消えない。マーガレットも優しい夫を裏切るつもりはないが、優しさと深い愛情でクリスに接する。互いに優しい気持ちだけを持ち寄り、短い時間を過ごす二人をお目付役として見守るうちに、ジェニーには、次第にマーガレットの内面から滲み出る美しさや優しさが見えてきて、二人の関係が若き日の恋愛沙汰ではなく、深い魂の結びつきであったことを悟る。それは同時に、クリスのキティや自分との関係が表層的なものであったことへの痛みを伴う気づきでもある。

満ち足りた円熟期を憶い出すことを拒絶し、初恋時代に棲み続ける彼の様子を、私は頭では理解し冷静な誇りすら感じることができた。なぜなら彼の初恋の人は、人生に不要な刺激物をたくさん詰め込む私たちなんかより、はるかに健全なものを彼に見せてくれるのだから。世界が次々と提示するものの中から、自分にとって現実だと思えるものを彼は選び、失った美しい真珠を奇跡的に取り戻した。それは私が彼にずっと期待していた天才技とすら思えるのだった。(54)

自分たちではなくマーガレットを選んだクリスをジェニーは誇らしく思う。なぜならクリスの目にマーガレットは「永遠の光に照らされて姿を変えている」(55) のだが、ジェニーとキティは「姿を変えはしない。なぜなら私たちはこれ以上でも以下でもなく、他に何もありはしないからだ。私たちの真実は物質的な見た目の中にしかない」(55)。この発見に衝撃を受け、マーガレットへの激しい嫉妬、つまり自分のクリスへの想いに気づいたジェニーだったが、マーガレットの膝で安心して眠るクリスを見て感動する。「この女性は、彼が少しの間、体を休めることができるように、その魂を自分の魂で包み込み、愛と安らぎで温めるのだ」(58) と彼女は悟る。ジェニーはここで、自分の嫉妬も階級意識も乗り越えて、マーガレットの人としての素晴らしさを認めている。

意識的ではないにせよ、クリスの記憶喪失は彼の「選択」なのだと、語り手ジェニーは感じる。階級差の世界、上流が下層階級を蔑むような価値観を手放し、かつてのように階級を超えた人間の魂どうしの交流を、彼は本当は望んでいるのだと。確かにクリスが記憶喪失から回復しない様子は、過去の生き直しのようにも思える。というのも、一五年前、クリスとマーガレットが生き別れてしまったのも、階級差が関係していたからである。ある時、男友達との関係を誤解され責められたマーガレットは、同じ階級の女性ほどには信頼してくれないのね、とクリスに言うが、彼は無言のままぷいと帰宅してしまったのだった。ところが運命の悪戯で、直後に父が急死したためにマーガレットは島を離れることとなり、そのまま音信不通となってしまったのである。色々な手違いで、クリスが再三彼女に送っていた謝罪の手紙は彼女には届かず、ようやく届いたのは、すでに彼女がグレイ氏と結婚した後だった。

過去の過ちを無かったことにして、マーガレットとやり直したい。その願望がクリスの記憶喪失の原因とジェニーは感じ、医師がクリスを「治療」しに来た時にはクリスと彼の魂の救済者であり「守護聖人」(64) であるマーガレットの平穏が邪魔されるのを怖れる。クリスが記憶を取り戻さず、完璧な夢の世界にとどまることを、むしろ願うようになる。

過去と現在の間に実在した一五年の歳月は、しかし消し去ることができない。その象徴がクリスの死んだ息子オリヴァーである。オリヴァーの写真を見つけたマーガレットは衝撃を受ける。偶然にも、マーガレットも五年前に二歳の息子ディックを亡くしていた。失われた、でも確かにそこにあった二つの命。階級など関係なく、死んだ子を悼み慈しむただの人間同士として、かけ離れた二つの世界の壁が崩壊していく。

クリスの記憶喪失を「治療」するために、子どもの思い出の品を探しにマーガレットとジェニーは共に子ども部屋に入り、愛しい子の思い出を語り合い、悼みをわかちあう。ジェニーがオリヴァーのお気に入りのおもちゃと衣服をすぐに見つけてくると、マーガレットはジェニーの報われない深い思いを悟り、「彼が思い出すにちがいない品物を選んだのね。かわいそうなあなた！」(72) と言う。

クリスのことを深く愛し、エゴと無関係に彼の幸せだけを願う二人の女性が、レオ・ベルサーニが称揚する親密性のあり方、つまり「他者との差異」を乗り越え「他者とわかちもっている同一性という、より深いもの」(ベルサーニ/フィリップス、一四四)で結ばれる。[6] 二人は、このままクリスが記憶を取り戻さない方が幸せなのでないか、このままで居させてあげることはできないだろうか、と共に逡巡する。しかし、キティの傷つき疲れ切った表情を見て、我に帰る。死んだ子どもたちの命をなかったことにはできないし、キティとクリスの一五年間をなかったことにもできないのだ。

私は知っていた。人は真実を知らなければならないと。よくわかっていた。大人であれば、真実の葡萄酒を口元に持っていき、それが乳のように甘くなくとも、勇気を出して口に含み、現実との邂逅を果たさなければならないと。(中略)この秘蹟への渇望があったからこそ、キティの白い手が差し出す嘘の人生という盃をクリスははねつけ、マーガレットに全幅の信頼を寄せて記憶喪失の自分を委ねたのではなかったか。(74)

マーガレットも悟っていた。彼女は「真実は真実だから」(75)と言うと、自分とクリスの幸せの終わりを意味すると知っていながら、オリヴァーの遺品を持ってクリスを過去から現在に連れ戻しに行く。この理知的で愛情あふれる、そして勇敢なマーガレットの姿に対して、キティは最後まで敵対視をやめない。ジェニーとマーガレットの魂の交歓の場にも、キティは入ろうとしない。記憶を取り戻すことがクリスにとって、そしてマーガレットにとってどういう意味を持つのか一顧だにせず、キティは苦々しく「あの女、早くしてくれればいいのに。遅かれ早かれ、伝えないといけないんだから」(76) と言い捨てる。自分の都合だけを考える利己的なキティの姿に、ジェニーはぞっとして嫌悪感を抱く。

記憶を取り戻したクリスの姿にジェニーは、兵士の悲壮感を見る。そして思い出すのだ、記憶を取り戻せばクリスは再び戦線に、あの恐ろしい塹壕に復帰しなければならないことを。しかしキティは「満足げに」吐息をつくと「治った！　治ったんだわ！」(77) と歓喜するのである。

シェルショックの帰還兵を題材にしたこの小説が、一種のモダニズム文学であることは確かである。しかし、この後味の悪い皮肉なエンディングでも明らかなように、中心にあるのは兵士クリスではなく、その周囲に置かれた者たちである。キティの象徴する富裕層の差別意識や物質主義と、マーガレットの象徴する下層階級の温かみや愛情深さなどが対比される時代背景に、第一次大戦中から高まりつつあった保守党への不満と労働党への期待があるのは間違いないだろう。実際、一九二三年の総選挙で労働党は第二党へ躍進し、翌年には労働党マクドナルド内閣が発足している。

だが彼女たちのあり様が単純に階級の産物として描かれているわけではないし、また上流の人間がすべて薄っぺらい物質的な人間として描かれているわけでもない。焦点化されるのは、語り手ジェニーの変化である。彼女は生まれおちた社会階層内の狭い世界で、その価値観にどっぷり身を浸して生きてきた。だがマーガレットへの共感を通して自らの枠を壊し、深い人間同士の結びつきを得る。冒頭でみすぼらしい下層階級の中年女と描写されたマーガレットが、最後には光り輝く守護の天使と描かれるのは、マーガレット自身の変貌に起因するのではなく、語り手ジェニーの価値観の変化、成長によるものである。

キティにも、反発や嫉妬を越えて、同じ子を亡くした母として、また同じ男性を愛した女性として、マーガレットと深い部分で理解しあう機会は確かに与えられていた。だがキティは最後までマーガレットを敵視したままで、頑なに変化を拒絶する。特権意識と差別意識が彼女の成長を妨げ、マーガレットの差異を包摂できない。自己満足の吐息をつくキティだが、すべてが元通りになるはずがない。やがて遠くない未来に、彼女のよりどころとするものが失われるであろうことが、不吉なエンディングで示唆されている。

生まれた環境や階級よりも、異質な他者との出会いを通じての変容を、この作品は問うているように思われる。その問いは読者にも向けられている。読者はどんな立場から、どのように判断するのか。キティを、マーガレットを、ジェニーを、そしてクリスの「回復」を。

二　戦争と男性性――叛逆者の声を聴く

『兵士の帰還』を発表した後、ウェストは小説や評論を発表しながら、一九三〇年に結婚した夫とともに、アメリカやユーゴスラヴィアなどを繰り返し旅し、取材対象をイギリス以外の異質な文化や社会へと拡げていった。一九四一年に出版された『黒い仔羊と灰色の鷹』は、第二次大戦前夜のユーゴスラヴィアを記録・考察した紀行文であり、「女性の手によって書かれた現代の叙事詩」(Schweizer 83) として高く評価されている。一九四一年のナチスドイツによるユーゴスラヴィア攻撃までが描かれ、「第二次世界大戦の理由を理解しようとする」「戦争文学」(Lesinska 136) ともなっている。

戦後『火薬列車』としてまとめて出版されたのが、ナチス戦犯のニュルンベルク国際軍事裁判の取材録だ。これにもナチスの「残虐行為」に関わった個人の動機や、なぜ人が戦争をするのかを理解しようという努力が垣間見える。「世界の敵」(*A Train of Powder* 3) とされたナチスの二四名の主要戦犯たちを裁くというので世界が注目したニュルンベルク裁判は、様々な矛盾と困難を伴っていた。法廷で延々と繰り返されたのは、ナチスとして行われた殺戮の責任がどこにあるのかという議論であり、それを裁く権利がどこにあるのかというものである。起訴されたそれぞれの将校たち個人は、何らかの形で虐殺に関わってはいても、決定的な権力を持っていた訳ではなかった。ハンナ・アーレントが『エルサレムのアイヒマン――悪の陳腐さについての報告』(一九五二) で分析したように、将校たちはただ命令に従っただけであり、その時にいた役職や地位のせいで「凡庸に」あるいは「陳腐に」悪の手先となったのだ。ニュルンベルク裁判でもそれぞれの被告が、皆「ヒトラーや上官の命令に従ったまでで、責任はない」と弁解する。

複数の国の国民に対する犯罪で告発されていた被告たちを裁くために、イギリス、フランス、ソ連、アメリカからそれぞれ二名ずつ判事が選ばれ国際法廷が作られたが、これについてウェストは、どの国もそれぞれナチスの被害を受け、利害関係が交錯する法廷の中立性を疑問視している。ナチスの行ったような残虐非道な行為が、罰せられずに済んではならないという理由から、結論は初めから決まっていて、少なくとも彼らの一部は有罪となり死刑とならなければいけないのだった。裁判には憑き物落としのような儀式的作用があったと、ウェストは指摘する。当時のドイツには「罰を求める声が存在していた。それは一九四六年にドイツにいなかった者には決して知りえないことだ」(16)とウェストは記述する。

ニュルンベルクで人々はうんざりしていた。ただしその食傷は巨大な歴史的規模のものだった。ある機械が壊れかけていた。偉大な、これまで造られた機械の中で最も大きな戦争マシンだ。目的が欠陥だらけであり、頻繁に死を求める機械であるにも拘わらず、人類はこの機械を用いて、自分たちの命を守ろうとした。操作が難しい機械なので、使用したことのある誰もが、廃棄処分を当然望んでいた。(中略)別の機械が始動しつつあった。平和マシンだ。(中略)世界中の人がイライラしていた。なぜなら温まりつつある機械のオペレータになりたいのに、壊れかけた機械に繋がれていたからだ。(11)

戦争犯罪の真の理由を探るよりも、戦争という愚行の責任を誰かに負わせ、他の人々がすっきりして次の段階に移るためにこの裁判が開かれていると、ウェストは見抜いていた。「ニュルンベルクの瓦礫のなかで青ざめた表情のドイツ国民たちは、誰かが罰が受けるのを浄化として待ち侘びていた」(49–50)。ある夜、ウェストたちは、宿舎の近くの温室で、一本足のドイツ人がシクラメンの鉢植えを人知れず大量に育てているのを発見する。戦勝国の人たちに売ろうというのだ。精魂込めて育てられた見渡す限りの見事なシクラメンの鉢を目にして、ウェストはぞっとする。金銭的な利益や自己実現といった目的よりも、ただただシクラメンを育てることに没頭するこのドイツ国民を、ウェストは「彼は痛みが自分を支配しない別の次元へと逃亡したのだ。作業へと逃げ込んだのだ」(29)と分析する。

2. ニュルンベルク裁判の様子

> 彼はより多くのシクラメンを、より良いシクラメンを、育てることにしか興味がなかった。その作業以外のことにはまるで無関心で、まるで作業が麻薬であるかのようだった。(139)

ドイツ国民ばかりではない。世界中がこの裁判によって一区切りつけ、大戦の惨劇を忘れたがっていた。世界各地からこの裁判を報じるために集まった記者たちにとって、ナチスの残虐行為はもはや現実味を失い、裁判傍聴は仕事と化していた。連日顔を合わせる面々と、「じゃ、また明日！」と笑顔で挨拶する彼らに、事件の風化はすでに始まっていた。

ウェストは被告たちの表情や仕草を事細かに描写し、彼らの心中を探ろうとするも、「わたしたちは、彼らがなぜそんなことをしたのか、まったくわからないままだった」(60)と書かざるを得ない。結局、被告たちの抗弁にも拘わらず、一二名が死刑判決を受け、七名が禁固刑となった。無罪となったのは三名で、被告の中には公判前に自殺したものもいた。予定調和である。「裁判はすでに過去への退却を始めていた。やがてわたしたちの誰も、夢の中で見るか、あるいは本で読むかしない限り、この裁判のことを考えなくなるだろう」(65)。だがナチスの残虐非道がなぜ起きたのか、それがわからないまま、記憶の彼方へ追いやられることをウェストは懸念していた。数人のスケープゴートに責任を負わせ、他人事として忘却し、「シクラメン作り」に没頭することは、麻薬で思考を麻痺させることに他ならないからである。

「なぜそんなことをしたのか」という問いは『叛逆の意味』の中心にもある。この書は一九四五年から四七年にかけて『ニューヨーカー誌』に掲載された裁判傍聴記をまとめたもので、一九四七年に出版されたのち、改訂版『新・叛逆の意味』が一九六四年に出ている。[7] なかでも戦後、叛逆罪で死刑となったウィリアム・ジョイスについての報告が興味深い。ジョイスは、第二次大戦前夜にイギリスからドイツへ出国し、ナチスドイツのラジオ局でイギリス向けプロパガンダ放送を担当した「ホーホー卿」と呼ばれた人物である。戦後ドイツ国内でイギリス軍により逮捕された。

ウェストはジョイスの生い立ち、家庭事情、思想の変遷を仔細に辿り、彼が叛逆罪に問われるに至った経緯を明らかにしようとする。ジョイスは当時米国に帰化していたアングロ・アイリッシュの父親のもと、米国で生まれ、その後家族と共にアイルランドに帰国し、少年時代を過ごしている。ユニオニスト[8]であった父親の影響で、アイルランド共和軍との戦闘に英国軍側の使い走りとして加わったこともある。その後、家族と共にイギリスへ移動し、次第にファシズムに傾倒していく。

裁判で問題になったことの一つは、ジョイスの国籍である。彼はイギリス国籍であると嘘をついてイギリスのパスポートを所持していたが、米国に帰化していた父親のもと米国で生まれているので、厳密には米国民であった。その彼を、イギリス国家叛逆罪で裁く権利が果たしてイギリスにあるのだろうか。結局、彼がイギリス国籍と偽ってパスポートを取得した以上、イギリス政府の庇護を受け、忠誠の義務を負っていたとして裁判が成立した。世間は、この国籍問題がある以上ジョイスを有罪にすべきではないと騒いだが、ジョイス自身は「イギリスが自分を死刑にするのは正しいことだ」と考えていた (*The New Meaning of Treason* 40)。「イギリス人」として「イギリスを欺く」ことにこだわっていたのだ。しかし、それはなぜなのか。そもそも彼の父親は、アメリカでの事業に失敗し故郷アイルランドに帰国した時に、あるいはイギリスへ引っ越したときに、なぜアメリカ国籍を返上し、イギリスに帰化しなかったのか。それでいて家族にアメリカ国籍のことは絶対に誰にも話すなと厳命していたのはなぜか。

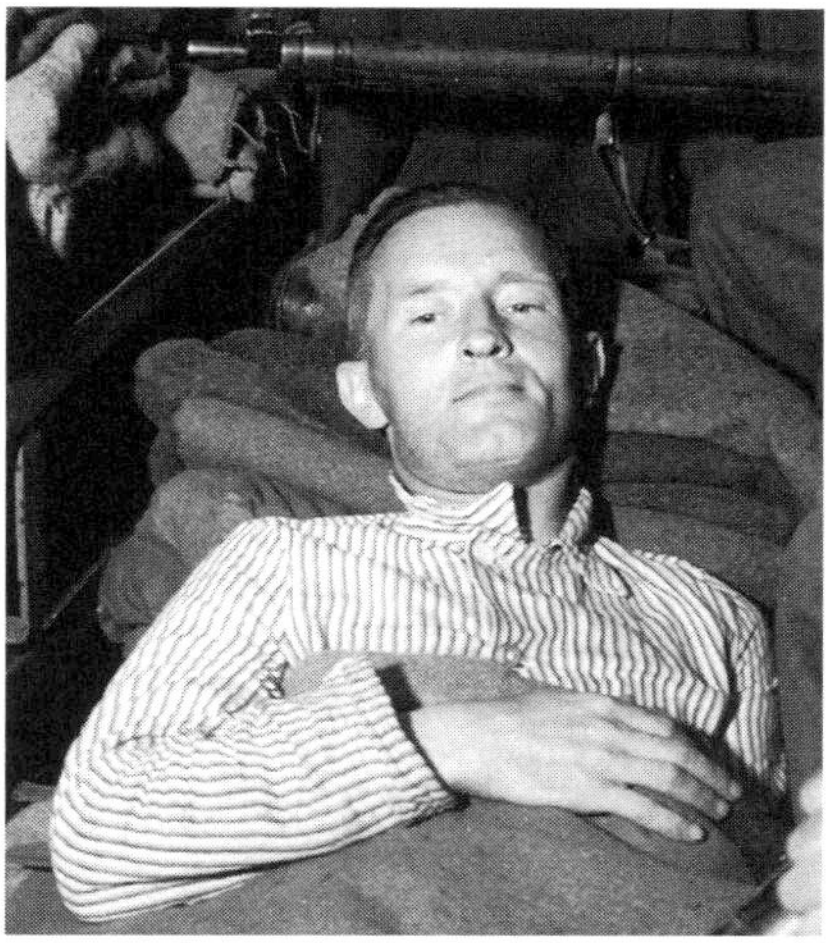
3. 1945年、逮捕後のウィリアム・ジョイス

ウェストは、父親とジョイスが共通して持っていたアイルランド人としての劣等感や、イギリスへの憧れを明るみに出す。特にジョイス自身は政治家としてイギリスで名を成すことを目指していた。米国に帰化したアイルランド人であることをひた隠しにして生きてきた彼は、繁栄から取り残されたアイルランドへのイギリス人の差別意識を内面化していたに相違ない。背が低く冴えない見た目も、彼のコンプレックスに大きく寄与していたし、「ジェントルマン」ではないこともマイナスだった。「彼が決してイングランドの代議士には

なれなかっただろうことは明らかだ。仮に彼がファシストではなく、トーリーや労働党やリベラル党の後ろ盾を受けていたとしても、彼に権力が与えられることは決してなかっただろう」(31)とウェストは分析する。

ジョイスを突き動かしていたのは「権力への欲望」であり、「権威を行使するという熱烈な野望」(5)であった。「彼は統治したいのであって、統治されたいのではなかった。しかしそれは、公正とは言えぬ幾つもの理由のために、不可能なのだった」(30)。当初は保守党で活動していたのに、ファシスト運動に関わるようになったのも、イギリス・ファシスト連合を率いていたオズワルド・モズリー卿が彼を「国家権力という磁場に紹介してくれる」(48)と勘違いしたからだった。「彼の眼前には偉大さに至る道がはっきりと見えていた」(55)。しかし実際は「ごっこ」をしていたに過ぎず、ナチス風の揃いの制服を着て権威や規律を演出し、共産主義者の集会を襲撃するなどしていたに過ぎない。しかし、いつになっても政治の表舞台には到達せず、モズリー卿の右腕にも抜擢されず、鬱憤が溜まっていたに違いない。

そんなジョイスが権力を掌握する力に長けていると心酔したヒトラーの元に行くことは、当然の帰結かもしれないとウェストは論じる。もっともナチスでの彼の立場は極めて弱く、なんの権力を享受することもなかったのだが。唯一の魅力である声を用いてプロパガンダ放送に関わり、「ドイツで優遇され、裕福な生活を送っているイギリス人」を演じるのが関の山だった。渾名とはいえ「ホーホー卿」というイギリス貴族として、ドイツからイギリスの解体を訴えたことは、彼の肥大化した権力欲と、歪んだイギリス愛／憎悪のなせるわざである。叛逆罪での裁判は、彼にとっては歓迎すべきものだった可能性すらある。なぜなら、それは「凡庸性への終止符」(121)を意味したからだ。「この最期の日々に、ファシズムは彼の意識からは消え去り、その心を占めていたのは、人生で初めて真剣に受け止められているという満足感だったかもしれない」(121) とウェストは書く。

「犯罪者」であり「叛逆者」であるウィリアム・ジョイスの「なぜ」を追求しながら、ウェストが明るみに出しているのは、政治/国家と覇権的男性性の関係に他ならない。覇権的国家イギリスの国民ではなく、アイルランド人(しかも米国からの帰国者)であったこと。小さく目立たない容貌であったこと。労働者階級であったこと。絶望的に望んだにもかかわらず、政治家としての成功と権力のために必要な要素を、ジョイスは悉く所有しなかった。それでも「偉大さ」を追い求めた彼は、ついにはナチスドイツに積極的に協力するに至った。ウェストのこの分析は、アイヒマンについてのアーレントの分析と酷似する。「野心満々の青年」だったアイヒマンに、「つまらない無意味な平々凡々の存在」「自分の属する社会的階級からも自分の家族からも、したがってまた自分の目から見てもすでに失敗者としか見られぬ人間」(アーレント　四六) から脱して、組織の中で出世する機会を与えたのがナチスの活動だった。

亡命者として惨めな生活を送っていたアルゼンチンにおいてばかりか、彼の生命は失われたも同然だったエルサレムの法廷においてすら、彼はなお――もし誰かが尋ねたとすれば――ヴァキューム石油会社の出張セールスマンとして平和で平凡な生涯をまっとうするよりは、退役した中佐(中略)として絞首刑にされることを選んだだろう。(四七)

凡庸さに留まるくらいなら、悪行に身を染め死刑になってでも認められたい。そんな覇権的欲望のあり方を、ベルサーニは自我による「自己とは異なった世界への恐怖に対抗するための防衛（あるいは先制攻撃）の働き」と分析し、さらにそれが「他国への帝国主義的な侵攻や占有の試み」（ベルサーニ／フィリップス 一一四）の背後にあると論じている。他者を攻撃することによって「単独性という鎧」（一七七）を得ようとしたのが、アイヒマンであり、ジョイスなのである。コンネルやバーズはさらにそれをジェンダーと結びつけ、覇権的男性性は男性中心的社会の中で男性の理想像として伝統的に育まれてきた一面があると指摘する。ジョイスやアイヒマンにおいて、それは「攻撃的に他者と争い支配する必要性」(Kupers 713) にまで巨大化し、「有害な男性性」[9]と化している。ウェストの裁判傍聴記はアーレントの著書と並んで、覇権欲と男性性のねじれた関係から見た戦争論なのである。

三　『鳥たちの落下』――他者との絆を選ぶ

この小説はウェストが七三歳だった一九六六年に発表された小説だが、構想は遅くとも一九四五年に始まっていることから、[10]足掛け二〇年の歳月をかけて書かれた大作である。評価は分かれるものの、ウェストが初期から持ち続けている問いに、ユーゴスラヴィアで見聞きしたことや第二次大戦後の裁判傍聴から考察したことを昇華して展開しており、二度の世界大戦を経て書かれたウェストの集大成的な小説となっている。

物語は二〇世紀初頭、イギリスの瀟洒な住宅のテラスで、一八歳の娘ローラ・ローワンが両親の口論を漏れ聞いてしまう場面から始まる。父エドワードは国会議員で、母タニアはロシア人だ。タニアの父親、つまりローラの祖父はロシアのディアコノフ伯爵だが、ツァーリの不況を買い妻と共にパリで隠遁生活を送っている。ローラを連れて二週間ほどパリの両親を訪ねてもよいかと尋ねるタニアに、エドワードは次のように答えている。

「向こうに連れていくことはどの子にとっても良くないと私が考えていることは君もよく知っているだろう、タニア。ひどく張りつめた雰囲気だからね。それに、まだボーア戦争についてフランス人の間にわだかまりが残っている今、行くことは得策ではないよ。」(*The Birds Fall Down* 1–2)

4.『鳥たちの落下』の表紙

ボーア戦争とは一八九九年から一九〇二年まで続いた第二次ボーア戦争のことである。この戦争は南アフリカの植民地化を狙う大英帝国とボーア人（オランダ、ドイツ、フランス人入植者の子孫）の戦いで、結局ボーア人は敗北し、トランスヴァール共和国とオレンジ自由国という二つのボーア人国家が大英帝国に吸収された。当時フランス、オランダ、ドイツだけでなくロシアも大英帝国を非難し、反英感情が大陸に渦巻いていたという（エゴロフ）。エドワードはイギリスとロシアの国政事情を持ち出し、タニアの娘としての孝行心を制止しようとする。

エドワードはタニアの両親がイギリスに来ればいいと言うが、追放されているニコライの微妙な立場では、英露関係が悪化している中で来ることは容易ではない。ロシア正教徒であるニコライは神の代理人という立場のツァーリに逆らうなどとんでもないと考えている、とタニアは説明するが、夫は理解しようとしない。異文化を理解しようとしないばかりか、実権を失ったロシアの老伯爵をエドワードが小馬鹿にしているのは明らかである。彼の「信仰」も、世俗的なエドワードには軽蔑の材料でしかない。二人の口論を聞いて、ローラは両親の仲が上手く行っていないことを確認する。父は多忙で留守がちで、母は不幸なのだった。両親を訪ねにパリに行かせてほしいと母が繰り返したとき、ローラはあたかも今聞いたというていで割って入り、祖父母に会えるなんて嬉しい！　と告げるのである。

こうして母と共にパリに来たローラは、贅沢な調度品に囲まれロシア貴族の生活を続けるタニアの老齢の父ニコライ、母ソフィア、そして忠実な侍従カメンスキーの元で、慣れ親しんだイギリスとはまったく異なる価値観や風習に身を浸して過ごすこととなる。ツァーリとロシア正教会をめぐる宗教談義や、ニコライのロシアへの想いなどが饒舌な独特のリズムで語られ、隠遁生活でも威厳を保つニコライと彼を崇拝し長年支え続けるカメンスキーの忠実がノスタルジーを喚起する。おそらく読者も、古い価値観で時には辟易するけれども、その愛情深さやお節介に温かい気持ちにさせられる祖父母のことを思い出すのではないだろうか。

本格的に物語が動き始めるのは、ソフィアが入院するため、ローラが祖父ニコライに付き添ってパリ郊外へ旅することとなるところからである。ニコライがパリにいると妻を心配して色々と騒ぐだろうし、ソフィアも夫の世話をしたがるので休めないだろうという配慮の末のことである。カメンスキーもニコライに付き添う予定だったが、駅へ向かう途中で怪我をして、同行できなくなってしまう。そのためローラがただ一人で、「ソフィア、タニア、いやローラ」(111) と彼女のことを呼ぶニコライの世話係をすることになる。

列車に乗り込んだ二人だが、彼らの個室にみすぼらしいコートを着たロシア人が入ってきて、一気に緊張に包まれる。この男は嘗てニコライの友人だった下級貴族の息子チュビノフだ。革命論者で、帝政ロシアを打倒すべくテロ活動に関わっている。自分の正体をニコライに明かした上でチュビノフは、ニコライの侍従のカメンスキーがニコライを長年裏切り、こっそり彼の日記をツァーリ側に渡してきたこと、さらに革命側とも通じている二重スパイであると告げる。郊外へ向かう列車の中で、ローラがハラハラと見守る中、チュビノフとニコライは百ページ分にも及ぶ丁々発止の長談義を行う。

チュビノフはずっとゴーリンという指導者の元で活動し、彼に全幅の信頼を寄せていた。ところが、次々と警察に仲間が逮捕され、二重スパイの存在を疑う事態となる。ゴーリンはニコライの家に出入りしているベールという男こそが憎むべき裏切り者であるとして、チュビノフに暗殺を命じる。ベールは横柄な男で、妻に暴力を振るっていると聞かされていたチュビノフだが、ベールが盲目で、妻を深く思いやる人間であることを知って暗殺を中止する。ゴーリンの言動や信念を決定的に疑うようになったチュビノフは単独で調査を行い、ニコライが信頼を寄せるカメンスキーと、革命運動の中心人物のゴーリンが同一人物であることを突き止めるのである。

チュビノフは確かに特権階級のあり方を憎み、革命を望んでいた。彼はローラたちに「ブルジョワの人間はそれゆえに腐敗している」(94) とか、「あなたはおじいさまと同じように傲慢だ」(104) とか「あなたは階級のせいで歪んでいる」(106) と言う。しかし、彼は幼少期にニコライから優しく鳥撃ちを教えてもらったことを今でも懐かしく憶えているからこそ、信頼する侍従から裏切られていることに義憤を感じて伝えに来たのだ。

最初こそチュビノフを全く信用せず軽蔑していたニコライだが、列車内でのこの長い議論の間に、彼の話の真実を感じるようになる。チュビノフは帝政ロシアの改革運動に身を投じ、各地でテロ活動に関わっている青年である。一方のニコライは老齢のツァーリスト貴族である。しかし二人とも信念を持ち、その信念を貫いて生きてきた。同時に二人とも家族や友人を大切にする人間でもある。政治信条や階級は違えど、尊敬できる相手として互いへの信頼が芽生えたのだ。しかし、ニコライとチュビノフの関係性よりも、この物語の焦点はむしろローラにあることを指摘したい。二人のやりとりを気を揉みながら聴いているうちに、ローラは急速に学び成長していく。当初みすぼらしい闖入者を警戒していたローラだが、やがてチュビノフを誠実な人間と判断するに至る。ローラのこの変化こそが、この小説中、最も重要な出来事なのである。

この後、ローラに次々と困難が降りかかる。カメンスキーの謀略を知って妻の身の安全を心配したニコライが、突然パリに戻ると言い出し、さらには心臓発作に見舞われる。チュビノフは、一刻の猶予もないと、ゴーリン／カメンスキーを暗殺するためにパリに向かい、ローラは一人取り残される。カメンスキーの妨害を恐れ、母には連絡が取れない。イギリスから駆けつけてくれると信じてローラは父に電報を打つが、待てど暮らせど父は来ない。ローラは周囲の助けを借りてニコライを近くのホテルに運ぶが、彼はローラの見守る中、息を引き取る。

夜中になってやってきたのは父ではなくカメンスキーであった。家族と自分を守るため、彼に自分の正体がバレたことを知られてはならないと、ローラは平静を装ってカメンスキーに応対する。たった一人で祖父の死に立ち合い、家族の誰とも連絡がつかない中、自分の命を狙っているかもしれない裏切り者と対面するという、この尋常ならざる緊迫状況でも、ローラは家族を守るために自分がなにをすべきかを考えて振る舞う。翌朝、父がようやく到着するが、忙しそうで、ローラを心から気遣う様子はない。誰に頼ることもできず、全てを心のうちに飲み込んだまま、ローラはパリに戻り祖父の葬儀の準備を手伝う。ローラはもはやナイーヴで頼りない少女ではない。そして彼女の手引きのもと、チュビノフによるカメンスキー暗殺が実行されるのである。

二重スパイを巡るサスペンスドラマとして評されることが多いこの小説だが、[11] その評価ではこの壮大な小説の本質は捉えられない。階級闘争や政治闘争も十分興味深いが、随所に散りばめられているのは、人の絆や義についての言及である。ゴーリン／カメンスキーをチュビノフが許せないのは、彼が人を深く信頼させ絆を作った上で欺いているからである。一方のニコライは古色蒼然たる階級主義者だが、家族や友人を大事にする情に厚い人間だ。チュビノフがニコライを憎めずにいるのは、かつてそんな彼から受けた温かさのためなのだ。ニコライもチュビノフも大義に拘泥しつつも、最も大切にしているのはパーソナルな「絆」だ。

これと対比されているのが、ゴーリン／カメンスキーであるとともに、物語の冒頭と最後に登場する父エドワードである。政治家という公生活をつねに家族より優先させてきたエドワードだが、物語が進むにつれ、彼のさらなる欺きが明らかになる。列車でゴーリン／カメンスキーの欺きについて聞いているうちに、ローラはふと、家に出入りしていた両親の友人スージー・ストーントンを思い出す。貧しいふりをして一同の同情を買っていたが、実は裕福だったことが後にわかる。母が彼女にとても親切にしてあげて気を許していたこと、帽子を譲ってあげたこと、父とスージーの親密な様子など、点と点が繋がっていく。祖父の死後ようやく到着した父は、電報を受け取れなかった理由について嘘をつく。ローラは父とスージーが一緒にいたこと、自分たちを長年欺いていたことを察知するのである。かつて父親を信頼し頼っていたローラであるが、父とパリへ戻るときにはすでにその信頼は失われている。カメンスキーについて話そうとしても、まったく理解されないだろうことに気づいたローラは「父は馬鹿になってしまった」(357) と思う。父はローラがすでに成熟した感受性を持ち合わせた理知的な大人になっているとも知らず、彼女に「少女向け雑誌」(357) を買い与える。ローラは、いまや父に対して「無関心しか感じない」(358) ことに戸惑いながら眠り込み、カメンスキーの夢を見る。ローラして目を覚ますと、向かい側に座る父の姿が目に映る。ここで明らかに作者は、エドワードとゴーリン／カメ「いつもの小綺麗さが消え、シャツ姿で、見たことがないほど乱暴な仕草と表情」(358) のカメンスキーに動揺して目を覚ますと、向かい側に座る父の姿が目に映る。ここで明らかに作者は、エドワードとゴーリン／カメンスキーを重ねて提示している。両者とも「大義」を言い訳にしつつ、親密な関係性の中で家族や友人を平気で欺いている点で同類なのだ。

ウェストは両者の類似性を周到に仕込んでいる。列車に乗る前の場面で、カメンスキーもローラに「少女向け雑誌」(85) を買い与えているのだ。カメンスキーもエドワードも、ローラがなにもわからない娘だと見くびっている。若くて未熟だからか、それとも女性だからか。いずれにせよ、カメンスキーがチュビノフに暗殺されるのは、ローラを見くびったからに他ならない。彼はローラが必死でついた嘘に騙され、正体がばれていることに気づかないばかりか、ローラの従順なふりを自分への信頼・好意と勘違いする。約束の時間にローラのもとへ花束を抱えてやってきたカメンスキーは、完全に油断していた。まさかローラが暗殺の手引きするなどとは、想像すらしていなかったのだ。

表舞台にあるのは男性たちの政治ドラマである。しかしその裏でこの物語はローラという若い女性のエージェンシーを語っている。読者も、最初は何が起きているのかわからないまま、ローラと共に色々と見聞きし、少しずつ事件の全容を知る仕組みになっている。何も知らない一八歳の娘であったローラが次第に成長をとげ、異質な他者を受け入れ、やがてはたった一人で様々な決断をし、危機をかいくぐっていく様子は、頼もしく痛快である。『兵士の帰還』でも語り手ジェニーの成長が鍵であった。それから五〇年近く後に書かれた『鳥たちの落下』も、ビルドゥングスロマンの構造を持っている。

物語の終盤でようやく母と再会したローラは、「猫から助け出した小鳥のように彼女の腕の中で脈打つ母の体を抱きかかえる」(363)。母と娘の立場はいつの間にか逆転し、精神的に成熟したローラが母を守る役目を引き受けている。エドワードの欺きについて初めて語り合った母娘は深く理解し合う。最後に母タニアが夫と別れてロシアへ帰る決断をすると、ローラは自分もイギリスを捨て、母と一緒にロシアへ行く決意をする。

ローラは、母と自分がいなくなることが父にとってどういう意味を持つか、考えなければならないと思ったが、難しかった。世間体が悪いという以外の意味はなく、今、自分たちが残ろうが去ろうが、父は気づきもしないだろう。それに世間の噂だって時間が経てば消えるのだから。(425)

ローラの内的独白からは、父への不信の強さが伝わってくる。母や自分に対する父の偽り・欺きに対するローラの審判には、若き日のウェストが女性たちに求めた「毒」がある。問題はスージーとの不倫だけに止まらない。人としての義にかかわることなのだ。「イングランドを捨てると自分から決断するまでもなかった。イングランドの方がとうの昔に私を捨てているのだから」(425) とローラが思うとき、「父」と「イングランド」は同価である。ローラは、父権的社会イングランドとそこに住む政治家の父を置いて、母や母方の祖父母、また彼らのロシアの友人たちの「家族愛」「友情」「絆」を選ぶ。[12] ここにパーソナルなものを優先するウェストのフェミニズムが確かに見えるのである。

おわりに

初期の『兵士の帰還』では、イギリス国内の上流階級と下層階級の遭遇と、そこで差別意識を超えた他者への理解を語り手ジェニーが獲得する姿が描かれた。後期作品の『鳥たちの落下』においては、遭遇する異文化がより大きなスケールとなり、さらに個人が国家の覇権争いに取り込まれる様子も描き出し、大戦を経たウェストの人間観を映し出している。この小説が冒頭、大英帝国による二〇世紀初頭のボーア戦争勝利への言及から始まることには重要な意味がある。帝国主義の流れの中で他国と競争し、支配することでのし上がったイギリス、そしてその覇権の優越性を疑わない国民エドワードの姿が描かれる。タニアのような他者もイギリスに暮らしている事実は眼中にない。イギリス人とロシア人両方の血を引くローラを、彼は疑問もなくイギリス人として育て、ロシアに対するイギリスの優位性を疑う様子もない。ウェストはしかし、読者にとって異質であろうロシア文化を濃密に描くことによって、イギリスとは違う価値観、文化、伝統、宗教、家族関係のあり方を潜在的可能性として浮かび上がらせ、逆にイギリスの権威主義、欺瞞、腐敗、特権、排他意識を炙り出す。

ローラがロシア人になることを選ぶ結末は、多くのイギリス人読者に衝撃を与えたことだろう。しかしそれは、二つの大戦を経験したウェストが到達した戦争観から必然的に導かれた結末である。他者を攻撃し、差異を破壊して支配する覇権的なあり方ではなく、「他者とわかちもっている同一性」（ベルサーニ／フィリップス 一四四）を緒に絆を育むことがここでは志向されている。ローラの決断は、父親への「罰」もイギリスからの逃亡も意味しない。彼女が見つめているのは、より明るい未来だからだ。もう戦争もないだろうし、不幸は過ぎ去ったと語るタニアの楽観的な観測が実現しないことは歴史が証明している。しかしローラがそれでも生き抜いていくだろうことを読者は知っている。彼女には「自我」や「大義」や「覇権」よりも、個々の差異を包摂する、人と人の深い絆を選びとれる賢明さがあるのだから。

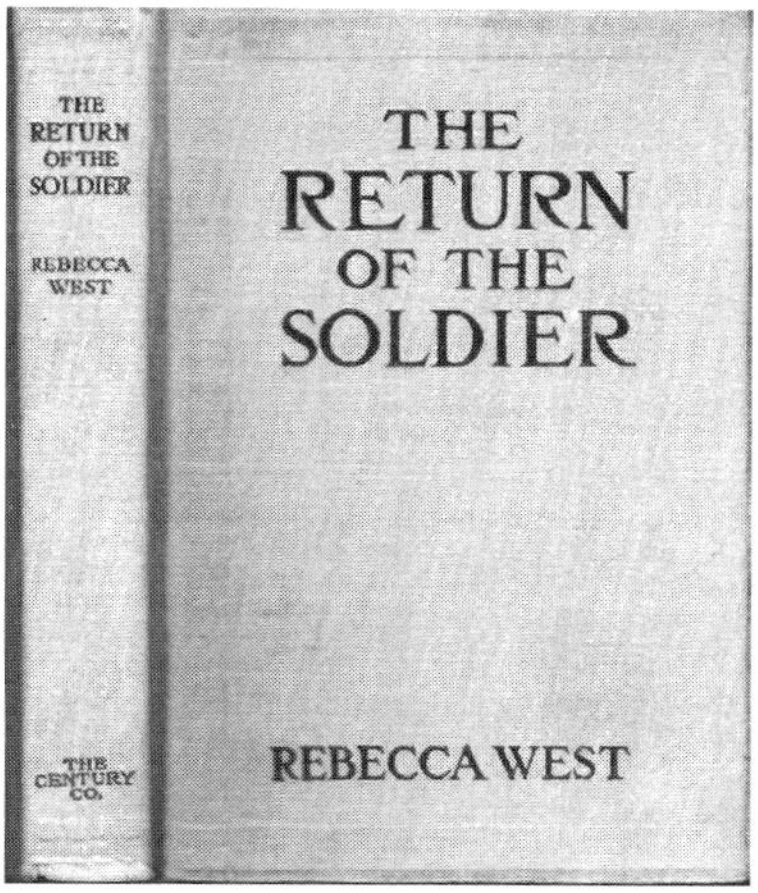

5.『兵士の帰還』初版カバー

注

1　イギリスに起源を持つアイルランド人の意。その多くがアイルランド人に多いカトリックではなく英国国教徒とされる。
2　ショーは「レベッカ・ウェストは私がなしえた以上にペンを巧みに、そして私以上に荒々しく、操ることができる」と評した（Scott xv）。
3　拙訳。以降、ウェストの作品の訳文はすべて筆者による。
4　ウェスト自身は自分の文学作品一つ一つは研究対象となりえても、一人の作家の作品群として一貫して分析するには「隙間が大きすぎて」対象になりえないと考えていた（Cowan 1）。
5　イギリスの写真週刊誌で、一八九七年に『レイシング・イラストレイテッド』誌と統合する形で創刊された。イギリスの上流階級の邸宅や庭園、芸術作品、ゴルフやレースといったイギリス文化の精髄的なトピックを扱う。イギリスの瀟洒な邸宅の「上品さ」や「洗練」の見本となるような写真が掲載される。小説内では語り手ジェニーが『カントリーライフ』に登場する女性の振る舞いを真似し、心中の動揺を悟られないようにする様子が描かれる（53）。
6　この場面でジェニーとマーガレットは「二人の女性ではなく、恋人のようにキスした」（75）とあるが、ベルサーニの語る「親密性」と解釈することが相応しいだろう。一方で、異性愛に代わるものとして女性同士の関係性が示唆されているようにも読める。
7　本論ではウェストの最終的な考えを知るため、改訂版である『新・叛逆の意味』を参照する。
8　アイルランドのイギリスとの連合賛成派であって、アイルランドの自治・独立派と対立した。
9　トキシック・マスキュリニティ（有害な男性性）は、近年、銃乱射事件などのテロ事件加害者についての論考などでよく使用される概念。銃乱射事件の加害者に見られる暴力的な支配と権力の奪還は、アイヒマンやジョイスに通じるものがある。彼らも統治される側の無力状態から脱し、暴力的に統治する権力を追い求めた。
10　一九四五年にレナード・ウルフに宛てた書簡の中で、ウェストは「裏切りについての小説を書こうとしている」（Scott 196）と述べている。
11　カメンスキーは実在した悪名高い二重スパイのエヴノ・フィセレビッチ・アゼフをモデルにしている（Orel 156）。

12 ロシア風葬儀の準備に嫌悪感を見せる父親にローラは、「ああ、あれね。家の中に死がある時に私たちはあれをするの。ママが前に話してくれたことがある」(361) と言う。「私たち？」と父が聞き咎めたのに対して、ローラは「父親よりもアグライアやカティンカ（祖父の家のロシア人使用人）の方に近しさを感じた」(361) と語る。

文献表

Bird, Sharon R. “Welcome to the Men’s Club: Homosociality and the Maintenance of Hegemonic Masculinity”. *Gender & Society* 10 (2), 1996, 120–32.

Connell, R. W., James W. Messerschmidt. “Hegemonic Masculinity: Rethinking the Concept”. *Gender and Society* 19(6), 2005, 829–59. doi:10.1177/0891243205278639.JSTOR27640853.

Cowan, Laura. *Rebecca West’s Subversive Use of Hybrid Genres*. Bloomsbury, 2015.

Kupers, Terry A. “Toxic Masculinity as a Barrier to Mental Health Treatment in Prison”. *Journal of Clinical Psychology* 61 (6), 2005, 713–24. doi:10.1002/jclp.20105

Lesinska, Zofia P. *Perspectives of Four Women Writers on the Second World War: Gertrude Stein, Janet Flanner, Kay Boyle, and Rebecca West*. Peter Lang, 2002.

Marcus, Jane. *The Young Rebecca: Writings of Rebecca West 1911–1917*. Viking, 1982.

Orel, Harold. *The Literary Achievement of Rebecca West*. Palgrave Macmillan, 1986.

Pullin, Faith. “Rebecca West: A dangerously honest, and unconventional writer”. *Dangerous Women Project*, The University of Edinburgh. 27 March 2016. https://dangerouswomenproject.org. Accessed 7 October 2021

Sage, Lorna. *The Cambridge Guide to Women’s Writing in English*. Cambridge UP, 1999.

Schweizer, Bernard. *Rebecca West: Heroism, Rebellion, and the Female Epic*. Greenwood Press, 2002.

Scott, Bonnie Kime, ed. *Selected Letters of Rebecca West*. Yale UP, 2000.

West, Rebecca. *A Train of Powder: Six Reports on the Problems of Guilt and Punishment in Our Time*. Viking, 1955.

——. *Black Lamb and Grey Falcon: A Journey Through Yugoslavia.* (1941) Penguin, 2007.

——. *The Birds Fall Down.* (1966) Virago, 1986.

——. *The New Meaning of Treason.* (1964) Penguin, 1985.

——. *The Return of the Soldier.* (1918) Dover, 2002.

アーレント、ハンナ『エルサレムのアイヒマン——悪の陳腐さについての報告』大久保和郎訳、みすず書房、二〇一七年。

エゴロフ、ボリス「ロシア帝国が大英帝国からボーア人を守れなかったのはなぜか」『ロシア・ビヨンド』二〇二〇年二月八日。<https://jp.rbth.com/history/83225-roshiateikoku-ga-daieiteikoku-kara-boajin-wo-mamorenakatta-naze> Accessed 7 October 2021.

ベルサーニ、レオ、フィリップス、アダム『親密性』檜垣立哉、宮澤由歌訳、洛北出版、二〇一二年。

画像

1 Portrait of West by Madame Yevonde. From Wikimedia Commons. https://commons.wikimedia.org/wiki/File:Rebecca_West.jpg.

2 Robert H. Jackson acting as Chief United States prosecutor at the Nuremberg Trials. From Wikimedia Commons. https://commons.wikimedia.org/wiki/File:Robert_H._Jackson_Nuremberg_/Trial.jpg.

3 The Capture of William Joyce, Germany, 1945. From Wikimedia Commons. https://commons.wikimedia.org/wiki/File:The_Capture_of_William_Joyce_Germany_1945_BU6910.jpg.

第三章

不在の戦争の言語的形象
――『日ざかり』における空間と時間

遠藤　不比人

はじめに　戦争文学という問い

戦争と文学、あるいは戦争文学とは何か、という問いを立てることには固有の困難がある。戦争文学の定義を、戦争を描写の対象にした作品と限定した途端に、その議論は甚だ貧弱なものになってしまうからである。まずはこの点を強調しておきたい。ここで浮上してくるのは、真の戦争文学の定義を、テクストにおける戦争の不在としなければならない、というパラドクスである。これは、エリザベス・ボウエンの『日ざかり』（一九四八）を読む際にも、決定的な論点となる。それゆえ、戦争の不在化という論点から、戦争文学としての『日ざかり』を読むことが、本章の目的となる。

ここで想起すべきは、人類が経験した最初の総力戦である第一次世界大戦直後にジークムント・フロイトが開陳した洞察であるだろう。それは『快原理の彼岸』（一九二〇）が理論化を試みた、精神的外傷（トラウマ）に関わる問題である。このテクスト冒頭でフロイトが着目する精神的外傷は、前線から帰還した兵士たちの心的疾患たる戦争神経症（いわゆる「シェル・ショック」）と診断された。従軍の結果、身体的な傷害がほとんどないにも拘らず、心的なレヴェルでは、夜毎前線での過酷な体験が、悪夢としてほとんど無媒介的に反復される、そのような症状がここで紹介される。無媒介的とは、時間的かつ空間的な距離のまったくの欠如を意味する。そしてその欠如は、言語表象を媒介させる（言語化する）ことの不可能性と直結するものである。フロイトの精神分析の理論的かつ臨床的な根底には、強烈で過酷な過去の外傷的体験が、ほとんどそのままの強度を伴い、反復することが前提とされている。

この前提は、フロイトが精神分析の理論化を試みた最初期の段階における『ヒステリー研究』（一八九五）以来の臨床的基盤であり、ヒステリー患者の治癒の可能性は、そこに伴う苛烈な情動の強度を言語化＝緩和できるか否かに依存していた。『ヒステリー研究』から該当箇所を引用する。

つまり、誘引となる出来事の想起を完全に明晰な形で呼び覚まし、それに伴う情動をも呼び起こすことに成功するのならば、そして、患者がその出来事をできる限り詳細に語りその情動に言葉を与えたならば、個々のヒステリー症状は直ちに消滅し、二度と回帰することはなかったのである。情動を伴わない想起は、ほとんどの場合全く何の作用もない。最初に経過した心的過程は、可能な限り生き生きと反復され、《それが生じたときの状態 [statum nascendi]》へと戻され、「語り尽くされ」なくてはならない。（一〇）

ヒステリーとは、抑圧された過剰な過去の外傷とそこに帯びる情動が、まさにそのままの強度を保存しながら、身体化される症状を指す。この治療を試みる初期の段階でのフロイトの議論の比重は、この外傷的経験が「それが生じたときの状態」で回帰し、そこに充満する情動の強度が減じることがないにしても、それは結局のところ「語り尽くされ」得る可能性にこそある。外傷の反復に伴う情動の強度は、時間的＝空間的に無媒介的な直接性を維持してはいるが、それは臨床的にも理論的にも、言語化可能なことが前提となっている。この言語化が、外傷の緩和＝治療を可能にする。

しかし、大戦後の戦争神経症に関してフロイトが強調するのは、明らかに、その「反復強迫」の過酷な強度であり、それは戦争体験による外傷の言語化不能性を強く示唆する。それはヒステリーを「凌駕」したものである、とフロイトは『快原理の彼岸』の冒頭で言明する。

> 外傷性神経症の状態は、類似の運動性症状が豊富である点において、ヒステリーにその像が接近しているが、しかし通常、心気症やメランコリーなどと同じように、主観的な苦しみの徴候が強く打ち出されていたり、心の達成能力の全般的な弱化・壊乱がはるかに深刻になっていることを示す証拠が挙げられたりしており、その点でヒステリーを凌駕している。（六〇―六一）

この病態を支配するのが『快原理の彼岸』であらたに理論化された概念「反復強迫」であり、それはつぎのように記述される。「むしろ患者は、医者が望むように、抑圧されたものを過去の一部として想起するのではなく、現在の体験として反復するよう、余儀なくされる」（六六―六七、強調原文）。ここで明らかなように、戦争神経症の過剰な強度は、ヒステリー患者における「想起」という、言語化可能性を前提とした「心の達成能力」の「弱化・壊乱」を特徴とする。それゆえに、それは過去の外傷的体験の直接的かつ無媒介的な「反復」と化し、「反復強迫」と呼ばれる。その情動的強度は、言語化不能なものとなる。

『ケンブリッジ版二〇世紀英文学史』の第一〇章「精神的外傷と戦争の記憶」を執筆したデボラ・パーソンズが依拠するのも、このような外傷＝戦争の表象不可能性である。それゆえに、パーソンズの議論が私たちの議論を誘導する先には、つぎのごときパラドクスがある。戦争という外傷的体験が原理的に言語化不能であるとすれば、いわゆる「戦争文学」とは明らかな定義矛盾となり、それは定義上戦争それ自体を描写の対象にすることができない、という逆説に私たちは逢着する。戦争文学は戦争を言語化することができないというテーゼが、ここで浮上することになる。真の戦争文学にあっては、戦争それ自体が不在化するという視点をここで強調しなくてはならない。それを論拠にしたパーソンズは、戦争それ自体はテクストにおいて不在となり、あるいは不在の原因として不可視なまま機能しつつ、その外傷性（表象不能性）は別の言語表現を獲得する、と論じる。「戦争の外傷的効果＝結果は、あまりに近すぎて把握ができないために、それは、主題や物語の特徴的な断片化という形式を通じて間接的に現れ出ることになる」(178)。この場合の戦争体験は、直接的な従軍に限らず、戦場から離れた「銃後」の市民生活にも妥当する。

その興味深い例は、D・H・ロレンスの『恋する女たち』（一九二〇）とされて、つぎのような解釈が続く。

『恋する女たち』（一九二〇）の緒言においてD・H・ロレンスは、「この小説は、一九一六年の夏の間に執筆と推敲がなされ、最終稿が完成したのは戦争の只中であったのだが、戦争それ自体に関する物語ではない」と語り、さらに言葉を重ねて、「それでも時代設定を明確に設定したくなかったのは、戦争の悲惨さが登場人物の心理にあって所与の前提であるとしたかったからである」と説明している。ここでロレンスが暗黙のうちに意味しているのは、外傷は時間的な定義に抗うということで、戦争が実際の戦闘をはるかに越えて、近代人の意識に破滅的な衝撃を与えたということである。『恋する女たち』において、戦争それ自体が不在であったとしても、その傷はしかしながら、苦悩する登場人物の機械的な自己防衛、破壊への意志、彼らが社会的にも心理学的にも場所を失っていること、彼らの絶望的なまでの意味への渇望などに、感じることができる。またその傷痕は、テクストに露わな精神的かつ感情的な荒野、非男性化された反＝英雄、この時代の文学に広く瀰漫する過去から切断されたという苦しみ、などにも見いだすことができる。(178)

ロレンスの言語にあって、戦争それ自体は描写の対象にはならないが、それはテクストの形式的な歪みや登場人物の情動的な過剰の不在の原因として機能していることになる。ある種のテクスト的な歪みや過剰が、不在の原因たる戦争の言語的な症候となっているといってよい。

パーソンズのこの視点は、キャシー・カルースの外傷をめぐる理論に準拠している。カルースの著作の題目に「外傷、物語、歴史」とあるように、彼女の議論は、文学と外傷を論じる際にまずは参照すべきものである。カルースによれば、外傷には「非常に物語に収納しがたい性質 (its very unassimilated nature)」があるゆえに、それを体験した者は、その瞬間それをそれとして認識することができず、それゆえに外傷は「それを経験した後になって回帰し出没する」(4) ことになる。外傷の苛烈な強度ゆえに、その体験者はその瞬間にはそれをそれとして認知することができず、その症状は事後的に発症することがここで記述されている。つまり、ここで強調すべきは、体験と症状との時間的なギャプが外傷の重要な特質となる、という点である。この論点は、戦争文学とは真の意味においては、戦後文学であるというテーゼに私たちを導く。しかし、その一方で、「戦間期」という視点を導入すると、それは未来の戦争に怯える「戦前文学」としての様相も帯びる。これについては、すぐに詳述する。

さらにいえば、カルースが強調する外傷の物語への包摂不能性は、文学言語による表象不可能性を示唆するだけでなく、外傷を物語的な時間に還元できないことをも意味する。物語を構築する基礎的な時間性は、過去、現在、未来というクロノジカルで直線的な時間の継起であるが、外傷の強度はそれを逸脱する。それゆえ、物語内の外傷的過剰は、過去の出来事として登録されずに、過去から現在に直接的に乱入し回帰しながら、所与の物語的形式たるこの時間性を攪乱する。しかし、その外傷的強度を、物語はそれ自体として記述することはできずに、それはテクスト的な歪み＝症候と化す。ここでパーソンズの議論、特にロレンスの『恋する女たち』への言及を想起しよう。それゆえに、カルースは、物語における外傷の存在論的かつ認識論的な位置について、つぎのように論じる。物語の主題的次元では、それは「私たちが知り得て、理論化できるものの彼岸にあり」、時間的には「ある忘却された傷を執拗なまでに目撃し続ける」(5) がごとき、物語の中の一種の異物ともいうべき過剰として、外傷を定義することができる、これがカルースの基本的な論点となる。

一　不安という情動

もしエリザベス・ボウエンの『日ざかり』を、このような定義による「戦争文学」として解釈しようと試みるのならば、さらに不安という情動を議論の対象にしなくてはならない。とくに第二次大戦と英文学という文脈において、この「不安」という情動を前景化しながら、リンジー・ストーンブリッジは、フロイトの『快原理の彼岸』における、外傷と情動との関連性について注目する。ストーンブリッジが着目するのは、フロイトのこの議論である。

驚愕、恐怖、不安は同義的表現として用いられるが、それは正しくない。三者は危険との関連によって、互いにはっきりと区別されるのである。不安は、危険を——それがたとえ未知のものであるとしても——予期しそれに対し準備を整えるような一定の状態を表示する。恐怖は、恐るべき特定の対象を要求する。それに反し、驚愕は無防備のまま危険に襲われたときに陥る状態を指示し、不意打ちの契機を強調する。
（六一）

このようにフロイトの精神分析において、不安は外傷からの防御を可能にする情動として定義されている。不安は、外傷的な出来事の到来を事前に知らせる一種のシグナルのような機能を果たすことで、外傷による心的ダメージを軽減することができる。これに準拠しながらストーンブリッジは、戦争と文学に関して、以下のような視点を提出する。

不安は、外傷に対して「防御」となるので、歴史に焼き尽くされることなく眼前の歴史と関係を保ち得る一つのあり方となる。（不安という点から、戦時の精神病理学について思考する別の理由は、実質的に、より多数の人間が、現実に戦争によって外傷化されるというよりはむしろ、戦争に不安を感じるからであり、その不安によって神経の末端を締め付けられるからであって、外傷性神経症の現実の被害者についてフロイトが記述したように、心を粉砕されるわけではないからである。）(4)

このように、パーソンズとストーンブリッジの議論を並列してみると、外傷と不安に関して、一見したところ矛盾した論点を得ることになる。パーソンズが引用するロレンスによれば、戦争を戦場で体験をすることがなくても、戦争は外傷的なダメージを精神に与えることができる。しかし、戦争それ自体は表象不能な外傷的強度を帯びるので、テクストはそれを描写の対象にすることはできない。一方で、ストーンブリッジは、戦争という文脈で英文学を再解釈しながら、従軍経験のない作家による作品を構造化するのは、フロイト的外傷でなく、その経験を予感させる情動、つまり、不安であると論じている。しかし、じつのところ、両者の立論は矛盾してはいない。ここでフロイトによる「不安」の定義を想起してみよう。不安は、恐怖と異なり「特定の対象」を必要とせずに、それは「未知なもの」であるゆえに、この情動はこのような属性（対象の不在）という形式において、所与のテクストに充満することが可能である。不安という情動を本格的に理論化した最初のテクストである『精神分析入門講義』（一九一七）において、フロイトはこう論じている。

不安、恐怖［Furcht］、驚愕［Schreck］という言葉が同じものを指しているのか、はっきり違ったものを指しているのかという問題につきましては、詳しく立ち入るのは控えておきましょう。不安は〔心的〕状態にかかわるもので、対象を度外視しているのに対して、恐怖は注意をまさに対象に向けている、とだけ言っておけばじゅうぶんでしょう。他方、驚愕には特別な意味があるようです。つまり、そこでは、不安準備によって迎えられることのない危険の作用にアクセントが置かれています。ですので、こう言って差し支えないでしょうが、人間は不安を通して驚愕から身を守っているということです。（四七二―七三）

ここで不安という情動には明確な対象がない、というフロイトの定義を確認しておきたい。この論点を私たちの文脈に置くとき、つぎのような立論が可能となる。戦争という外傷的体験は、現実の従軍の経験がない銃後の作家の言語活動にも影響を及ぼすが、それは定義上表象不能な過剰であるので、テクストにおいて不在化する。それと同時に、描写の対象になり得ないこの外傷的過剰に対して、テクストには不安という情動が濃密に充満することになる。むしろ、対象の不在化こそが、不安という情動の原因になり得る。

ここで興味深いのは、ストーンブリッジが、フロイトの「不安夢」に触れながら、その独特の時間性を問題にしていることである。フロイトによれば、不安夢は、外傷的刺激を事後的に克服しようとするが、そこで不安という情動が醸成されない場合、外傷性神経症の原因となる。不安が発生しない場合、外傷的な刺激が、いかなる予期もなく「驚愕」として、夢の主体を直撃するからである。それを踏まえて、ストーンブリッジは「外傷にたいする時間を逸脱した反応の仕方（out-of-time way of responding to trauma）」(4) を指摘する。これは「直線的な時間という点から知覚された歴史の概念」(4) とは異質な時間性を示唆する。

この議論が極めて興味深いのは、それがいわゆる「戦間期（interwar period）」の歴史（時間）性について、多くの洞察を与えるからである。フロイトが指摘するように不安夢が、過去の外傷的体験を事後的に処理しながら、同時に不安という情動を活用して、未来に予想し得る同様な外傷の反復にたいして、事前の「準備」をしているのだと理解すれば、それは戦間期という時代の情動性そのものとして解釈することができるのではないか。この時代を情動的に特徴づけるとすれば、過去の第一次世界大戦による外傷を事後的に処理しながらも、将来予測される戦争にたいする「不安準備」をしていた、と見なすことができるだろう。後述するように、この情動構造が『日ざかり』というテクストの修辞学を決定している。この物語は第二次大戦時のロンドンを舞台にするが、未来に危惧されるドイツ空軍による空襲にたいする不安を募らせる情動性においてこの小説は、この定義での戦間期を体現するテクスト性を帯びることになる。この時間（情動）性において、過去の外傷と未来への不安に引き裂かれて、現在は一種の宙吊り状態の空虚＝空隙と化す。この歴史における空虚＝空隙という論点は、私たちの文脈においても、決定的な意味をなす。

二　歴史＝物語における空隙

このような視点から『日ざかり』という小説を「戦争文学」として再読するときに、さらに確認しておきたい理論的文脈がある。戦争文学において不在化する戦争（実際に戦争はこのテクストにおいてほとんど直接的な描写の対象にならない）、あるいは対象の不在化が惹起する不安という情動、それを前提とした戦間期という歴史性に宿る情動構造、これらの論点から、ふたたびパーソンズの議論を参照したい。戦争それ自体が表象不能な外傷であるとすれば、それは歴史＝物語における空白となる、とパーソンズは論じる。他方で、戦後、戦争が過去のものとして文学的な表象の対象となる場合、それは表現上の紋切り型、定型的な修辞を大量生産することになったと、パーソンズはまず指摘する。

公式の記念碑化や物語として終結してしまおうとする行為が是が非でも目指したのは、一般大衆の悲しみにしかるべき形を与えてしまい、高尚なる大義のための英雄主義、愛国精神、犠牲といった歴史的物語に先の大戦を包摂してしまうことであった。(176)

しかし、このようなイデオロギー的定型と陳腐は、その内容上の空疎を通じて、逆説的に、戦争それ自体の外傷的な表象不能性の症候となっていると見なすことができる。多数の陳腐で空疎な記念碑化を欲望するテクストが大量生産され、戦争が過去の出来事として物語に収納されていくのと同時に、これまでの文学形式から逸脱するテクストが散見されるようになる（ロレンスの『恋する女たち』のように）。

それと同時に、しかしながら、戦争とその余波は、歴史の中で表象に抗う空隙や不在と化した。戦後すぐの数年間は、心理的な茫然自失や、社会的かつ経済的な不確実性などに支配され、一種の宙ぶらりんの時期（a limbo period）となり、そこでは恐怖や損失の強度を常識的な理解に還元することはできなかった。〔リチャード〕・オールディントンは一九二六年にこう述べている。「真の戦争体験をいかなる形でも、誠実に、非感傷的に、出来合いの態度（似非英雄的、平和主義者的、擬似ユーモア的）を避けながら伝えようとしてきた者たちは、伝達不能なものというような苦悶に満ちた感覚を抱いたに違いない」。（177）

物語＝歴史に穿たれた空虚あるいは空白、しかしその空隙はたんなる無ではなく、表象不能で言語の対象となり得ないあまりにも過剰な外傷的強度がそこには露出している。そのような歴史の空隙にたいする情動が不安であることも、すでに述べた。不安を喚起する空白（対象の不在）という情動的な空間性は、後に分析をするように、冒頭から『日ざかり』というテクストの修辞学を支配している。

三　閉所恐怖症と広場恐怖症の併存

先ほど参照した『ケンブリッジ版二〇世紀英文学史』に「第二次世界大戦、廃墟と化した都市」という題目の章を寄稿したマイケル・ノースは、この戦争におけるドイツ空軍によるロンドン空襲 (the Blitz) が、複数のテクストにおいてある独特の文学的形象を生産していることを論じている。とくにボウエンの戦時中に執筆された短編集『悪魔の恋人』（一九四五）のあとがきにおける、つぎの記述に注目をする。「壁が崩れ落ち、私たちは知り合いでなくても、感じあった。皆が、あからさまな異常事態 (a state of lucid abnormality) の中で暮らしていたのだ」(218)。この一節を解釈すれば、「壁」という屋内の日常性を担保するものの空襲による突然の破壊、それによってあまりにもありありとむき出しにされるもの、それは「あからさまな異常事態」と表象されるのと同時に、知識を超える強度を帯びた、知覚の対象にしかなり得ないもののように表象されていること(知ってはいないが感じるものとして)、その衝撃的な戦争体験は「異常事態」であるが、それは一瞬にして日常性の破壊によって露出する、そのような含意を指摘することがまずは可能であろう。ここにノースは「ある独特の非現実性」、爆弾によって「壁の内側が露わになることで内と外が反転する」(443) ことを読む。内側に守られていた個人の日常性が、暴力的に外部に晒されるこの「異常事態」が、いついかなる時にも「日常」となる可能性がある空襲下のロンドンでは、このように日常＝内側、異常＝外部、という空間性は、確かにノースが言うように「反転 (turning the inside out) する」ことになる。これと同じ文脈から、モード・エルマンは「歴史という「第三者」が個人生活の亀裂から侵入してくる」(155) という主題が、『日ざかり』において特権的に機能していることを強調している。

ここにあるのは、異種奇妙な空間的な恐怖の混交ではないだろうか。戦時下のロンドンを舞台にした英国小説を分析するストーンブリッジもエルマンも同様に、防空壕として使用された地下鉄や、空襲の恐怖に自室で

1. ドイツ空軍によるロンドン空襲

2. ロンドン空襲と破壊された建築

怯える経験などから、「閉所恐怖 (claustrophobia)」という心的傾向を指摘する (Stonebridge 10; Ellmann 151)。『日ざかり』を構成する場面の多くが屋内であることもあり、この指摘については説得力があることは間違いない。しかし、それを踏まえながらも、さらに示唆しておきたいのは、この閉所恐怖症とまったく同時に、それと矛盾する空間的恐怖が、テクストにおいて機能していないだろうか。それは「広場恐怖症 (agoraphobia)」である。壁に保護された個人の日常（内側）が、突如、ドイツ空軍の爆撃によって、外側にむき出しになること、個人の閉ざされて守られた生活の中に、巨大で無慈悲な歴史が突然に露出すること、つまり、外部の非個人的かつ非人間的な歴史（の暴力）が、内部の日常生活に暴力的に乱入すること、この内と外の無慈悲な反転が惹起する情動は、広場恐怖症的な不安ではないか。この点については、とくにテクスト冒頭の修辞学の分析によって読解をしてみたい。

4. リージェント・パーク野外劇場

3. 地下鉄を防空壕にするロンドン市民

四　窪地＝空虚＝無蓋

文学作品の冒頭箇所は、しばしば非常に圧縮された象徴＝修辞性によって、テクスト全体を組織する主題をある種の症候たる言語形象に変換することがあり、恣意的な連想でいえば、たとえばＥ・Ｍ・フォースターの『インドへの道』（一九二四）やジョウゼフ・コンラッドの『闇の奥』（一八九九）などを、そのような例として想起してもよいだろう。では、『日ざかり』の冒頭部分については、この意味で何を読むことができるだろうか。これまでテクストを再解釈するための文脈として議論してきた論点に準拠しながら、冒頭部分を精読してみたい。その冒頭箇所を引用してみるが、そこで前景化されるのは、戦時下のロンドンのリージェント・パークに位置する野外劇場の空間的構造である。

その日曜日、夕刻の六時から演奏をしていたのは、ウィーンの管弦楽団であった。野外コンサートをするには、季節はもう遅く、すでに樹々の葉が、草地となった舞台にはらはらと落ちてきて、そこかしこで落葉が風にめくれ、まるで死にいく(in the act of dying)かのように、パリパリと音を鳴らしたが(crepitate)、演奏の間はさらに多くの葉が散り落ちた。

空にむき出しの(open-air)劇場は、なだらかな勾配をなして、周囲の芝生よりも低い位置にあったが、潅木と数本の高い木に囲まれて(walled)もいて、一番高いところには小枝で編んだ柵がめぐらされており、そこにはいつかの門が見えた。そのうち二つの門がいま開いていた。劇場の勾配に沿って椅子は並び、演奏中の楽団の方を向いていたが、まだ聴衆がゆっくりとその席を埋めていった。ここから、つまり、楽団が演奏する音楽の響きがこもった窪地(hollow)の底から、音は公園の遠くまでは届かなかったが、音がいささかながら漏れだす気配もあって、それを耳にすると心穏やかでいることは難しく、公園の高い場所から、薔薇園から、池の周りの遊歩道から、人々がゆっくりと劇場の中に引き寄せられてきたが、それは何かを聞き逃すのではないかという感覚に促されてのことだった。訝しげに、人々の多くは門のところで立ち止まり、すべての人々の背後には太陽が輝いていたが、音楽の音源である窪み(hollow)を覗きこめば、そこには暗がりがあった。戦争のために、昼間と夏が理想化され、夜と秋は敵であった。そして、演奏会が始まると、この茂みで覆われ薄汚れた野外劇場には、しばらく演奏がなかったためか、どこか孤立した、空虚(emptiness)な感じが漂い、演奏時間ではそれを埋めることはできなかった。(9)

まずここで発してよい疑問は、なぜこのテクストが「野外劇場」を前景化する場面を冒頭箇所に選択したのだろうか、という点に関わるだろう。試訳として、原文のopen-airを「空にむき出し」としたが、このような慣用句をあえて字義的に解釈したことには理由がある。たとえば、ポール・ド・マンの修辞的読解がしばしば鋭利な解釈を提供する場合、ある特定の言語表現の比喩（慣用）的意味の裏にある（しかしじつはテクストの表層に露出している）字義的意味に着目していることを、ここで想起しておきたい。この箇所についていえば、この言語表現における exposed to the air といった即物的な空間性が重要である。いうまでもなく、空へむき出しになった状態は、空襲への不安を含意していると解釈することに、私たちの読解を誘う。すでに詳述した、巨大で無慈悲な歴史（戦争）という外傷的な衝撃にさらされることへの不安と直結した、広場恐怖症的情動を、この表現はその字義的意味に仄めかしてはいないだろうか。

むろんこの読解は、ドイツ空軍によるロンドン空襲を、ほとんど直接的な描写の対象とせずに、むしろ不在の原因としてそれを機能させ、空襲への不安をテクストの表層から抑圧しながらも、その情動を連想させる言語的形象を細部に生産する、そのようなボウエンの小説の特質に注目をすることを可能にする。その視点から再読すれば、最初の段落における落葉への言及を見逃すことはできない。そこに読める文字通りに死を連想させる表現は、葉の落下を詳細に描写するこの箇所に充満した不吉で不安を帯びた情動性を示唆するのに十分である。それと同時に、枯葉が舞い散りながら発するどこか乾いた音を意味する crepitate という語に目を（あるいは耳を）向けてみたい。文脈上、枯葉が発する音として「パラパラ」と試訳したが、この語には物が燃焼する際に発する音をもその語義に含む。たとえば『オックスフォード英語辞典（*OED*）』がこの語の三番目の語義として、To make a crackling sound という説明をしながら、一八五三年の用例として、That [salt] ...bears the heat of the fire without crepitating. という文を使用している。おそらくは、化学的文脈での物質の燃焼を意味するこの文が明示するように、crepitate には何らかの物が燃える際に発する音を意味することができる。ちなみに、crepitate と類義語でもある crackle の同辞典の一八七二年の用例は、Huge logs blazed and crackled. であって、おそらくは焚き火か暖炉を記述する脈絡で、丸木が燃える音がここで聞こえてくる。視覚的には、秋の落葉を濃密に死への不安を暗示する表現で描写しながらも、音声的には燃え盛る炎を喚起する語を採用するこのテクスト冒頭の段落に不在ながらも、その暗黙の存在を否定し難く感知できるのは、ドイツ空軍の上空からの爆弾投下への不安であるだろう。その点からいえば、ここで登場する交響楽団がウィーンのものである意味も問わなければならないだろう。ドイツに併合された大戦時のナチスの同盟国の首都への言及は、空へむき出しの空間に落下する物質（落ち葉）が発する音声が、物質が燃焼する音と共鳴するこの箇所において、ロンドン市民の空襲への不安を不在化しながらも不吉に示唆することに貢献している。

このような意味で、テクストの広場恐怖症的情動を確認すると、この野外劇場が樹木で囲われた場所である意味にも注目をしないわけにはいかない。原文ではこの場所を樹木が囲うことを wall という語で表現しているが、ボウエンが戦時下で執筆した諸作品における wall ＝壁という語の重要性をここでふたたび強調しておきたい。この作家の短編集『悪魔の恋人』のあとがきにおけるつぎの一節が、空襲＝戦争へのボウエンの不安を凝縮していたことを想起してみたい。「壁が崩れ落ち、私たちは知り合いでなくても、感じあった。皆が、あからさまな異常事態 (a state of lucid abnormality) の中で暮らしていたのだ」(218)。ボウエン的な戦争小説において は、壁は空襲によって破壊されるために、つねに存在しなければならない。しかし、戦争を直接の対象としない『日ざかり』においては、この鍵語は、戦争それ自体を不在化するために、別の文脈で使用されることになる。囲うという動詞的な用法が、その機能をこの箇所で果たしているのではないか。

それ以上にこの箇所で意義深いのは、この野外劇場の空間的な形状を指す語であるが、それは原語で hollow である。試訳では「窪地」あるいは「窪み」としておいたが、この語は類義語である emptiness と連動して、たんに地形的な形状のみならず「空虚」というような含意をも帯びているのではないか。これについていえば、「戦争」が、その表象不能性から、歴史＝物語の空白＝空虚として見なし得ること、それゆえに恐怖の直接の対象になり得ないこと、それゆえ戦争は不在で空白のまま不安という情動を惹起すること、このような視点からボウエンの言語を解釈するとき、これらの言語表現 (hollow=emptiness) を見逃すことはできない。あるいは、この語の反復には、空爆後に破壊されたロンドンの建築の後に、巨大な窪みが穿たれることを含意するのだろうか。それを思えば、枯葉が舞い散る音に物質の燃焼の聴覚的イメージを重ねる語である crepitate を、テクストがあえて使用する意味がふたたび見えてくるのかもしれない。この語は、空爆後に焼け落ちる建築物が発する音ではないか。

しかしそれ以上にこの窪みが仄めかすのは、地下という空間、しかも屋根や天蓋で保護されていない、上空にたいして無防備で、むき出し (open-air) の場所、つまり無蓋の地下ではないだろうか。むろん地下というロンドンの空間は、地下鉄の施設が防空壕として使用された国民的記憶（外傷）と直接的な連想がある。この小説では、いくつか重要な場面が地下で展開するが、冒頭箇所が示唆するのは、上空から落下する爆弾から保護されていない地下という場所であり、これはドイツ空軍による空襲に怯えるロンドン市民にとって、根源的な不安を惹起する空間表象であろう。このように、ボウエンの言語は、未来に予期される空爆という外傷的な過剰を、それを不在化しつつ、それを別の空間表象に置換しながらテクスト化している。

五　題目『日ざかり』について

冒頭部分の解釈として最後に触れておきたいのは、「戦争のために、昼間と夏が理想化され、夜と秋は敵であった。」という箇所である。ここでは、戦争という語が直接使用されているが、それとの関連で明らかなのは、「昼間＝夏」と「夜＝秋」という、別言すれば、「明」と「暗」の二項対立である。前者の「明」は、戦争とは無縁な状態をおそらくは指し、後者の「暗」は「敵」と同定されているが、テクストが暗黙のうちに不安を募らせるのが空襲の可能性であるとすれば、これの理解は容易であるだろう。もちろん、空爆は昼ではなく、夜に行われるからである。

ボウエンの戦争文学において、このような明と暗のコントラストが特権的な意味を帯びていることは、すでに触れた一節においても明らかであった。極めて重要であるので、ふたたび引用してみたい。「壁が崩れ落ち、私たちは知り合いでなくても、感じあった。皆が、あからさまな異常事態 (a state of lucid abnormality) の中で暮らしていたのだ。」ここで特に注目してみたいのは、「あからさまな異常事態」と試訳しておいた原語における表現、a state of lucid abnormality である。結論から先にいえば、この語句には、上記のコントラスト（明と暗）と関連しながら、戦争という主題に関わるボウエン的なパラドクスが凝縮されている。明と暗の対比という点からまず着目すべきは、lucid という語である。この語は、ラテン語の語源からして、原義としては「輝く」「明るい」というニュアンスを持つが、そこから派生して、精神が健全であり狂気から程遠い状態を意味する。『オックスフォード英語辞典』では、狂気の状態の中での間歇的な正気の状態という語義があり、具体的に引用すると以下のような記述になる。A period of temporary sanity occurring between attacks of lunacy. (So French *intervalle lucide*.) さらに、これからの転義として、異常な事態が続く中での間歇的な正常な状態、という定義も示されている。*transferred* and *figurative*. A period of rest or calm in the midst of tumult or confusion; an interval during which there is a reversion to a normal, reasonable, or desirable condition. 異常で狂気に満ち過剰な混乱状態の中での例外的に静かで望ましく理性的な状態を、この lucid は意味することができる。正気が精神の鮮明さと連動することは理解が容易であるし、それは語源的にも納得がいく。

しかし、それを踏まえるのならば、ボウエンのこの語の使用法は明らかに語義矛盾、あるいは一つの興味深いパラドクスとなっていないだろうか。もちろん、この語の定義として、明瞭で理解が簡単であるという意味(Marked by clearness of reasoning, expression, or arrangement; easily intelligible.) を採用することもできる。しかしその一方で、この語には「正気」「狂気」「正常」「異常」「平安」「混乱」という文脈が伴いやすいことも考慮に入れる必要がある。後者の視点からすれば、a state of lucid abnormality とは明らかなパラドクスである。辞書的用法からすれば、この abnormality は normality とするべきところだろう（異常事態が続く中の一刹那の正常＝安定状態という意味で）。しかし、ボウエンはあえてその逆の語たる abnormal を使用している。そのように見るならば、この語句は、正常と異常、正気と狂気の反転という先ほど議論した論点をふたたび喚起することになる。すでに触れたように、第二次大戦をめぐる英文学作品を、ドイツ空軍による空襲という点から再考したマイケル・ノースもまた、ボウエンのあの一節を重要視していた。突如、空爆により周囲の壁と天井が崩れ落ちることで、壁と天井の内部に保護された日常（正常、静謐）が、外部の非日常（異常、戦争）に晒されることとは、この二項対立の反転可能性を強く暗示している。むしろ、この日常と非日常の反転可能性こそが、戦争の日常的な非日常性、あるいは非日常的な日常性と呼ぶべきものと同断であることになる。ボウエンのあの逆説的な語句 (a state of lucid abnormality) は、戦時下の日常に非日常が突如暴力的に露出する、その非日常的な日常性というパラドクスを、ほとんど詩的な凝縮力をもって含意している。

では、このような「明」をめぐるテクストのパラドクスを、題目の『日ざかり (*The Heat of the Day*)』に文脈化することで、何を語ることができるだろうか。これを考察する上で、示唆的な箇所がテクストにある。この小説は、題目が暗示するところにも拘らず、実際に描写され重要な意味を帯びる場面の多くを、夕刻あるいは夜間に配置している。あるいは昼に時間が限定されていても強い日差しがテクストの前景を占めることは頻繁ではない。しかし作品の第五章は、例外的に正午前後に時間が設定されて、おもにステラの視点から題目の含意に関わる印象が提示される。その中で、もっとも興味深いのは、つぎの細部である。「過ぎた夜とこれから来る夜は、緊張の絶頂となって毎日正午で交差した (The night behind and the night to come met across every noon in an arch of strain)」(108)。小説の物語的文脈でいえば、夜間の空襲に怯えるロンドン市民の疲弊の頂点が（睡眠不足ということもあり）ちょうど正午の頃にある、といった意味を持つ箇所である。しかし、小説の冒頭箇所で私たちが実践したように、表層的なプロットとは別次元の修辞的な水準に注目すれば、この一文をどのように解釈することができるだろうか。まずは「夜」が戦争あるいは空襲を強く連想させる語であることを想起すれば、この文は、過去の戦争の外傷的強度と、未来に予想される不在の戦争への不安とに引き裂かれた、あの戦間期の情動構造を圧縮したテクストの細部のように読めてくる。「夜」と隠喩化される戦争＝空襲という点から、「正午」はこのように戦間期の情動的空間の比喩形象として機能している。過去の外傷と未来への不安が交差する時間と空間こそが、ここで「正午」という比喩を得ている。

その文脈において、さらに重要な点は、この箇所の周辺でこの小説の題目を強く連想させる形で「日が非常に高くある (The sun stood so high)」ことと「目をくらませるような日光 (the blinding sunshine)」(111) といった表現が前景を覆っていることである。その関連で指摘すべきは、このような日差しの最高度と「緊張 (strain)」の最高度 (arch) が、意味的にも修辞的にも一致している点である。これまでの文脈を踏まえるとき、これをどう解釈することができるか。まず強調すべきは、この一文が戦間期における不安を含意しているという点であり、そう見なすのならば、この「緊張」はその不安と合致しているはずである。「緊張」と試訳した原文の strain の語義をここで吟味してみれば、その動詞としての意味、特にラテン語の語源と結びつく To bind tightly; to clasp, squeeze. という語義が注目される。強く引っ張り、拘束する、といったこの意味は、戦間期の情動構造たる不安の内実を喚起するものである。外傷的残余となった過去の戦争の衝撃によって心を無意識的に支配されながら、それと同時に、未来に危惧されるその外傷の反復に不安を募らせる状態は、過去と未来の外傷的過剰に二重に拘束され (strain) ている戦間期的な情動構造そのものではないか。その情動的緊張の最高度が、「正午 (noon)」「最高度 (arch)」という言語形象をここで得ている。

ここでふたたび私たちは、戦争をめぐるボウエンのパラドクス (a state of lucid abnormality) を想起することになる。すでに詳述したように、ここにあるのは、本来は「光＝明」が表象する「正気＝正常」の影（暗）にあるべき「狂気＝異常」が、前者の中に突如露出した状態であった。ここにあっては、明と暗という二項対立は、暴力的に脱構築される。この読解と、「正午＝最高度」というテクストの修辞学が交錯するところには、なにがあるのだろうか。ここで、私たちが読み得るのは、本来は「正気＝正常」を表象する「明」の過剰＝最高度こそが「狂気＝異常」であるという逆説である。これは、戦時下の非日常的な日常、日常的な非日常という、この小説の主題と直結している。ここで強調すべきは、日が強く射す「真昼＝正午」という、テクストの修辞学からして「戦争＝非日常＝狂気＝暗」の不在を意味する言語形象こそが、最高度に戦争への不安を惹起するという情動構造ではないか。つまり、ボウエンの文学言語においては、フロイトの「不安」をめぐる議論を想起させる形で、戦争は不在化することで、この情動の強烈な対象と化す。これは、私たちの議論の当初において確認をした、あの「戦争文学」をめぐるパラドクスとも関連することはいうまでもない。この小説の題目たる『日ざかり（*The Heat of the Day*）』の含意をこのように解釈してみたい。

このような論点を獲得したときに、是非とも言及すべきは、テクストのこの箇所においても、再度あの「壁（wall）」という比喩形象が意義深く機能することである。真昼の陽光が横溢するこの場面にあって、私たちはつぎのような一文と遭遇する。「生者と死者の間の壁が薄くなるにつれて、生者と生者の間の壁はより堅牢なものになっていった。」（109）ここでは、日常と戦争の対比が、生（者）と死（者）のそれへと転換されている。しかし、私たちが注目をしている『日ざかり』の修辞（脱構築）性は、ここでも一貫している。むろん、死（者）は戦争と強く連想されるものだが、その者たちの世界がもっとも生（者）の世界に接近するときは、日がもっとも高いところ（arch）にある「正午」ということになる。戦争＝夜がもっとも遠いときにこそ、戦争＝死がもっとも接近するというこのパラドクスは、真の戦争文学において戦争は不在であるというこのテクストの最重要な主題と一致しており、それが「壁」という隠喩によって言語化されている。

おわりに

容赦なく射しこむ太陽光線に晒されながら、そこに露出する戦争文学の真理たる戦争の不在、それゆえの戦争にたいする強烈な不安、このボウエンの主題の含意は、やはり、戦争という外傷と直結したものであるだろう。しかし、なぜ、容赦ない光がここで必要なのだろうか。もちろん、真理が真理として出来する際に、煌々たる光が前景化することは、すでに見たlucidという単語の通常の用法からして理解は容易である。しかし、ここで吟味しなくてはいけないパラドクスは、戦争という真理の発現が、戦争の不在という形式を取ること、光の隠喩でいえば、戦争の可視化とは戦争の不可視化であること、あるいは、戦争は不可視化することで可視化する（不在という形式によって存在する）、このどこかハイデガーを連想させるパラドクスの含意をどう解釈すればよいだろうか。

ボウエンの修辞学は、ハイデガーとは異なり、戦争という文脈で、フロイト的外傷とより関連するのではないか。ふたたびいえば、外傷とは言語表象を超えた過剰な強度そのものであり、それが文学の対象となる場合は、テクストにおいて不在化するほかはない。視覚の水準でいえば、それは不可視化されることで、テクスト内の存在となる。なぜならそれは可視化不能であるからである。したがって、それを見る（光に晒す）という行為は、その対象の不可視化（同時にその知覚の主体の盲人 (blind) 化）の証左とならざるを得ない。戦争＝外傷とは、視覚が耐えることができない強烈な過剰であって、それを見ることは視覚の喪失を意味する（あのエディプス王のように、自身の真理を正視することは、自身を盲人とすることを意味した）。『日ざかり』というテクストは、その題目の含意と共鳴させながら「目をくらませるような日光 (the blinding sunshine)」(111) という語句を使用し、戦争＝外傷＝真理のエディプス（王）的なパラドクスを示唆している。見ることは盲目にいたるというパラドクスがそれである。そして、小説のこの題目（『日ざかり (*The Heat of the Day*)』）こそが、「戦争文学」における戦争＝外傷の存在論的パラドクス、つまり戦争の不在こそが、文学における戦争の存在論的位置であること、つまり、戦争の真の外傷性のもっとも含蓄と逆説に富む比喩形象となっている。

謝辞

エリザベス・ボウエンの『日ざかり』は、慶應義塾大学文学部英米文学専攻の二〇二一年度春学期に開講された英文学演習 XIX において使用テクストとしたが、本演習の受講生との議論が、ここで展開される解釈にたいして、大いに示唆的であったことを言明しておきたい。これを記して受講生たちに謝意を表明する。

文献表

Bowen, Elizabeth. *The Heat of the Day*. (1948) Vintage, 1998.

——. *The Demon Lover*. Johnathan Cape, 1952.

Caruth, Cathy. *Unclaimed Experience: Trauma, Narrative, and History*. Johns Hopkins UP, 2016.

Ellmann, Maud. *Elizabeth Bowen: The Shadow Across the Page*. Edinburgh UP, 2004.

North, Michael. "World War II: The City in Ruins." *The Cambridge History of Twentieth-Century English Literature*. Eds. Laura Marcus and Peter Nicholls. Cambridge UP, 2004, 436–52.

Parsons, Deborah. "Trauma and War Memory." *The Cambridge History of Twentieth-Century English Literature*, 173–96.

Stonebridge, Lyndsey. *The Writing of Anxiety: Imagining Wartime in Mid-Century British Culture (Language, Discourse, Society)*. Palgrave Macmillan, 2007.

ジークムント・フロイト『ヒステリー研究』芝伸太郎訳『フロイト全集２』岩波書店、二〇〇八年。

――『快原理の彼岸』須藤訓任訳『フロイト全集17』岩波書店、二〇〇六年。

――『精神分析入門講義』新宮一成ほか訳『フロイト全集15』岩波書店、二〇一二年。

図版

1 https://en.wikipedia.org/wiki/The_Blitz#/media/File:Heinkel_He_111_over_Wapping,_East_London.jpg

2 https://ww2-history.fandom.com/wiki/The_Blitz?file=The_Blitz.jpg

3 https://europeanmemories.net/wp-content/uploads/2017/03/The_Home_Front_in_Britain_during_the_Second_World_War_HU44272.jpg

4 https://commons.wikimedia.org/wiki/Category:Regent%27s_Park_Open_Air_Theatre#/media/File:Regent's_Park_Open_Air_Theatre_Auditorium.JPG

第四章
永遠の訪れ人の美学
――戦争を書くスティーヴィー・スミス

河内　恵子

はじめに　スティーヴィー・スミス誕生

スティーヴィー・スミスは詩人としてその創作キャリアをはじめたが、人気作家として多くの読者を得たのは一九三〇年代、前衛的なモダニズム小説によってだった。そして一九六〇年代には詩人として、時代が懐胎する痛みと情熱と愚かさを辛辣で簡潔な言葉で表現し大人気を博した。類まれな魅力に満ちた朗読もこの人気の一部を担っていた。小柄な身体、裾が短い服。まるで子供のような彼女がひとたび朗読を始めると、多様に変化するその声に聴衆は圧倒された。優れたパーフォーマーであった彼女の声は実は小説においてさまざまな事象を巧みに語っていた。

この章では第二次世界大戦前後に書かれた三本の長篇小説を戦争に直面した一人の女性の心の動きを基点にして考察するが、きわめて自伝的と言われる小説作品を論じる前にスティーヴィー・スミス（本名：フローレンス・マーガレット・スミス、愛称：ペギー）を紹介したい。[1]

スミスは一九〇二年九月二〇日ヨークシャーのハルで誕生した。父チャールズ、母エセル、二歳年上の姉モリーから成るこの比較的裕福な家庭が瓦解するのは元来船乗りになりたかったチャールズが仕事と家庭を棄てた一九〇六年のことだ。正式に離婚することはなかったが、父親はほとんど家に帰らず、家族を経済的に支える義務も放棄してしまった。母娘はロンドンの郊外パーマーズ・グリーンへ、母の姉マッジ・スペアと共に移動した。経済的理由もあったが、娘たちの将来の教育をエセルが考慮してのことだった。大叔母も一九一六年から二四年まで同居したこともありスミスは自らの家を「女たちの住処」と称していた。彼女はその生涯をこの家で過ごすことになる。[2]

スミスは大きな欠落感を子供時代に経験した。原因の一つは父親の出奔であったが、五歳の時に患った病気はより深い傷を彼女の心に刻んだ。結核性腹膜炎のため三年間にわたり療養所生活を余儀なくされたのだ。時折自宅療養を許されてはいたが、家族と別れて過ごす日々は子供にとっては過酷な経験だった。八歳の時には自殺を考えたことすらあった。第一次世界大戦中ドイツ軍による空襲を経験したが、一家は無事に戦争を切り抜ける。しかし、母エセルが一九一九年に心臓発作で亡くなった。臨終の時父親が駆けつけ、葬儀の際には大袈裟に嘆き悲しんだが、数ヶ月後には、若い女性と再婚した。スミスはこの後二度と父親に会うことはなかった。母の決して幸福ではなかった結婚生活は結婚という制度への懐疑と男性へ不信感を彼女の意識に植え付けた。

姉妹は同じ学校に通ったが、姉モリーが奨学金を得て最終的にはバーミンガム大学へ進学したのにたいして、スミスは秘書養成学校に進んだ。奨学金が取れなかったので大学進学は経済的に無理だったのだ。一九二

1. スティーヴィー・スミス、1966 年 7 月。
（撮影 J. S. Lewinski）

2. スティーヴィー・スミス (1902–71) が 1906 年からその生涯を過ごした、パーマーズ・グリーンの家。

〇年のことである。六ヶ月の養成機関を経て工事関係のオフィスに就職し、その後各種の雑誌を出していた大手出版社ピアソン（後に、ピアソンニューンズ）に勤め、一九二三年には社長の私設秘書となり以後三〇年あまりこの職にあった。就職以外にも一九二〇年代はスミスにとってきわめて重要な時代となった。まずは新しい名前の獲得である。乗馬を趣味としていたスミスがロンドンで借り馬を走らせていると、その男性のような乗り方を見ていた少年たちが「行け、スティーヴィー」と声をかけた。スティーヴィーとは当時人気のあった競馬のジョッキー、スティーヴィー・ドナヒューのことで、この呼びかけを気に入ったスミスはスティーヴィーとマーガレット（＝ペギー）という二つの名前を使うようになる。三〇年代にはほとんどの場合スティーヴィーを使用するようになりペギーは地元パーマーズ・グリーン周辺での名前となった。

二〇年代にはまた、大学に進学し、教員となったモリーの知識に刺激されたこともあり、広く深く読書するようになる。

古典文学（ホメロスはギリシア語で読んだ）、シェイクスピア、ロマン派の詩人、ロレンス・スターン、オスカー・ワイルド、フランツ・カフカ、フロイト、ヘンリー・ジェイムズ、ジョウゼフ・コンラッド、フォード・マドックス・フォード、ラドヤード・キプリング、D・H・ロレンス、エドガー・アラン・ポー、ドストエフスキー、トルストイ、ドロシー・リチャードソン、ヴァージニア・ウルフ等。文字どおり貪るように読んだ。読むスピードも確かに速かったが、驚くべきことに一度読んだ書物の内容を彼女は決して忘れなかった。そしてこの読書経験が後の書評家としての仕事に大いに役立った。彼女が意識的に読むのを避けていたのは、同時代の詩人たちの作品だった。自ら詩を創作していたスミスは同じ時代の新しい詩に影響されたくなかったのだ。仕事の合間を縫っての詩作と読書の他に旅が彼女に大きなエネルギーを与えた。とりわけ最初の外国旅行の地となったドイツは、この国の文学・文化に傾倒していたスミスにとってきわめて魅力的な空間だった。一九二九年と三一年にそれぞれ二週間ほど滞在したのだが、三一年にベルリンのユダヤ人の友人宅の戸口の側柱に鉤十字が描かれているのを見て衝撃を受けた。この体験を契機にスミスはドイツが抱える暗い部分について考えはじめるのだが、二八年に出会ったドイツ系スイス人、カール・エッキンゲールとの関係は逆に深くなっていった。

スミスより二歳年下のカールは非常に知的な大学院生だったが、ドイツナショナリズムを讃え、それに比してデカダントなイギリスを軽蔑し、そのドイツ至上主義をスミスに押し付けた。この知的な虐めが原因で二人は別れることになった。次の恋人エリック・アーミテージはスミスと同じ地区に住む青年で、地域の教会の集会で一九三二年に知り合った。婚約したものの家庭を守る主婦となることをスミスに求めたエリックの保守性をどうしても受け入れることができなかった彼女は結局は別離を決意する。これ以降スティーヴィー・スミスは、男性との交友を楽しんだとしても、ひとりの男性に深入りすることはその生涯をとおしてなかった。モリーは大学進学を機に家を離れ、同居していた大叔母も二四年に亡くなり、スミスは叔母と二人だけでパーマーズ・グリーンの「女たちの住処」に住み続けることになる。

書き続けていた詩がようやく作家であり批評家のデイヴィッド・ガーネットに認められ六作品がガーネットが編集者を務めていた『ニュー・ステイツマン』に掲載された。また、チャトー・アンド・ウィンダス社の編集者イアン・パーソンズは「詩ではなくまず散文作品を書く」ことを勧めた。六週間でスミスが書き上げたのが『黄色の紙に書かれた小説』だった。パーソンズはこの作品の出版を強く押したが先輩編集者たちが反対したためこの企画は成功しなかった。スミスは原稿をジョナサン・ケイプに送り、ようやく出版されることになった。一九三六年のことである。多様な語りをとおして描かれた一九三〇年代という時代が醸し出す不安は多くの読者を獲得しまた批評家からも高く評価された。詩人ロバート・ニコルズはヴァージニア・ウルフに「あなたがスティーヴィー・スミスでしょう、間違いなく。『黄色の紙に書かれた小説』は今までの最高傑作ですね」と書き送った。[3]

ジョナサン・ケイプは『黄色の紙に書かれた小説』の成功に満足しスミスの第一詩集 *A Good Time Was Had by All* を一九三七年に出版した。一九三八年には『黄色の紙に書かれた小説』の続編となる『境界を超えて』が出版された。ようやく訪れた成功に自信を得たのかスミスの言動にはエキセントリックな面が徐々に見られるようになる。女子学生のような服装をして時折子供のような話し方をする彼女は新たに知己を得た文学仲間のあいだでまるで早熟な天才を演じているかのようだった。[4] サンフォード・スターンライトが指摘しているように「この幼児的言動《インファンティリズム》は全く予期していなかった新しい名声への神経質な反動と部分的な拒絶」で「心の奥底では共感と慰めを求めて泣いていたかもしれない（中略）注目を求めることと子供の服装は時とともにその強度を増していった」(Sternlight 11)。

作家活動は軌道に乗ったかのようだったが、経済的理由のため出版社での秘書の仕事は継続していた。一九三九年九月に第二次世界大戦が勃発するとスミスはガス攻撃への対処方法や応急処置についての講義を受け、空襲監視員や火災監視人の仕事を進んで担った。とりわけ後者の仕事は、ロンドン大空襲の際には（一九四〇―四一年）大きな危険をともなった。スティーヴィー・スミスは会社での仕事が終わると夕食を叔母ととるためにパーマーズ・グリーンの自宅に帰り、その後、地下鉄ピカデリー線でロンドンの中心部に戻り、担当する建物を一晩中監視した。交代で短時間の睡眠をとるという過酷な任務だった。しかし、スミスはこの休憩時間と会社での空き時間を利用して第三番目の小説『休暇』を執筆していた。これは彼女の最後の長篇小説となるのだが、一九四五年には完成していたにもかかわらず、出版されたのは一九四九年のことだった。

詩作に集中的に専念したいと願いつつもピアソン社での仕事を辞めることはできなかった。経済的に不安定だったこともあるが、組織を離れて自立する自信が彼女にはなかったのだ。年老いた叔母の面倒もみなければならない。書評の仕事は疲れるし、秘書の仕事は屈辱的に思われてきた。しかも、膝の関節炎を原因とする痛みが恒常的に彼女を苦しめた。詩を書いても彼女が執着する方法での出版を了解してくれる出版社はなかった。[5] この苦しい状態を表現する詩、おそらくはスミスの最も有名な詩、「手を振っているのではない、溺れているのだ」("Not Waving but Drowning") が一九五三年四月に書かれ、その三ヶ月後の七月一日、困難な状況から自らを解き放つためか勤務先のオフィスで自殺を図った。

会社を去ったスミスは徐々にその詩作品が認められたこともあって、朗読という新しい表現形式を武器にイギリス文学に強烈な印象を刻んでいくことになる。一九七一年に脳腫瘍で亡くなる直前まで、率直な見解を幼児的言動《インファンティリズム》に隠された辛辣な言葉で伝えながら。

一 『黄色の紙に書かれた小説』——地に足がついていない者の物語

語り手であるポンピィ・カシミラスは自分物語を展開していく。雑誌出版社のオーナーであるサー・フィーバス・アルウォーターの私設秘書である彼女はフィーバス専用の水色の紙ではなく複写用の黄色の紙に、時間が許すかぎり、小説を書いている。彼女の本名はペイシェンスだが、ローマの軍人、政治家であったポンピィ(106–48 B.C.) の名前が「けばけばしく、堕落しており、しかもエレガント」(*Novel on Yellow Paper* 10)(以下、同作品からの引用はページ数で示す)なので自分に合っていると信じている。カシミラスはギリシア神話ではヘルメース、ローマ神話ではメリクリウスのことであり、神々の伝令使、旅人や商人の守護神、また死出の旅路の案内人とされている。歴史上の戦士と神話上の使者を合わせたポンピィ・カシミラスという名前はカレン・シュナイダーが指摘するように「複数の男性のアイデンティティを示し」、さまざまな役割をポンピィが担うことを可能にしている。(Schneider 63)

また一九三六年九月にアイルランド人の劇作家デニス・ジョンソンに宛てた手紙でカシミラスが「地獄に入る（そして出る）権利を持っていたということがいつも私を魅了してきた」(*Me Again* 255) と語っているようにスミスは生と死を往還する存在に強い関心を抱いていたといえる。[6] スミスがスティーヴィーという男性の名前を公的な領域において使用していたのはもうひとりの自分を創りだす自由の所有を意味していたが、ポンピィ・カシミラスという名前もペイシェンスにとって同様の意味合いをもっていた。

ポンピィは「許されるなら、すべての友人たちに、美しく、素晴らしい、友人たちにさよならを」告げることからこの小説を始めたいと語り、その理由を知りたいならば「読者のみなさん、この作品を読んで自分で答えを導き出してください」(1) と読者を誘う。また、次のように読者に警告する。

> これは地に足がついていない小説です（中略）もし、あなたが地に足がついていない人ならばこれが、これだけが、唯一の書き方です。もし、あなたが地に足がついた人ならば、この本はあなたにとって退屈と苛立ちの荒野のようなものです。本を置いてください。ほおっておいてください。この本を手にしたのは間違いだったのです。(24) [7]

自分が「地に足がついているのか、ついていないのか」わからない読者には「私についてきてください。そして、どちらなのか見つけましょう」(25) と提案する。また、この小説は「語る声《トーキング・ヴォイス》」そのもので、作品のなかでさまざまな人物たちと考えが行ったり来たりしていると、作者は付け加える。確かに、スミスが述べるとおり、小説内で多岐にわたる事がらがはっきりとした脈略なしに列挙される。つまり、この作品は脱線に溢れているのだ。いくつか例を挙げてみよう。語り手がイギリスの鉄道事情について意見を述べている際、彼女は突然以前訪れたドイツのことを思い出し、そこから初めてドイツ語を学習した時の経験へと話を紡ぐ。母と叔母の思い出を語っている際に、子供の頃の母とその父の間にあったであろう確執について突然語り出し、その原因が母の絵画への情熱を理解しなかった祖父にあったのでは、と叔母の話から類推する。ハイド・パークで乗馬をしている時、騎乗している馬を描写するのだが、それをきっかけに過去に自分が出会った馬たちの思い出に浸ったりする。また、学校時代の日々を想起している時、突然ギリシア語を学んでいたことを思い出し、この思い出からギリシアの悲劇作家エウリピデスの世界へと話題は展開し、徐々にフランスの劇作家ラシーヌとの比較へと進んでいく。アイリーン・ベーレントが指摘するように、「脱線や逸脱は直線的な語りを否定し（中略）物語は止められる」(Behrendt 148) このような脱線、逸脱の波動のなかでポンピィは自らの立ち位置を、ドイツやイギリスへの思いと複雑な人間関係のあり様を描くことによって認識する。

作品の通奏低音として語られるのはポンピィ自身の家族についてだ。ロンドンの郊外の家で、彼女は溺愛する叔母と暮らしているのだが、この叔母は見かけはもちろんのこと存在そのものがライオンのようで、さまざまな経験に一喜一憂するポンピィにとって不動の支えとなっている。この叔母はポンピィの父が海への憧れを抑えることができずに家庭を棄てた後にやってきた。妹であるポンピィの母レイチェルを助け、彼女の死後はポンピィと姉メアリーの後盾となっていた。

子供時代を振り返る際、ポンピィが辛い経験として思い出すのは八歳の時に病気療養のために保養所に入所したことである。家に帰りたくて泣き続け、食事をとることも拒否していたのだが、「それでも生きている」自分を発見して驚く。しかし、ポンピィにとってもっとも衝撃的だったのは彼女に特別な感情を抱く保養所のメイドの存在だった。抱きしめたり、膝の上に乗せたりする彼女の行為はきわめて不愉快だったし、彼女が抱いている感情は「深い感情」ではなく「仔犬を撫でたり、抱きしめたり」する行為にみられる表層的な思いだった。メイドの「欺瞞的で野蛮な」行為に強い恐怖感を覚えたポンピィは「死」について考えることで自らが置かれている現状から逃避しようとする。

死について考えることは私にとって慰めだった。それはまた力の大きな源だった。この経験をとおして私はとても強く、そして誇り高くなった。(119)

「死を思うこと」が救いと慰めになることを幼くして知ったポンピィはその後の人生において死という概念に関わり続けることになる。地に足をつけて生きる強きライオンのような叔母。だが、彼女のもとにあっても、ポンピィは死への思いから完璧に逃れることはできなかった。

それでは、現在のポンピィ・カシミラスの言動に注目してみよう。友人のユダヤ人レオニーが主催したパーティに出席したポンピィは語る。

私だけが異教徒《ゴイ》だった。新聞社に務める人も音楽家も単なるビジネスマンもいたけれど、みんなユダヤ人だった。ユダヤ人に関して言われてきたことをここでは言わないでおこう。でも、私はそのパーティで一瞬高揚した気分になった。異教徒《ゴイ》で万歳！　頭のいい異教徒《ゴイ》は頭のいいユダヤ人より頭がいいのだ。私は天と地のあらゆることを知っている頭のいい異教徒《ゴイ》なのだ。(2)

この自己肯定感は、しかし、多くのユダヤ人の友人がいる彼女にとって「二面性」という自己認識につながっている。「誰も知らないけれど私はヤヌスのようだ」(3)と語る彼女だが、ドイツにおけるユダヤ人の状況を見て心が大きく揺さぶられることになる。ドイツの哲学、文化、芸術に、そしてその自然に大きな愛着と深い興味を抱いていたポンピィは何度かドイツを訪れたが、一九三六年に訪れた際、前回一九二九年から三〇年にかけて訪問した時とこの国の状況が大きく変わっていたことを認識する。

ドイツには残酷さがあると感じた。戦争の残酷さではない邪悪な残酷さがあると。トイレで人を殺すような残酷さがあると感じた。（中略）ユダヤ人や共産主義者たちに彼らがしていたこと、そして今でもしていること、トイレの中で、殴り、押さえつけ、また殴り、その残酷さを楽しんでいることを知らなくてはならない。

ドイツ人は深く神経を病んでいる。彼らは何と弱いのだろう、こういった残酷さや邪悪さに身を捧げてしまっている。（中略）今、在るのは多くの軍服と鉤十字と、夥しい死と傷害と、そして憎むべき暗い地下室とトイレ。今のドイツは何と退廃し、何と邪悪なのだろう。(77)

ドイツへの気持ちの揺れ動きは恋人のドイツ系スイス人カールとの関わりと連動している。バーゼル大学、ミュンヘン大学、ロンドン大学、そしてベルリン大学で哲学を学び、軍隊経験もあるカールは「あらゆることを誰よりも深く考える」(28) 人物としてポンピィを魅了する。イギリスやドイツで二人は時間を共有する。しかし、イギリス人の外国人への態度に関して苛立ちを覚え怒りっぽくなることがあるカールとの交際には常に小さな諍いがつきまとっていた。「私たちは争い、怒り、そしてたくさん笑い、キスをして歌を歌う。だが、嵐はますますひどくなり私たちの空は雲で覆われてしまう」(31)。

「残酷で、皮肉屋で、軽薄なイギリスの支配者階級の人間は哲学と音楽と高尚な抽象的思考の敵であり、貪欲さとプライドと横柄さで世界を所有している。マフディーの骨を撒き散らしさえした」[8] (31) とイギリスを批判するカールに対してポンピィは「イギリスは世界で最も優れた天才的な詩人を生み出してきた。チョーサーからその血統は続いているわ。このような国民がどうして下劣で、即物的で、皮肉屋で、残酷で、猿のような、略奪者になれるの?」と反論するが、二人の間の溝は深くなっていくばかりだ。カールのイギリス批判はポンピィのドイツ批判を促し、一九三六年のドイツへの彼女の旅が二人の別離の時となる。二人の関係は一九三〇年代に悪化するイギリスとドイツの関係を、すなわちイギリスの帝国主義とドイツの拡張主義の対立を象徴していると言える。

ドイツとカールへの思い、そして両者との別離の後に小説で語られるのはフレディとの恋愛である。実際、小説のほとんどはフレディとの屈折した関係を中心に展開する。二人がどのような経緯で親しくなったのかは明らかにされていないが、同じ地域ボトル・グリーンに住み二年ほど前から「遊び仲間、特別の友人」(160)

であり、現時点では（カールと別離した一九三六年以降）彼はポンピィの婚約者であることが伝えられる。幾度となく「私の可愛い人 (my sweet boy)」と称されるフレディはカールとは異なり、政治や戦争や国家については全く語らない。彼は「ロンドンの北にある健康的な住宅地」(110) ボトル・グリーンを鋭く観察し、この地域の住民について知らないことはないという地域に根差した男だ。同じ地域に暮らしてはいてもポンピィは自分の家族以外の人間はほとんど知らない。彼女はフレディを案内人に地域に根差す生活に溶け込もうとするが自らの内にある違和感を拭い去ることはできない。この違和感はフレディの家で彼の母親に歓待された時強い現実感を伴って彼女を捕らえる。母親はお茶の時間にスコーンを用意し、人びとは暖炉のそばに集まって親しげに近隣の人たちについて話す。親密に接する母親に感謝するけれどもポンピィは家族の一員としてではなく客として関わりたいと思うようになる。

私はこの雰囲気の中にずっとはいられないと感じた。温かいけれども、温かすぎるし、緊密すぎると、少しずつ感じるようになった。しかし、もし結婚すれば、いつも訪問者でいるわけにはいかない。(182)

婚約を破棄し「結婚という沼地」(173) を回避したポンピィは別離の悲しさに苦しみ、フレディがあからさまに示す強い怒りと嫌悪感に慄く。お互いの国や文化への批判が別離の原因となったカールの場合とは異なり、小さな、温かい世界に執着するフレディの価値観に窒息してしまいそうになったポンピィ。まったく異なる二人の男性のどちらとも一緒に生きていくことができない彼女は自分の居場所がどこにあるのかわからずに戸惑う。彼女の時間は停滞する。友人たちや昔からの知り合いと語りあっていてもフレディへの思いが突然に溢れてくる。

フレディ、どうやってあなたを永久に遠ざけておけばいいの？　言葉そのものがあなたを取り戻したいと叫んでいる。（中略）立ち去ってしまったフレディを求め続けるのは確かに病的だ。この深い病的な状態を私は消し去ることができない。(185–87)

このような状態でポンピィが語り出すのはトルストイ原作の戯曲『生ける屍』についてだ。[9] 妻リーザを愛してはいても、飲酒と遊びで身を持ち崩したフェージャは家庭を棄てジプシーたちと面白おかしく過ごし、酩酊状態で彼らの歌を聴きながら「ただこのまま醒めないものならなあ……このまま死んでしまいたいな」（トルストイ　三〇）などと嘯いている。リーザを昔から愛している真面目なヴィクトール・カレーニンと結婚することで妻に幸福になってもらいと願うようになるフェージャは「自分という障害」（トルストイ　四三）を取り除こうと決意する。自らを誰の役にもたたない「無用の人」と位置づけ自らの存在を消すことで妻を自由にしようとするのだ。ポンピィは自分が人生から退場しなければならないと考えたフェージャに自分自身を重ね合わせ「今はただフェージャのように眠り、死にたい」(194) と語る。死を希求するという点だけで自らをフェージャに同化させるわけではなく結婚生活や家庭という束縛から解放されたいとジプシーとの生活を選択した彼の生きかたに自らの生きかたとの共通点を彼女は見出していたのだ。

私は多く旅をしてきた。行ったり来たり。私は徹底した訪問者だ。それが私だ。常に。私は親しい友人や、それほど親しくない友人や、知り合いを訪問し、訪問し、訪問する。私はみんなに感謝している。訪問することで多くの安らぎと幸福を得ることができる。訪問するすべての場所で私はうっとりとして、幸せだ。だから再び私は訪れ、最後にはこう言う。さよなら、そして、ありがとう、さようなら。そしておそらくは私がこう言うと、みんなは立ち上がり、微笑みながら、こう言うだろう。さようなら、ポンピィ、またすぐに来てね。これは私にとって最高の喜びだ。終わりのある訪問、それが繰り返され、また終わりがやってきて、そしてまた新たになるかもしれない。訪問するというリズムが私の血の中にはあるのだ。私はどの守護神の下に自らをおけばよいのだろう？　メルクリウスの下だ。二面性を持ち、両方向を見やる。闇の世界の主人。白馬に乗り、地獄を駆け巡る、さまざまな扉を開ける者。ヘルメースの下だ。

(164)

停滞を退け、移動し続ける永遠の訪れ人と自らをとらえるポンピィはカールともフレディとも共生することができない。永遠の訪れ人には最終的な目的地がないからだ。このような生き方はフェージャのように、関わる人たちを自由にするために、そして自分自身も自由にするために死の選択へと向かっていくのだろうか？ポンピィは小説の最初で読者に課した質問に立ち返る。

地に足をつけている人が地に足をつけているのはかまわないし、地に足をつけていない人が地に足をつけていないのはかまわない。しかし、地に足をつけながら、地から足を離したいと願うのはひどく軽蔑すべきことだと彼女は述べる。しかし、すぐその後で「地から足を少し離したいと願いながらも、ひとたび離してしまうと、安全で、暖かくて、芳しい大地に戻ってこられるのか怯えている」人の気持ちを今は理解できると語る(180)。彼女は地に足をつけている人と地から足を離せる人を平等に受け入れるが社会はそうではない。社会はそれほど寛容ではない。ポンピィのような訪れ人、あるいは旅人は、地に足をつけることはできない。永遠にそうすることができない。たとえ、フェージャのように生ける屍となっても。

小説の最後に唐突にウイップスネイド動物園で死んだ雌の虎フロについてのエピソードが語られる。[10] プールに後ろ向きに落ちたフロは発作を起こしたのか、痙攣しているのだが、プールの水が抜かれ、虎は人工呼吸という「侮辱」を受ける。彼女は息を吹き返すのだが、「よろめき、最後の、何と称してよいのかわからない、完全には理解できない、最後の怒りを感じる。彼女は倒れ、彼女は鳴き、何かを掴もうとするも、息絶えてしまう」(196)。

死にゆくものの尊厳を、強引に生き返らせることで奪ってしまう行為は、地に足をつけずに生きているものの足を強制的に地につけさせる行為と繋がる。

永遠に訪れる存在であり続けることに生きる尊厳を見出しているポンピィのその後を次のセクションで追ってみたい。

二 『境界を超えて』――行きつ戻りつする者の変身譚

ポンピィ・カシミラスはフレディとの別離から立ち直ることができず「私の全人生は終わろうとしている」(*Over the Frontier* 19)（以下、同作品からの引用はページ数で示す）と思いつめ、前作の最後に登場した雌のトラ、フロと自らを重ね合わせている。出版社で社主のサー・フィーバス・アルウォターの秘書を務めながらも、毎日、睡眠薬を含む大量の薬を摂取している。

作品に登場する人物たちの大半は前作と同じであり、読者に呼びかける手法や逸脱と脱線という語りも『黄色の紙に書かれた小説』と変わらないが、ポンピィの心の暗さと重さがこの小説のはじまりを覆う。彼女はカールやフレディとの辛い恋愛をふりかえりながら自分とは一体何者なのかと問い続ける。「行こうとしているのか帰ろうとしているのかわからない私」(40)の「血には別れのリズムがある」(42)「この黒く、激しいポンピィ、この憎むべき魔女、いや魔女ほどの者ではおそらくはない」私は「見捨てられた、忌まわしい」(47)存在だ。このように強く自己否定する彼女を救うのは友人たちで、その内のひとり、ジョセフィンはドイツ北部の国境にあるシュロス・ティルセンへの旅にポンピィを誘う。勤務先から六ヶ月の休暇を許された彼女の心身の回復を目的とする旅が始まる。一九三六年夏のことだ。しかし、この時、世界全体が軋るような音をたてている緊張状態にあることを彼女は認識していた。「ファシズム、コミュニズム、イタリア、ドイツ、アビシニア、日本」(74)と次から次へと問題が連鎖して起こり、今この瞬間「私たちの内には歴史の振動がありそして私たちの時代は戦争に苦しんでいる」(94)このように危機に瀕している状況を深刻に受け止めながらも、同時に、ポンピィは出会ったユダヤ人イゴール・トールフェルトに関して次のように語る。

彼はブロンドのユダヤ人。人種を明確にあらわす顔の骨相とブロンドの髪と青みがかった灰色の眼は魅力的。そう、この青年にはどこか魅惑的なところがある。私はブロンドのユダヤ人の顔に情愛を感じる。その顔は耐えているように、どこか体調が悪いように、病気がちに、漂白したように、色素が欠乏しているように、脱色したようにみえる。(74)

そして、キングコングのように自分の胸を叩きながら「僕は森林の人」と自らを称するドイツ人の知り合いバルダー・リュウエンについては「どうしようもない愚か者」(76)と侮蔑し、この愚か者を観察するのは面白いと続ける。

何か執筆している？　たくさん読書はする？　音楽は好き？　旅をしてきたの？　こういった会話を促すような質問にたいして彼はいつも「僕は森林の人なのです」と応える。ドイツでは「森林の人」というのは人文学のようにとても広い分野をカバーしているのだと私は思った。(77)

また上流階級の女性にもてて困っていると語るリュウエンのスノビズムを揶揄し「彼に恋しているという美しい女たちのことはまったく信じられない。彼女たちは、こうなってほしいという彼の願いが燃え立たせた小さな想像力の中に存在しているだけ」(78)と断言する。世界状況を深刻に受け止めつつも近くに存在するユダヤ人やドイツ人についてきわめて軽薄に語るポンピィの二面性は彼女の分裂した内面を示すと同時に迫りくる戦争の危機に鈍感であった一九三六年当時の大半のイギリス人の姿勢を表現している。出版社での仕事、数々のパーティー、書いてきた詩や散文、フレディ、こういったすべてのことを忘れるためにポンピィは旅立つ。そして、この旅は、時代に向き合う彼女の姿勢とドイツ人やユダヤ人にたいするその軽薄さに大きな変化をもたらす。

滞在先のシュロス・ティルセンのホテルは保養を目的とした滞在客が多いためか「病いがもたらすいわゆる精神的な香り」(140)に満ちており、時間が経つにつれ心身ともに強くなっていくポンピィにとって、この空間は徐々に耐えがたいものへと変化する。とりわけ、夜間、上方から人びとを容赦なく照らす照明はあまりにも強烈でポンピィやジョセフィンから「生命力を吸い取り、思考力や行動力を奪う」かのようだった。この強い光の下、「操り人形のように」滞在客たちは静かに過ごし「死んでいるけれども生きている」(142)ようだ。魔法をかけられたような状態から逃れるためにポンピィたちは意識的にホテルから出て活動する時間を持とうとする。この過程でポンピィが親しくなるのがトム・サタースウェイト少佐だ。きわめて健康そうな彼がどうしてここにいるのかはわからない。しかも時折数日間ホテルを離れてどこかへ出かけている。乗馬を共に楽しむようになるポンピィはトムの外見の美しさに魅了され、その内面については、すなわち、彼が何を考えているかについては注意を払わない。そして、滞在客の中に、トム以外にポンピィの関心を惹きつける人物が存在する。パウンサー夫人だ。

パウンサー夫人は私の特別のお気に入りだ。彼女はとても可愛らしい老婦人。服装と見かけに大いに注意を払っている。大抵はプラム色系の服を着ている。赤紫、マゼンタ、暗紅色、くすんだばら色といった具合に。小さな手と小さな足。そして小さな耳が昔ふうの鬘からみえている。白くて華奢なその耳には重々しいルビーが飾られている。（中略）おそらく彼女は魔女だ。（145）

もう一人、気になる存在はペック大佐だ。彼はトムと同じように他の滞在客から離れて存在している。常に心ここにあらずといった様子で日々を過ごしており、眼鏡がなければ生活できないほど視力が衰えているのだが、しょっちゅうその必需品の眼鏡を探し回っているといった状態だ。ところがポンピィはこのペック大佐が大きく変身する場面を偶然目撃する。

（電話で話している）ペック大佐の声は突然鋭くなり、心ここにあらずといった感じは完全に払拭され、ぼんやりとしたいつものペック大佐とは似ても似つかなかった。今まで描いてきた「うわのそらの大佐」とはまったく異なる声と姿に私は驚いてしまった。（153）

何を考えているのかわからないトム。魔女のようなパウンサー夫人。ほんとうの姿が掴めないペック大佐。そして、トムとペック大佐に誘導されるようにして、さまざまな問題に関する考えを述べる機会がポンピィに訪れる。

ムッソリーニのアフリカ遠征のおかげでイギリスは何の戦いもせずに再びエジプトを手に入れることができたわ。(中略) 誰も傷つけることなく私たちはエジプトの支配者となり、便利な海岸線と共にその広大な後背地も手中におさめた。(中略) ナイルは私たちの川となり中央アフリカの暗黒の広い全土はおそらくは私たちの東アフリカの保護領と繋がる。ああ、この保護領という言葉は何て素敵なのかしら。(155)

イギリスの帝国主義を擁護する彼女の意見を聞いていたペック大佐が「あなたは誰の側についているのか?」と訊くとポンピィ・カシミラスは応える。

私は友人の側につくわ。もし友人が勝利すれば、彼らこそを一緒に生きるべき人たちとして私は選ぶ。(中略) 戦争中、私は友人とともに、好きな人たちと一緒に生きることができる人たちとともに、戦うわ。(157)

続けて「それではユダヤ人はどうなのだ?」とペック大佐とトムが訊くとポンピィは心の中で葛藤する。

突然私の中で速い流れとなった人種的憎悪に私は絶望する。(中略) 私たちは迫害される人たちをいつも憎むのではないか? (中略)「ユダヤ人だけが迫害を生き抜いたのではないか?」(中略) 私には親しいユダヤ人の友人がいる。独善的な異教徒《ゴイ》の最終的な裏切り。(中略) 美徳が私から消えてしまった。鈍感に、愚かに、私は頭を垂れる。私とほとんど何も共通点のない二人の軍人（＝ペック大佐とトム）はまったく正しいのだ。愚かに、私は繰り返す。「私の友人とともに、私の真実の友人と、私のほんものの友人と、一緒にいて幸せな人たちとともに私は戦うわ」。（158–59）

それらの友人はユダヤ人ではないねと確認を求められるとポンピィは「ユダヤ人ではない」と明言する。ユダヤ人の友達はいるにも関わらず、彼／彼女らとともには戦わないと語った時、ポンピィの内で新しい意識が目覚める。ここで確認しておきたいのは、ポンピィの内で反ユダヤ主義とイギリス帝国主義が存在していることだ。この内的葛藤に逃げ道を与えるのが「友人とともに戦う」という決意表明だ。

ああ、戦争、戦争だけについて考えていた。突然、私は目覚めた。夢をみているわけでも眠っているわけでもない。はっきりと覚醒し、もはや夢など見ていない。（中略）私は行動的になる。気をつけ、注意！
私は行動的になりたい。（163）

ポンピィの覚醒に鋭く反応したトムは、彼が深く携わっているスパイ活動へと彼女を巧みに誘う。トムの絶え間なく続く言葉は「命令し、諭す」。彼の言葉はポンピィの頭と心の中で響き、その言葉に自ら進んで捕縛されたいと彼女は思うようになる。自らの考えに明確さと方向性と安心感を与えるかのような彼の言葉に「落ち着いて、行動的で、覚醒して、そして興奮状態にある」彼女は従うことを決意する。ここで重要なことは、スパイ活動の内容は具体的には何も明らかにされず、ポンピィは覚醒しながらも、自らが歩むべき方向性については まったく無知だということだ。お茶会やおしゃべりやパーティや小さな冒険から成り立つ保養所での眠ったような日々から目覚め、間近に迫った戦争に意識的になる、その程度の覚醒なのだ。このあいまいな覚醒にスパイ活動というかたちを与えるのがトムの仕事だが、この計画を補強するのがパウンサー夫人だ。彼女の眠りを誘うような魅力的な声がポンピィを促す。

あなたの内にプライドと野心があるのなら、うまくやらなければいけないわ。金曜日の夜遅くにあなたの案内人《エスコート》と一緒に馬で出発するのよ。（中略）そしてそれが始まりとなるわ。あなたにとって、それが始まりとなるのよ。それから、また、行くことになるわ、繰り返して。おそらくは一人で行くことになるでしょうね。しっかりとやるのよ。必ずしっかりとね。(194–95)

ここで明らかになるのはパウンサー夫人とペック大佐とトムは北方ドイツの境界にあるシュロス・ティルセンでスパイをリクルートしていたということだ。彼らがどの国のために諜報活動しているのかは明確には示されないが愛国心を持ち乗馬が得意なポンピィが選ばれたのだ。パウンサー夫人が言ったように「金曜日の夜遅く」にポンピィ・カシミラスのスパイ活動が始まる計画がたてられていた。しかし、この日、ポンピィとジョセフィンはホテルの滞在客たちを招いてパーティを開催することになっていた。パーティが終わった後、ポンピィとトムは諜報活動のためホテルを出発することになる。ところが、新しい生の始まりを引き伸ばすかのようにポンピィはジョセフィンと踊り続ける。出発時間を気にしながら焦っているトムから逃れるように彼女たちは踊る。

楽団の演奏はどんどん速くなる。その時フロアーで踊っているのは私たちだけだった。壁際にはシュロスに滞在している病弱な人たちやここに囚われてしまった人たちの疲労した白い顔が集まっている。でも、私たちは年老いてもいなければ疲れてもいない。私たちは幸福だ。笑って、楽団員たちが奏でる素早く走るようなそして歌うような音に合わせてますます速度をあげて踊る。（中略）私たちは突然この古いシュロスとその沈黙の圧力が死ぬほど嫌になる。懐かしいロンドンに戻りパーティーで友人たちと踊りたい。

(211)

しかめ面をしているトムの「支配的なものの考え方と秘密の命令」(212) を笑い飛ばすかのように踊るポンピィは勝利感に満ちている。カールやフレディとの苦しい別離を乗り越えた力強さが身体に漲るのを感じ、自由な自分に酔いしれているかのようだ。しかし、この高揚感は「パウンサー魔女」(212) によって打ち砕かれる。この「ずる賢い年老いた未亡人」は踊る二人を強引に引き離してしまう。

トムが命じるままにポンピィは旅支度を始めるのだが、まずは入浴と着替えを二四時一五分までに済ませなければならない。これは、スパイへと変身する彼女が経る通過儀礼だ。真夜中近くまで踊り続け、それを魔女によって停止されるという過程はお伽話の世界を彷彿させる。また、新しい生を生きる前に入浴するというのはそれまでの経験（あるいは汚れ）を落とし新たな自分に生まれ変わるという洗礼を象徴している。そしてお伽話と聖書物語を合体したようなこの通過儀礼は着替えによって完成される。入浴後にポンピィに用意されていた衣服は帽子からブーツに至るまで完全な軍服であった。

ここからトムとポンピィのスパイ活動が本格的に始まる。二人が旅立つ時、ペック大佐はトムに「彼女に仕事を奪われないように用心しろ」(220) と忠告するのだが、小説の最後の五〇ページではシュロス・ティルセンから目的地メンツへと赴く過程で諜報活動とコード解析にその才能を発揮し、トムを超えるスパイとして成長するポンピィの姿が描かれる。彼女の軍人としての軌跡を追ってみよう。

まず力と冒険と男性性の象徴であり、軍国主義への順応を示す軍服は「内に秘めたプライドと野心」を可視化する作用を持っているとともに、それまでの曖昧でどっちつかずの彼女自身に明確な輪郭を与え、過去から彼女を解放する手段となる。ヴァージニア・ウルフは『境界を超えて』が出版された一九三八年に発表した『三ギニー』において男性たちの「衣服は裸体を覆い、虚栄心を満足させ、目を楽しませるものとなるばかりでなく、それを着ている人の社会的、職業的な、あるいは知的な地位を宣伝する役にたつ」と指摘し「いちばん立派な衣服は（中略）軍人として着る服」であって、軍服は見る人に「軍務の威厳によって感銘を与えたり「虚栄心によって若者たちを軍人になる気にさせる」効果があると続ける。そして軍服を着ることを禁じられている女性たちにとって軍服を「着用している人は私たちには心地よい見せ物でも感銘を与える光景でもない」と断じる。しかし、軍服を着用することを許された者としてポンピィは女性に「禁じられていた」境界を颯爽と越えてゆく。ウルフはまた「戦うことは男性の習慣」であり、女性の銃に撃たれて死んだ者はいないと語っているが、ポンピィは任務の遂行を妨げる敵の男を撃ち殺してしまう。戦うことは男性の習慣ではなく、軍服という男性性を与えられれば女性の習慣ともなりうることをスミスは伝える。戦争の暴力は男性性とともに女性性も懐胎しているのだ（ウルフ　三二）。

そして軍服がもたらす自信は日中は休息し、夜間目的地を目指して馬を走らせ、途中の連絡所で受ける情報を整理して本部に伝えるという「スパイゲーム」を愉しむ余裕を彼女に与えることになる。本部メンツに駐屯している大司教《アーチビショップ》と総司令官《ジェネラリッシモ》へ正確な情報を伝え戦況を有利な状況に導くことにポンピィは無上の喜びを覚えるようになる。

旅に出発した直後、国境近くの中継地点の宿泊所でトムはポンピィを両腕に抱えて高く持ち上げる。

私は下を見て微笑んだ。私の全体重は彼の両腕にかかっていて、彼は顔を私の顔の方へと上にむけている。この逆さまの状態は興味深くて面白い。微笑み続けている上を向いたトムの顔と持ち上げている彼の両腕を押している私の重さ。私は冷たく暗い部屋の暗闇の中へと押し上げられている。(231)

持ち上げている男と全体重を男にかけている女。下にいる男と上にいる女。どちらがこの状況を支配しているのだろうか。二人の力が拮抗している有様をこの場面は象徴的に表現している。しかも、彼らがいる地点は国境近くで、この境界を挟んで、戦闘が現実的に戦われている側と奇妙な静寂が広がっている平和な側とが対峙している。微妙にバランスが取れていた二人の関係は情報活動が進むにつれ緊迫してくる。諸軍隊の動き、戦死した兵士の数、援軍の増加数等の情報から戦局を判断する任務においてトムが間違いを犯す率が高くなってくる。

彼が失敗した箇所で私は成功した。私たちに送られてくるメッセージはトムよりも私に宛てたものだった。もはや私たちには共に笑った幸福な日々はなかった。もう私はおだてられたり、情報を与えられたり、喜ばされたりしなかった。(中略)いともたやすく泣いたり、すぐに笑ったり、人といることに慰めを見出したり、人と幸福を分かち合ったりする私は存在しなかった。私には涙はなく悲しみも喜びもなく、そして私は自らの殻に閉じこもった。(中略)私が強くなるとともにトムは弱くなり、怒りっぽく、うわついて、理性を失い、頑固になることも時折あった。(245–46)

ペック大佐がトムに忠告したとおり、ポンピィはトムの仕事を奪う存在となる。二人の関係性の変化がトムがポンピィを抱きかかえていた場面に呼応するかたちで描かれる。戦争状況が膠着しシュロス・ティルセンからの連絡が途絶え、とある宿泊所で長期間とどまることを余儀なくされていた時、トムは病気になってしまう。彼はメンツからの一方的な連絡を断つようにポンピィに指示するが彼女は自らの判断で総司令官《ジェネラリッシモ》の命令を仰ぎ、彼と会うためにメンツへ出発する決意を固める。

私はベッドの脇に立ち彼の静かな顔を見下ろした。現在に別れを告げなければならない。少しの間彼に別れを告げなくてはならない。そこで私はドレッシングガウンを脱ぎ、軍服を着た。軍服にたいしてはまったく嫌悪感はなかった。軍服は今やるべきことについての考え以外のあらゆる考えを追っ払ってくれる。(中略)さよなら、トム、さよなら。今夜、メンツへ行くわ。一人で夜の暗い森を駆け抜け、雪に覆われた騎馬道路を走り、氷が張った大きな湖を渡る。とても冷たい、とても冷たくて生命がない氷に木々の死に絶えた枝が張り付いている。(260)

旅の始めの頃、トムの両腕に抱き上げられて、彼を見つめたポンピィだったが、今は、力なく横たわる男を見下ろし、ひとり軍服に身を固めて、任務を遂行するために彼に別れを告げる。拮抗していたトムとポンピィの力関係が大きく後者有利へと動いたことが具体的に示される場面だ。あるいはロマーナ・ハックが指摘するように、ポンピィがトムに取って代わることによって、彼女のポンピィ・カシミラスという名前が、ポンピィという軍人の人物名とカシミラスという神話上の境界を移動する使者の人物名が、現実を生きる者の名前になることを示す場面でもある(Huk 169)。歴史上の男性と神話上の男性が現実世界の女性の内に結合するという物語がここに結実するということだ。

しかし、メンツは恐ろしい場所だった。ここを支配する大司教《アーチビショップ》と総司令官《ジェネラリッシモ》はポンピィを今後どのように利用するかを決めるまで、あるいは不必要な存在として放棄する決断を下すまで、彼女を鍵のかかった部屋に閉じ込める。

私は何と愚かだったのだろう。正す策はもうないのだろうか。どうしようもなく深く巻き込まれてしまっているのだろうか（中略）ポンピィ、あなたは何と憎むべき存在なのだろう。馬鹿げた野心を抱いて何と恐ろしいことになったのか、間違った方向をいつも選んでしまうとは何と誤った考え方をしているのか。どれほどの卑しさがあなたのうちにはあるのだろう。そうだ、あなたは卑しい。あなたには希望がないだろう。下劣で途方もない野心を抱き、子供のような怒りと短気に育まれたから。(266–67)

ポンピィはこのように自らを責める。「たとえ騙されて冒険に駆り出されとしても、直感的に嫌悪していた軍服を強制的に着せられたとしても」(267)、抜き差しならない状況に陥ったのはほかでもない自分自身の愚かさと卑しさのせいなのだ。ここで彼女が思い出すのは別れる直前のトムの言葉だ。

覚えておいてほしいのだが、ペックと僕がとても重要だと思った君の性質は利用価値があるものとして彼ら（大司教《アーチビショップ》と総司令官《ジェネラリッシモ》）の興味をそそるかもしれない。（中略）気をつけるんだ。僕にとってこのメンツ関連の仕事はほとんど重要な意味は持たない。君にとってはどうなのか、わからない。（中略）ポンピィ、これだけは覚えておいてほしい。君は今まで、この仕事をうまくやってきたが、熱心になりすぎてはいけない。君ははじめてこのゲームに参加した。引き入れたのは僕だ。だから、君の行動には僕も責任がある。関わり合うのをやめるんだ、関係を断つんだ、警戒するんだ。(270)

そして「戻ってこなければ迎えに行く」(269) というトムの言葉に希望を託すポンピィは閉鎖された空間の中で思い出す。特権を有する人は誰でも無慈悲で残酷だと、ロンドンにいた頃は考えていたことを。特権や巧妙に隠された俗悪さや愚かさに密着している心のあり方を軽蔑し、それを避けていたことを。ところが、シュロス・ティルセンでは特権に自分は強く惹かれてしまったことを。

このようにポンピィ・カシミラスの波乱に満ちた物語は捕らえられた者の思いで終わる。失恋の痛みに苦しんでいた女性がスパイ活動をとおして強い自立した軍人に変身するが結局は男性の助けに生きる希望を繋ぐ非自立した存在へと回帰する。戦争という公的な時空は囚われた女性の部屋というきわめて私的な時空へと収斂していく。

三　『休暇』——戦後《ポストワー》と憂鬱な若者たち

第二次世界大戦は終結したが決して「平和」とはいえない時代。「戦後《ポストワー》」としか称しようがない、しかも「この先一〇年は続きそうなこの戦後《ポストワー》」(*The Holiday* 13)（以下、同作品からの引用はページ数で示す）を生きる若者たちの姿をシーリア・フォウブスの在りかたをとおしてみてみたい。

戦後一年ほど経ったロンドン。シーリアはある政府機関で働いている。その仕事はさまざまな情報の整理や書類作成、種々の委員会の設定、また放送関係の業務と多岐にわたっている。登場人物のほとんどがこういった政府機関で働いている。シーリアの友人の大半は仕事仲間であり、それ以外の登場人物は家族や親戚に限られている。「戦後《ポストワー》は私たちの上にのしかかり、私たちは疲れきっている。何もしていないように感じる。長時間働いているけれど、それが、何？　私たちは罪を犯しているようにも感じる」(13)。生きることに疲労感と罪悪感を感じているシーリアを追いつめている「戦後《ポストワー》」を具体的につくっているのは、この時代を生きなければならない彼女自身がさまざまな人物や事象と結ぶ関係性だ。

結婚したり、大事な恋人に夢中になっている同性の友達とシーリアは上手く付き合うことができない。彼女たちが大切にしている夫や恋人を好きになれないかあるいは好きになりすぎるから。あるいは彼女たちが優しく、自己犠牲的に愛する者たちに接しているのは素晴らしいけれど、彼女たちはそうせざるえないからやっているのだと思えてしまうからだ。シーリアは友人たちへの思いを発展させ、女性たち一般の実情について考える。

ほとんどの女性たちは、とりわけ、下層階級や下層中産階級に属している女性たちは家庭生活の真ん中に「父親」が存在することを早い時点で受け入れている。父の椅子、父の食事、父の『タイムズ』紙、父の意見といった具合に。彼女たちは私のように邪悪でわがままな人間になるようには育てられていないのだ。(28)

強い父権性への抵抗感は職場の友人タイニーの双子の兄クレムの描写にもあらわれている。クレムの娘セルウィンはある日学校で、この学校ではシーリアの姉パールが教員として勤めているのだが、床の上に寝転がり動こうとしなかった。「しばらくこうして横たわっていれば私は死ぬわ。それこそ私が望んでいることなの」

(48)と語るセルウィンは父親の存在に耐えられなかった。父が帰宅すればその膝に座り愛しているふりをしなければならない。このように父親に接することが娘には求められているのだ。

中産階級に属し、父親不在であっても、いや、父親不在であるからこそ「邪悪でわがまま」な、すなわち自由な自分が存在しうることの幸福をシーリアは実感しているが、この幸福は「叔母」という時代や周りの人間に影響されない絶対的な保護者への依存から成り立っていることも認知している。男性中心の世界に生きる女性たちに連帯することはできないが、「叔母」という男性に取って換わる信頼できる存在の保護の下で生きることを幸福と感じている彼女を自立した人間と捉えることは不可能だ。

それゆえに職場で三人の男性上司の下で働いている、つまり、三人の代替の父親の権力下でのシーリアは「邪悪でわがまま」な自分を十分に生きることができない。海軍省関連の仕事を担うハーレイ。政府機関内の直属の上司であるラックストロー。さまざまな案件の立案者で責任者のセント・ジョン。これらの人物が形成する堅牢な父権三角形の中で、楽しく素早く仕事ができることも時にはあるが、大抵は強い抑圧を感じている。彼女はある時、トイレの床に横になり天井の漆喰が剥がれた部分を見上げた。「私は絶対的に幽霊のような不完全な存在だと感じている」(42)セルウィンと同様に強い父権性の下で、シーリアは何をなすべきかわからず床に横たわる。

政府機関でのデスクワークは実践的な行動を伴う仕事に従事している軍人のそれと比較すると大した成果を挙げているようにはシーリアには思えない。知り合いの海軍司令官が自宅を訪れた際、北極及び南極への探検に参加した彼の仕事内容とその業績を示す記章が付けられた軍服は、彼女に自分自身の仕事の矮小さを強く意識させる。また、空軍婦人補助部隊に勤務する友人のヴェラが訪れた時には、部隊での厳しい生活状況を聞きながらも彼女の軍服のボタンを熱心に磨く。現在の自分の仕事の世界とは異なる世界を象徴する軍服にシーリアは強い憧れを抱いているのだ。

仕事と同様に宗教も彼女の救いにはならない。姉のパールはローマカトリックの世界で安定した気持ちを得ることができたが、シーリアはキリスト教にたいして懐疑的である。第二次世界大戦後に出現した宗教復活の動きの中、新しい一派が主張する過度の整然性に彼女は疑問を投げかける。信仰における見返りと罰則を重視するこの一派はあまりにも規則的で整然としすぎているのだ。またキリスト教そのものの教えについても彼女は納得できない。

魂は歳をとらない。魂は全てを目にするけれど何も学ばない。どうすれば私たちは神へと帰ることができるのだろう、神に受け入れられるのだろう、私たちは頑なで、孤立していて、成長することはないのに。（中略）もし、神に受け入れられるとするならば、そもそもなぜ私たちは神から追いやられたのだろう？ (116)

「神のもとに戻らなければならないとするならば、そもそもなぜ神から追いやられたのか」。この質問をシーリアは自らに問いかけるだけではなく英国国教会の牧師である叔父ヘバーにも訊く。そして続ける。

私は何よりも純真無垢《イノセンス》を求めているのに、堕落《コラプション》だけに気付いてしまう。（中略）叔父さま、純粋無垢な心を生まれながらに持っていてそれを持ち続ける人もいるけれど、黒く、分裂した心を持って生まれてきた人は努力すれば純粋無垢になれるの？　私だけのことを言っているわけではないの。(143)

叔父は今の時代そのものが「黒く、分裂している」と応じ「答えなどないのだ。答えを期待しているわけではないだろう?」と姪の質問に明確には答えない。シーリアは人間としての叔父に深い愛情を抱いているがキリスト教への強い疑念を振り払うことはできない。

叔父さま、人間がこれほど積極的でなければ人間はもっと親切になれるわ。叔父さま、私は叔父さまの積極的なキリスト教が大嫌い。未知なもの、未知なもの、未知なもの、これから来る生命はそうであってほしい。その向こうにある世界もそうであってほしい。叔父さま、もし私が聖母マリアであったなら、こう言うわ。このようなことには一切関わらないと。救い主もなし、来世などなし、全てなしと。(199)

仕事にも女性同士の連帯にも宗教にも肯定感を抱けないシーリアは母国イギリスについて考える。「中産階級に属する私は中産階級的なものの考え方を身につけている。イギリスについて考えるときはプライドと攻撃性と自己満足を感じる。私は自分自身のプライドと長所をイギリスのプライドと長所に結び付けている」(92)。しかし、戦争が終結した今、シーリアは新しいイギリス観に捉われ始めている。たとえ第二次世界大戦に勝利したとはいえ植民地に君臨する力も権利も、もはやイギリスにはないのではないか？　イギリスは退場すべきだ、もう統治するべきではない、という声が世界各地から上がっていることを彼女は意識する。そして「イギリスへの声が夜に響く」と題した詩を創る。

イギリスよ、あなたは出て行ったほうがよい
あなたがなすべきことはもう何もない
生き残りの価値の塊であるあなた、あなたはあまりにも緩慢だ

イギリスよ、あなたはここに長くいすぎた
あなたが今歌う歌は最初の頃に歌った歌
その歌は今や間違っている (128)

イギリスにたいしてシーリアにこのような思いを懐かせる大きな要因は彼女が子供の頃過ごしたインドへの思いだ。従兄弟のキャズは政府の情報収集の仕事に携わり世界各地とイギリスを往還しているが、彼とシーリアは子供時代をインドで過ごした。ところで、キャズはカシミラスの愛称で、ポンピィはキャズとシーリアに分裂していると考えることも可能だ。[11] その頃知り合ったのがインド人のラージだ。[12] 現在はイギリスで暮らすラージに焦点をあててみよう。シーリアによるとラージは「ロンドンでもっとも知的《インテリジェント》なインド人」で素晴らしい知性だけではなく温かい心の持ち主でもある。正直で軸がしっかりしており、こういった人物は「インド人で

は珍しい」(13)。シーリアのこの見解はインド人を客観的に見ていないどころか差別意識をも示しているが、ラージ自身も故国インドについて微妙な思いを抱いている。インドのイギリス刑務所に収監されていた時、彼はインド人の警察官に酷い暴力を受けた経験があった。「インド人は底無しに子供だ」と語るラージのイギリスとインドの関係についての意見を具体的にみてみよう。ラージがその著作の中で述べている内容をシーリアは要約する。

実際のところ、イギリス人はインドでは視界に入ってこない。すべての残忍で獣のような行為は強欲な仲介者と金銭を支払われているインド人の従属者によって、また、裕福なイスラム教徒の貿易に携わる一族やボンベイの大きな製粉所を経営するような大金持ちによって行われているからだ。イギリス人がインドにもたらしたもっとも圧制的なものの一つは貧しい国における秘密の豊穣感だ。秘密裏に存在する贅沢。誰でもが理解できる罪ではなく、告発することも、触ることも、見ることもできない、異国の、単なる充足感だ。(97–98)

キャズの意見はどうだろう？　戦後のさまざまな世界の情報に誰よりも精通しているはずの彼はイギリスとインドの問題について真剣に語ることは避け、表層的な意見を皮肉な調子で述べるだけだ。「我々はインドを棄てるべきだ。そうすべきだ。我々にできることは他にない」(125)、「この国（イギリス）はもう終わっているんだ」(141)。

ラージやキャズの言葉を聞きながらシーリアはイギリスとインドの関係についての自分自身の考えをまとめようと試みるが、知識を蓄積することはできても具体的な見解を発展させることができない。それは、彼らの話が国家間の問題を彼女に認識させると同時に、いや、それよりもずっと濃密に、彼女にインドでの日々を思い出させるからだ。愉快に過ごした日々のさまざま思い出は、しかし、どうしても忘れることができない一つの場面へと彼女を導く。それはキャズの母エヴァとシーリアの父の親密な様子だ。二人の関係はおそらくはかなり以前から、もしかしたら、キャズが生まれる前から続いていたのかもしれない。キャズとシーリアはお互いを求めているが性的な関係を結べないのは兄妹であるかもしれないという絶望感ゆえだ。

　現在にも未来にも自分の場所が見つけられないという強い不安感にシーリアは押しつぶされそうになる。仕事においても宗教に関しても同じ時代を生きる女性たちとの関係においても、そして恋愛においても自分を肯定することができないからだ。明確な輪郭をつくる自分は過去にしか存在しないという思いは「過去への回帰」を誘うが、その過去の一点に暗く濃く残る叔母と父の姿は「回帰」を不可能にしてしまう。残された場は未知なる「死」だけなのだろうか。叔父の家で休暇を過ごしている際に散歩に出たシーリアは突然の思いつきで湖で泳ぎはじめる。上向けになり湖水に身をまかせ、彼女は思う。

> 私たちは純粋無垢《イノセント》ではない。だけれども純粋無垢《イノセンス》を欲している。水は氷のように冷たかった。私は眠くなって、政府機関（省）やロンドンでのパーティーや（中略）インドの問題から漂いながら離れていき、夢を見ることはなく、すばらしい、長い眠りを眠るのだ。(103)

救助したキャズに向かって彼女は「怖ろしいのは人生ではなくてこの私よ。苦しみと恐怖とそしてこのいい加減な私の性格に終わりがない」と訴える。戦争や政治活動をとおして、そしてシーリアと同様に幼い頃の記憶に苦しんでキャズは何度も「死」に直面してきた。この従兄弟に彼女は尋ねる。「死が好きなの？　死はどのようなものなの？」キャズは真剣に応えようとしないが、この後、時おりシーリアに訊くようになる。

　ほんとうに死にたいのなら、なぜ死なないんだ？（中略）死をロマンティックに考えているからだ。君が待っている死の列車は周遊列車だ。田舎で一日を過ごすために乗る列車だよ。(155)

ただ一つの自分の場と思っていた「死」を拒まれたシーリア。最前線の情報活動に従事しながら冷淡に世界を見つめるキャズ。熱く政治を語りながらなかなか覚醒しない人びとを前に無力感に襲われるラージ。彼ら以外にも第二次世界大戦に翻弄された若者たちが作品では描かれている。クレムとタイニーの双子の兄弟。大金持ちのクレムは「人を絶望させる」ことを生きがいにしている怪物のような男だが、彼がもっとも苦しめたいと思っている存在が弟のタイニーだ。操縦していた戦闘機が撃墜され足が不自由になり左半身に火傷をおった、吃音のタイニーを追いかけ回し、皮肉な言葉で攻撃するクレム。クレムを怖れて激しく泣くタイニー。歪な兄弟関係を生み出したのは戦争だ。また、シーリアのもう一人の従兄弟のトム・フォックスは以前東京大学で三年間英語を教えた経験のある若き学者だったが、戦争で精神を病み六ヶ月の入院治療を経た今、父親（ヘバー牧師）を拒絶し、無職のまま自らの居場所を探している。自然を愛し、シーリアの楽しい話し相手であったトムは精神の安定を欠いた「影の従兄弟」になってしまった。

このセクションの冒頭部分で述べたように『休暇』は「戦後《ポストワー》」の若者たちを描写した作品だが、彼／彼女らの誰もがこの時代に翻弄されながら、自らの場所を見つけようとしている。シーリアは嘆く。「悩んで、冷たく、迷子になったように感じるのは私たちの性格だわ。（中略）危機と追放が私たちの運命」(9)、「戦争と戦後《ポストワー》の泥沼が私たちを吸い込んでいる」(54)、「戦争が、勝利した戦争が、そしてずっと遠くにある平和」(155)が私たちを泣かせる、と。戦争の終結は平和ではなくいつまで続くかわからない「戦後《ポストワー》」なのだ。キャズは「戦争をしていない状態に耐えられるかどうかわからない」(8)と語り、人間の矛盾した思いを考察する。

> 人は平和を求めて祈るけれど、平和が訪れるとウサギのように牧草地を汚し、犬のようにその地に足を上げて言うのだ。「平和は戦争と同様に勝利をもたらしたが、どのような勝利だったのか誰も記憶していない」。(183)

彼の言葉を聞いてシーリアも応える。

> 戦争の方がよかった。今は平板な時代で、人びとの心は時代から離れてしまっている。大きな規模の戦争はなくてあるのはまったく訳のわからない戦後《ポストワー》の小競り合いだけ。（中略）戦争の勝利者たちは戦争の余波と戦って、衰えている。勝者たちは不安に駆られている。彼らは故郷を探している。でもどちらを向け

ばよいのだろう？（183–84）

どちらに向かって行けば自分の場所があるのか？　スティーヴィー・スミスは立ち止まる若者たちを描き、その深い憂鬱を振り払う術については沈黙する。

おわりに　永遠の訪れ人の美学

スティヴィー・スミスの三本の長篇小説では第二次世界大戦が具体的に描かれているわけではない。しかし一九三六年に発表された『黄色の紙に書かれた小説』では主人公ポンピィ・カシミラスの言動をとおして一九三〇年代のイギリスとドイツの間の軋みがきわめて鮮明に描出されていた。また、恋愛という私的領域が戦争という公的領域を巧みに予言し、脱線や逸脱といったモダニズム的手法が戦争前夜が孕む歪なエネルギーを伝えていた。一九三八年の『境界を越えて』は恋物語から冒険物語へというジャンル転換の面白さの中でスパイ活動と男女の役割変換というダイナミズムが新鮮だった。『休暇』では戦後の若者たちの精神の彷徨が痛切に語られていた。注目すべきことはそれぞれの作品が実際の事変を予告していることだ。『黄色の紙に書かれた小説』と『境界を越えて』は第二次世界大戦が勃発する以前に執筆されたが、この戦争が人びとに強いることになる緊張感や不安は非常に具体的に伝わってきた。また戦争という強力な磁場が暴露する人間の内面も語られていた。出版は一九四九年であったものの戦争中に執筆された『休暇』は戦後《ポストワー》を生きなければならない若者たちの焦燥感を予告する作品になっていた。

小説の中心に位置するポンピィ・カシミラスとシーリア・フォウブスは饒舌な女性たちだ。言葉が豊かであるという意味だけではなく生きかたそのものが多くを語る存在なのだ。彼女たちは仕事をこなし、恋愛の喜びや悲しみを経験し、友人との旅やパーティを愉しむ。と、同時に死の思いに取り憑かれている。死の誘いに強く抵抗するわけでもなければ、しっかりと生きようとする堅固な意思をもつわけでもない。彼女たちは曖昧なのだ。あるいは、どっちつかずな存在なのだ。ユダヤ人やインド人に関する言動は往々にして差別的であるが、ユダヤ人やインド人の友人を大切にも思っている。イギリスへの愛国心を語りながらもその植民地政策には不満を抱いている。人種主義《レイシズム》、インペリアリズム、セミティズム、ファシズムとさまざまなイズムと彼女たちは向き合うが、その立ち位置は確固としていない。彼女たちの姿勢は不明確で、揺れ動いている。しかし、揺れ動き、不明確であることは決して「悪」ではなく、むしろどっちつかずの状態でいることが彼女たちにとって唯一の真実の生きかたなのだ。彼女たちの足は「地についているのかあるいはついていないのか」釈然としない。だが、少なくとも地に足がついていない者の足を強引に引っぱって地につけさせることは拒否している。しかも、彼女たちは停滞することを拒み、動き続ける「永遠の訪れ人」だ。行きつ戻りつしながら動き続ける、どっちつかずの永遠の旅人には恒久的な目的地はない。この不安定な生はその不安定性ゆえに自由へと繋がっているのだ。

スティーヴィー・スミスはこのようにどっちつかずの、訪れ続ける女性たちを描出した。信じる者/疑う者、内にいる者/外に待機する者、参加する者/引き下がる者。彼女たちは相反する二つの方向性に分裂しているわけではなく、二つの方向性を併せ持っているのだ。どっちつかずで在ることは戦争という束縛を生きる者にとって唯一の自由への道であるかもしれない。

スミスは『休暇』を最後に小説を執筆することはなかった。一九五七年、スミスの小説論を執筆したハンス・ハウザーマンにたいして「三作品にはぞっとするような人間の混乱と冷たさが確かにある」と認め「小説を書くことには恐怖心がつきまとう」と語っている。また一九六三年にはジョナサン・ウイリアムズに小説に恐怖感を抱いていると伝え「詩においては感情を他の誰かに、異なる人物たちに向けることができる。物語を創ることができる。小説においてもそれができると思うでしょう。他の人たちはそうできるし、そうしてきたでしょう。でも私にはできない」と語った。[13] 一九七〇年のケイ・ディックとの対話では「もう小説は書かない。詩作にはエネルギーは必要ないけれど小説には必要だから」と言っている (Dick 44)。これらの言葉から伝わるのは、小説執筆に多大なエネルギーを費やし、そこに生まれる感情を他の誰かではなく自らに向けてきたスミスの正直な思いだ。偶然から生まれたスミスの小説は、たとえ創作することに作家が恐怖心を抱いていたにせよ、第二次世界大戦前後を生きた、すぐれて饒舌などっちつかずの女性たちを生み出した。

「戦争を避けるか避けないか、その時、それが問題だった」("Mosaic" in *Me Again* 105) と自らの立ち位置を

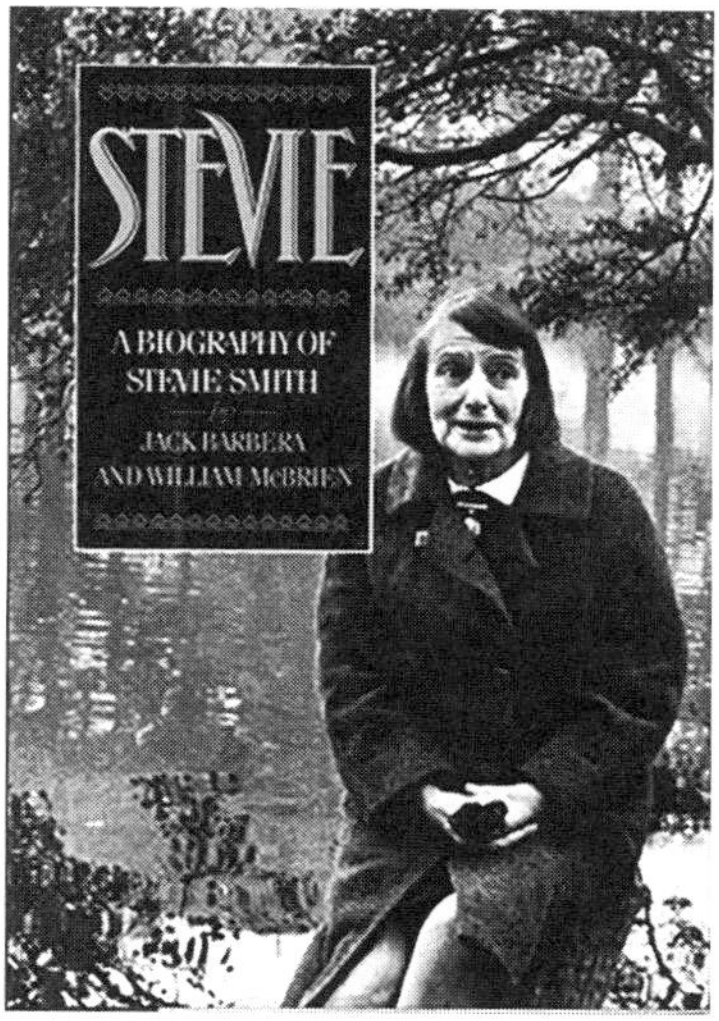

3　1960 年代のスティーヴィー・スミス。パーマーズ・グリーン、グロウヴランズ・パークの湖畔にて。1987 年版カバーより。

探りながら生きていた作家が創作した三作品はテーマにおいても、手法においても、あらゆるものの共存を許す豊穣なフィクションだった。

注

1 スティーヴィー・スミスの生涯については、Spalding と Barbera を主に参考にした。

2 叔母のマッジとスティーヴィー・スミスの繋がりは非常に強く、さまざまな面においてスミスは叔母に頼っていた。叔母は政治的には保守的で、毎週教会（英国国教会）に通い、教会を中心とするさまざまな地域活動に参加していた。スミスの小説中に堅固な中産階級的価値の体現者として登場する。

3 ウルフは、ロバート・ニコルズからの手紙について、ヴィータ・サックヴィル・ウェスト宛の一九三六年九月二四日付けの書簡で報告している（*The Letters of Virginia Woolf Volume VI* 75）。

4 継続的な往復書簡やスミスのメモワールから、長い期間にわたる交流があった作家としてはサリー・チルバー、ナオミ・ミチスン、アイネズ・ホールデン、ストーム・ジェイムソン、ロザモンド・レーマン、オリヴィア・マニング、ジョージ・オーウェルをあげることができる。彼／彼女らと交流は必ずしもうまくいっていたわけではなく、お互いに強い反感を抱くこともあった。

5 スミスは詩集に自らが描いた挿絵を入れることを強く主張していた。

6 詩集 *Harold's Leap* (1950) に収められた 'The Ambassador' (known also among the Phoenicians as Casmilus) では白馬に乗って地獄に自由に出入りし、商人であり且つ盗賊であるカシミラスについて描かれている。

7 スティーヴィー・スミスの作品からの引用の翻訳は全て筆者による。

8 マフディーとは七世紀末からイスラーム世界でみられる救世主あるいは神への導き手を意味する。ここではスーダンのムハンマド・アフマド (1844–85) を指す。アフマドは一八八一年にマフディー宣言を行い、スーダンを支配していたエジプトに対して反乱をおこす。一八九六年、イギリスはキッチナー指揮の下にマフディー反乱を鎮圧し、アフマドの墓を暴き、首をカイロに送り、それ以外は川に棄てたという。

9　トルストイ (1828–1910) が一九〇〇年に発表した戯曲。本論では米川正夫訳を参考にした。

10　ベッドフォードシャーに一九三一年に設立された野生動物園。

11　『休暇』の主人公の名前は前二作のポンピィ・カシミラスからシーリア・フォウブスに変更されている。カシミラスという名前は、キャズという愛称で呼ばれることが多いが、従兄弟に付与されている。尚、従兄弟とシーリアは母親違いの兄妹の可能性がある。一九四七年に発表された短篇 “Is There a Life Beyond the Gravy?” においては子供時代のシーリアが従兄弟たちと共に叔父を訪れた日々を描いているが、ここではキャズの本名は Casivalaunus となっている。

12　ラージはスミスの友人であったムルク・ラージ・アーナンド (Mulk Raj Anand, 1905–2000) をモデルにしている。インドとイギリスの両方で教育を受けたインド、ペシャワル出身のイギリス作家であったアーナンドはインドの貧しい人びとを描いた小説で有名。

13　一九五七年一二月七日のハンス・ハウザーマンへのスミスの書簡、および一九六三年に録音された対話による (Spalding 180)。

文献表

Barbera, Jack, and William McBrien. *Stevie: A Biography of Stevie Smith*. Oxford UP, 1987.

Behrendt, Aileen. *Gender Politics and British Women Writers of the 1930s: Dynamic Stasis in the Novels of Nancy Mitford, Stevie Smith, Rosamond Lehmann and Jean Rhys*. Konigshausen and Neumann, 2020.

Dick, Kay. *Ivy and Stevie: Ivy Compton-Burnett and Stevie Smith, Conversations and Reflections*. Duckworth, 1971.

Huk, Romana. *Stevie Smith: Between the Lines*. Palgrave, 2005.

May, William. *Stevie Smith and Authorship*. Oxford UP, 2010.

Plain, Gill. *Women's Fiction of the Second World War: Gender, Power and Resistance*. Edinburgh UP, 1996.

Schneider, Karen. *Loving Arms: British Women Writing the Second World War*. Kentucky UP, 1997.
Severin, Laura. *Stevie Smith's Resistant Antics*. Wisconsin UP, 1997.
Smith, Stevie. *All the Poems*. A New Directions Book, 2016.
——. *The Holiday*.(1949) Virago, 2007.
——. *Me Again*. Vintage, 1983.
——. *Novel on Yellow Paper*. (1936) Virago, 2015.
——. *Over the Frontier*. (1938) Virago, 2002.
——. *A Selection*. Ed. Hemione Lee. Faber and Faber, 2019.
Spalding, Frances. *Stevie Smith: A Biography*. Norton, 1991.
Sternlicht, Sanford. *In Search of Stevie Smith*. Syracuse UP, 1991.
Woolf, Virginia. *A Room of One's Own/Three Guineas*. Penguin, 1993.
——. *Leave the Letters till We're Dead: The Letters of Virginia Woolf Volume VI:1936–1941*. Hogarth Press, 1980.
ウルフ、ヴァージニア『三ギニー』出渕敬子訳、みすず書房、二〇〇六。
トルストイ、レフ『生ける屍』米川正夫訳、岩波文庫、二〇一六。

図版

1 Stevie Smith by J. S. Lewinski, July 1966, ©estate of J. S. Lewinski/National Portrait Gallery, London
2 Wikipedia Commons. https://commons.wikimedia.org/wiki/File:Stevie_Smith%27s_birthplace_-_geograph.org.uk_-_1173320.jpg
3 Barbera, Jack, and William McBrien, *Stevie: A Biography of Stevie Smith*. Oxford UP, 1987

第五章　難民と英文学
――オリヴィア・マニングのバルカン三部作と後期《レイト》モダニズム

松本　朗

はじめに

居住する国を追われたことにより国外への移動を余儀なくされた人々が、移動先の国でも受け入れを拒否され、国家と国家の間に宙づりにされて抑留される。自らの意志で他国に移住するのとは異なる、このような「難民」(displaced person) とか「無国籍者」(the stateless) とか呼ばれる人々が大量に出現したのは、二〇世紀前半の第一次世界大戦あたりからであると言われる (Stonebridge 30)。こうした存在が浮き彫りにしたのは、フランス革命以降のヨーロッパ近代社会で当然視されてきた市民権、人権、国家の主権といった概念がじつは脆弱であり、亡命者に対する庇護権に至っては、崩壊したことである。この現象の初期の要因は、一九一五年から一九一六年にかけてのオスマン帝国政府によるアルメニア人大虐殺、第一次世界大戦以降にヨーロッパ各地でみられた「大陸帝国主義の種族的ナショナリズム」(牧野　一四九―五〇) と反ユダヤ主義の擡頭、スペイン戦争、そしてロシア帝国の崩壊と考えられている。第二次世界大戦勃発後は、ナチス・ドイツが東欧諸国とソ連に進軍し、各地でさまざまなかたちでユダヤ人を迫害したことが事態に拍車をかけた。第二次世界大戦前後のヨーロッパには、数百万から一千万人の難民が存在したと言われる（アーレント 二八五―八八、牧野 一二九―六二）。

リンジー・ストーンブリッジによれば、こうした難民の出現は、単に亡国者《エグザイル》の文学に新しい地政学的地図をもたらしただけでなく、コスモポリタンなモダニズム文学や国際連盟の理念に一撃を食わせるものであった (31)。じじつ、エドワード・W・サイードも「亡国者に関する考察」において、ジェイムズ・ジョイスにとっては故国喪失者 (émigré)、国籍離脱者 (expatriate) というステイタスは初期モダニスト芸術家としてのコスモポリタニズムや自由をあらわすものであり、作家は私的に選択された追放という試練の中で創作に取り組んだと述べる (Said 182–84)。ヴァージニア・ウルフもまた、評論『三ギニー』（一九三八）において、「女性として、私には国がない。女性として、私は国を求めない。女性として、私の国は全世界である。」(234) と述べ、フェミニスト的な国際主義を訴えた。しかしながら、同時代の難民や無国籍者は、こうした芸術家たちが理想化するコスモポリタニズムを体現していたわけではない。いずれの国家の保護も受けられずに「剥き出しの生」(Agamben 7) を生きていた同時代の大量の難民の耳に、こうしたモダニストのリベラルなコスモポリタニズムがどう響いたか考えることは皮肉な想像でしかない。

こうしたリベラルでコスモポリタンなモダニスト作家とは一定の距離を保ちつつ健筆を揮ったイギリス作家の一人に、オリヴィア・マニングがいる。マニングは従来イギリス文学史の周縁に位置づけられる作家であったが、第二次世界大戦時の経験を半自伝的に書いた『戦争の勝運』[1]シリーズの〈バルカン三部作〉（一九六〇―

六五）と〈レヴァント三部作〉（一九七七—八〇）が二〇〇〇年前後から注目され、最近ではイギリス帝国と戦争の経験を書いた作家として再評価されつつある。イギリス文学史の周縁にいたとはいえ、一九二九年の小説家デビュー以降、小説一三作、短編小説集二冊、ノンフィクション四作にくわえて、『スペクテイター』、『オブザーヴァー』他の定期刊行物に四〇〇以上もの書評や評論を執筆した実力と人気を兼ね備えた作家であり(David, *Olivia Manning* ix)、〈バルカン三部作〉は一九八七年にBBCによりTVドラマ化もされている。〈バルカン三部作〉と〈レヴァント三部作〉は、厳密に言えば別作品扱いになるものの、マニング自身が第二次世界大戦中にバルカン半島からレヴァント地方まで移動した経験に基づいて書かれた、内容面では連続した作品である。ここには、ルーマニアのブリティッシュ・カウンシルに勤務しつつＭＩ５の情報員としても活動していた男性レジー・スミスと結婚したマニングが、一九三九年以降、スミスの駐在先であるルーマニアの首都ブカレストに滞在し、第二次世界大戦勃発後は、ナチスが迫るブカレストを逃れてギリシア、エジプト、パレスチナへと流されるように移動し、一九四五年五月にヨーロッパで戦争がほぼ終わりを迎えた後、健康を悪化させてようやくイギリスに戻った壮絶な体験が反映されている。[2] 二つの三部作は、作家が自身の経験をそれぞれ一九六〇年代前半、一九七〇年代後半の時点から振り返り、小説としてあらわしたものである。もちろん、ここに一五年以上のタイムラグがあることは見逃せない。ヴァルター・ベンヤミンは、エッセイ「物語作者」において、第一次世界大戦後に「戦場から帰還してくる兵士らが押し黙ったままであること」（二八五）に言及し、経験を語ることの不可能性を考察したが、第二次世界大戦をヨーロッパの周縁や境界地帯で過ごしたマニングも、同様の困難を抱えていた可能性がある。

マニングの書評や評論は辛辣な批評を含むことで有名であり、しかも彼女が歯に衣着せぬ物言いをする人物であったことから出版業界や作家仲間に疎まれており、そのことが作家としての評価にも影響を及ぼしていた面もあるらしいのだが (Patten 1–3; Bowen 63)、実際にマニングの文章を読むと見えてくるのは、中東での経験をもつ彼女がイギリスの文壇や文学の制度にたいして鋭敏な批評意識をもっていたことである。どの作家の執筆料が高く、どの作家がセレブリティ扱いされ、どの作家の作品がいかなる理由で評価される／されないのかについて、マニングはきわめて意識的で、自身が過小評価されている事実に苛立ちつつ (David, *Olivia Manning* ix; Patten 1–2)、『ホライズン』誌等の文芸誌において、激動の時代の中で文学は何をあらわすべきかに関する議論に参加していた。

本論は、マニングが第二次世界大戦前後の定期刊行物で在中東のイギリス作家の創作活動の重要性を主張していたことを踏まえた上で、後期《レイト》モダニズムをめぐる言説の中に彼女を位置づけ、第二次世界大戦時の難民が表象されるマニングの〈バルカン三部作〉を、イギリス文学の後期《レイト》モダニズムとの対話かつ、ヨーロッパのビルドゥングスロマンの難民的展開／転回として再解釈する。具体的には、ハンナ・アーレントによる難民と文学、とりわけ難民と後期《レイト》モダニズムの文学に関する議論に依拠しつつ、マニングの〈バルカン三部作〉を難民の形象に焦点を当てて分析することによって、これらの小説テクストが、国境を越えれば国民国家やその法律によって存在を抹消される危険に直面する難民の形象、および難民とそれ以外の人物たちとの関係を、小説の形式《フォーム》として現前させることによって、難民の存在を〈不可能性をあらわす比喩的言語〉、つまりヨーロッパ文学の裂け目の中にしか浮かび上がらせることができない存在としてあらわしていることを明らかにする。言い換えれば、マニングの〈バルカン三部作〉は、ヨーロッパ小説の伝統の不全を示すヨーロッパ小説を阻害する小説 (Stonebridge 36) として解釈できるのであり、この戦争小説は、バルカン[3]と中東というヨーロッパとアジアの境界地帯を舞台に設定し、そこを拠点に第二次世界大戦を捉え直すことを試みている。[4]

一　マニング批評、『ホライズン』誌、後期《レイト》モダニズム

さきに述べたとおり、マニングは二〇〇〇年前後まではイギリス文学史の周縁に位置づけられてきた。その主な原因として、（一）マニングの作品がイギリス文学史の従来的な時代区分や文学的潮流にうまく収まらなかったこと (Patten 2–4)、（二）マニングの女性人物の表象が第二波フェミニズムのフェミニスト批評家にとって評価しにくいものであったこと (Patten 5–6)、（三）マニングが評論および小説において東ヨーロッパの人々を「後進的」で「野蛮」な存在として表象しているため、その差別的な言葉遣いが、マニングのテクストをポストコロニアル批評の文脈で解釈することを困難にしたこと、等が挙げられる。（一）[5]と（二）[6]に関しては、マニングのテクストの問題というよりイギリス文学史とフェミニスト批評の問題であり、現在は問題となっていない。（三）の差別的発言の問題はそう軽視できるものではなく、おそらくそうした理由がある以上、アイデンティティ・ポリティクスと多文化主義が隆盛であった一九七〇年代末から九〇年代にマニングを取り上げることは難しかったかもしれない。だが、バルカンを「後進的」「野蛮」「暴力的」とステレオタイプ的に表象する文学作品や旅行記が、エリック・アンブラー、アガサ・クリスティー、レベッカ・ウェストなどの同時代

のイギリス作家によって書かれていること（マゾワー　八―九）を考慮にいれるなら、これはマニングの問題であると同時にイギリス文化に内在する〈オリエンタリズム〉的態度の問題であり、この一点を根拠にマニングの作品を重視してはならないことにはならない。むしろ、マニングのテクストは、バルカンにたいするイギリスの言説を一部内面化した上で書かれたと考えて分析することも可能であり、本論がのちほど掘り下げるのもこの点である。[7]

右記の問題がほぼ解消された二〇〇〇年前後以降、マニングの諸テクストを第二次世界大戦後の歴史の中に再配置する試みがなされている。たとえば、ディアドラ・デイヴィッドとジェニー・ハートリーは戦争を経験した作家としてマニングおよびそのテクストを論じ (David, *Olivia Manning* vii–ix; Hartley 179–97)、イヴ・パットゥンは、帝国の植民地戦争における難民を描く作家としてのマニングを (Patten 4–8)、アンドリュー・ハモンドらは共産主義を信奉する左翼人物をやや否定的に描いた冷戦の闘士にして売れたポピュラーな作家としてのマニングを (Hammond, *British Fiction and the Cold War* 162, 174; Hammond, "'The Red Threat'": 44–46) 論じている。その他、ジョージ・ゴードン・バイロンからロレンス・ダレルに至るまで、イギリスの〈ギリシア〉像が主に男性作家によって表象されてきたことを受けて、女性作家のギリシアに関連するテクストを分析対象とする論集が最近登場し、その中でマニングのテクストも分析されている (Papargyriou, Assinder, and Holton)。これらの先行研究の中でもとりわけパットゥンの研究は、バルカン半島の旅行記の系譜と、E・M・フォースターやジョウゼフ・コンラッドなど帝国と植民地の衝突を描く帝国の文学の二つの系譜の交錯する地点にマニングを位置づけ、イギリス人主人公の視点に寄り添って語られる西洋と異世界の境界地帯のゴシック的かつピクチャレスク的な自然表象に焦点をあてて分析する点が示唆に富む。

このように最近のマニング研究は、批評理論がときにもたらす陥穽に陥ることなく、ヨーロッパとアジアの境界地帯である東ヨーロッパ、バルカン、中東で安全を求める避難民として移動を続けたマニングによる諸テクストが、〈ヨーロッパ的なもの〉と〈非ヨーロッパ的なもの〉、あるいは〈西側的なもの〉と〈東側的なもの〉という二つの世界の衝突を巧みに表象することで、イギリス文学における帝国表象の系譜に連なることを刺激的なかたちで分析している。本論は、こうした先行研究に学びつつも、マニングのテクストは、イギリスの文壇や文学制度、あるいはヨーロッパ文学の伝統の枠組みに揺さぶりをかけるものとなっているとの立場をとる。言い換えれば、マニングは、バルカンや中東から第二次世界大戦を表象することでイギリス文学のなんらかの系譜に連なるというよりはむしろ、ナショナリズムと帝国主義に衝き動かされた帝国列強の行いの犠牲者の新たな例として登場した難民という形象の表象不可能性を示すことで、イギリス文学やヨーロッパ文学の枠組みの脆弱さや死角をラディカルなかたちで浮き彫りにしている。

マニングがヨーロッパ文学にたいしてアンビヴァレントな態度をもっていたことを示す一例として、カイロ滞在中のマニングが、シリル・コノリーが編集する文芸誌『ホライズン』一九四四年十月号に寄せた「異郷の詩人たち」(“Poets in Exile”)と題された文章を一瞥しよう。この評論においてマニングは、イギリスのある批評家がカイロのイギリス作家・詩人たちが作る文芸誌『パーソナル・ランドスケープ』誌をとりあげた書評において、「彼ら（異郷の詩人たち）がこんなにも早く芸術的手腕を失ってしまったことに驚きを禁じえない」(270)と、まるでイギリスから離れたことが芸術家の資質に悪影響を及ぼすかのような見解を示したことに激しい怒りを表明している。マニングに言わせれば、同誌の詩人はみな「避難者」(refugees)[8]や「異郷生活者」(exiles)(275)としてカイロにたどり着き、当初は「猥雑でむさ苦しい街並み、不潔な環境、病への罹患、貧窮状態、贅沢品、高温な気候」に衝撃を受けて茫然自失となり、しかも自身もすべてを失い困窮状態に陥りながらも、数ヶ月かけて見知らぬ土地での人生と折り合いをつけてきた(273)。このイギリスの批評家は彼らが「芸術的手腕を失った」と述べるが、失われたのが生《ライフ》を感知する力であるのならともかく、「ここ三年間にこの地で書かれた作品群は、彼らが身のまわりの生《ライフ》を感知し理解している証拠を十分に示している」(279)。マニングはここで、古代ギリシアでプラトンが提示し、ヨーロッパの哲学者や芸術家が受け入れてきた芸術のテーゼ「芸術は人生《ライフ》を模倣する」を暗に引用し、カイロの詩人の芸術的手腕を批判するイギリス人批評家の人生《ライフ》観こそがイギリス的なものに限定された偏狭なものではないか、ギリシアや中東の生《ライフ》はイギリスのそれとは異なる、と皮肉をこめて述べているのだが、ここで押さえておくべきは、マニングが交配のメタファーを用いてカイロとイギリスの文学上の血縁関係に言及することである。

> イングランドの著作物は、とりわけ戦時下になって、近親交配のあおりで低迷しているようですが、こちらで書かれた新しい作品が故郷イングランドに圧力をかけることで、家系に真の価値をもたらすことが後に証明されるかもしれません。(279)

マニングは、イングランドの文学の同質性志向ゆえの質の低下を揶揄的にほのめかし、異国の英語文学を交配することはイギリス文学の系譜に真の価値をもたらすのではとイギリス的価値観の転倒をはかる。西洋文明の起源がギリシアにあることを考慮にいれるなら、「真」の価値に間近で触れているのはギリシア経由でカイロにたどり着いた『パーソナル・ランドスケープ』誌の詩人たちのほうなのだから、傍流であるはずのイギリス文学が当該詩人たちを認めないのはおかしいと、その偏狭さを二重に皮肉っているとも読める辛辣な文章である。余談だが、マニングのこのような好戦的な姿勢を、イギリスの文壇を特に敵にまわす気のなかった当のカイロのイギリス男性詩人たちは迷惑で不快だと感じたらしい (Bowen 63)。

本論がここで注目したいのは、『ホライズン』誌が、同誌がおそらく盛期《ハイ》モダニズムから後期《レイト》モダニズムへと移行していた文脈の中でマニングの評論を受容し、すでに同誌でなされていた戦争と芸術をめぐる議論の延長線上でそれを掲載していることである。言い換えれば、コノリーの『ホライズン』誌は一般に、芸術を政治から切り離し、芸術の自律性を重んじた盛期《ハイ》モダニズムの芸術を継承しようとの動機から一九四〇年一月に創刊され、一九五〇年の廃刊まで一定の影響力をもったと一般的に考えられているが (Davis "*Horizon, Encounter* and Mid-Century Geopolitics" 177)、じつは同誌の内部では芸術と政治をめぐる問題や国民文化の問題が議論されており、マニングの評論はその一部として受容されたと考えられるのだ。その一例として、同誌における戦争にたいする態度をめぐるちょっとした論争を見てみよう。

ことの発端は、マニングの記事が掲載された一九四四年十月から三年半前の『ホライズン』誌に遡る。編集長コノリーは同誌一九四〇年五月号の「論評」欄において、戦争は人間の「生きる目的についてめぐらされるあらゆる想像力をなきものにし、精神にわき起こるあらゆる野心や五感の喜びを否認する」(Connolly 313–14)

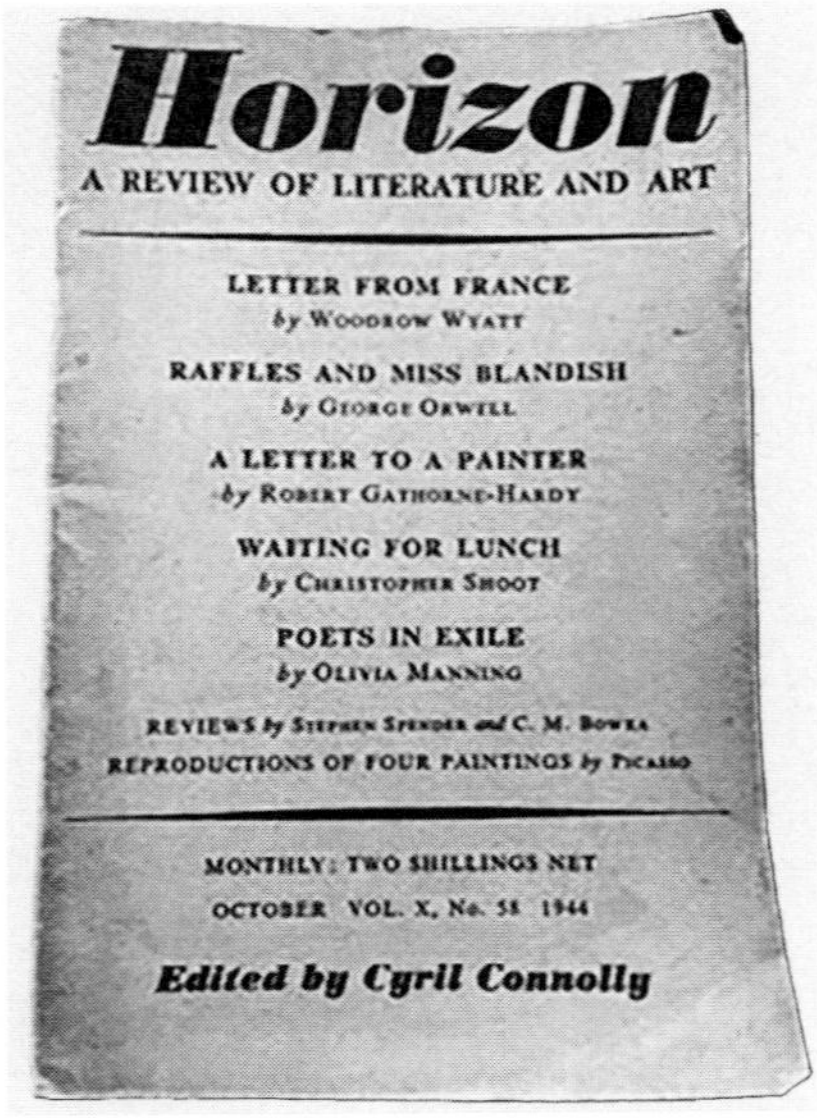

Horizon

A REVIEW OF LITERATURE AND ART

LETTER FROM FRANCE
by WOODROW WYATT

RAFFLES AND MISS BLANDISH
by GEORGE ORWELL

A LETTER TO A PAINTER
by ROBERT GATHORNE-HARDY

WAITING FOR LUNCH
by CHRISTOPHER SHOOT

POETS IN EXILE
by OLIVIA MANNING

REVIEWS *by* STEPHEN SPENDER *and* C. M. BOWRA
REPRODUCTIONS OF FOUR PAINTINGS *by* PICASSO

MONTHLY: TWO SHILLINGS NET
OCTOBER VOL. X, No. 58 1944

Edited by Cyril Connolly

1. 『ホライズン』(*Horizon*) 誌 1944 年 10 月号表紙。マニングの記事「異郷の詩人たち」の他にジョージ・オーウェルの記事も掲載されていることがわかる。（著者撮影）

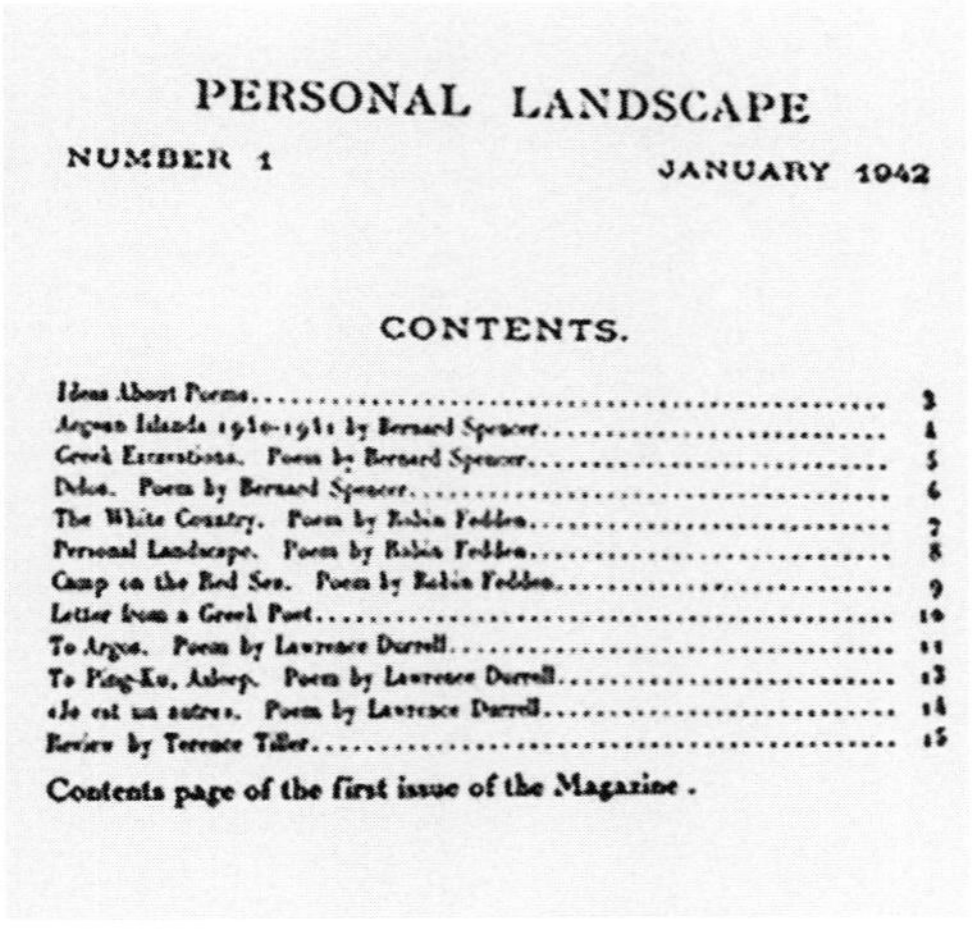

PERSONAL LANDSCAPE

NUMBER 1 JANUARY 1942

CONTENTS.

Ideas About Poems	3
Aegean Islands 1940-1941 by Bernard Spencer	4
Greek Excavations. Poem by Bernard Spencer	5
Delos. Poem by Bernard Spencer	6
The White Country. Poem by Robin Fedden	7
Personal Landscape. Poem by Robin Fedden	8
Camp on the Red Sea. Poem by Robin Fedden	9
Letter from a Greek Poet	10
To Argos. Poem by Lawrence Durrell	11
To Ping-Ku, Asleep. Poem by Lawrence Durrell	13
«Je est un autre». Poem by Lawrence Durrell	14
Review by Terence Tiller	15

Contents page of the first issue of the Magazine.

『パーソナル・ランドスケープ』誌 1942 年 1 月号目次。ロレンス・ダレルやバーナード・スペンサーが詩を数篇寄せている。（著者撮影）

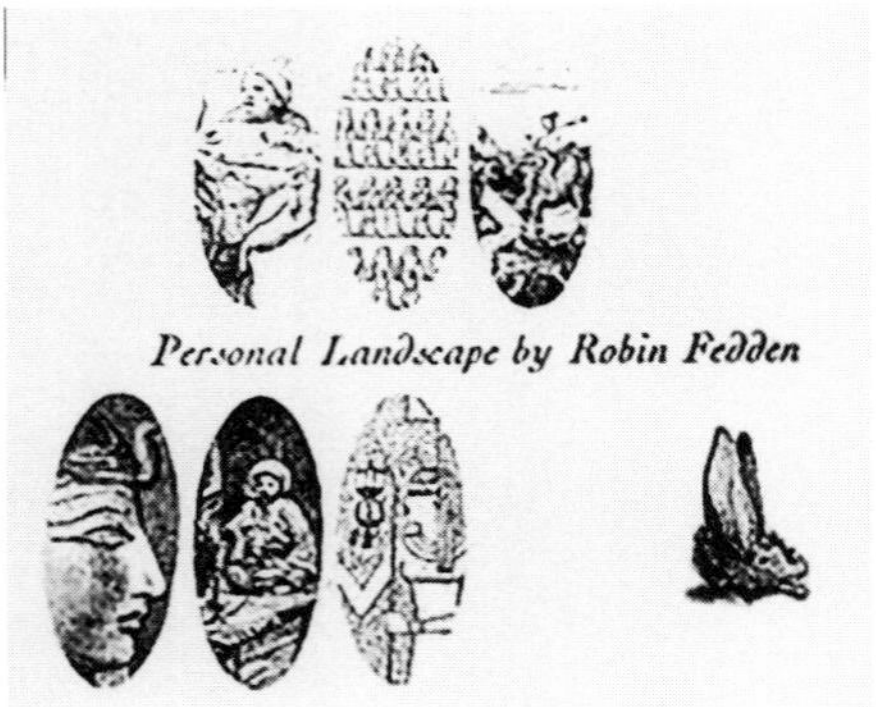

カイロで発行されていた文芸誌『パーソナル・ランドスケープ』(*Personal Landscape*)（著者撮影）

ものであるため、「戦争は創造活動の敵であり、作家や画家は戦争など見ぬふりをして、自身の才能と他の主題に集中しておくのが適切かつ賢明である」(314) と述べた。これに「ある兵士からの手紙」と題された文章を送ったのがウェールズ出身のマルクス主義者の作家・ジャーナリスト・学者のゴロンヌイ・リースで、その文章は二ヶ月後、『ホライズン』一九四〇年七月号の巻頭に掲載された。リースは、第二次世界大戦はファシズムとの戦いという意味で正当な戦争であると考え、志願して戦争に参加した人物だが (Harris 38)、そうした立場から彼はコノリーに語りかける。戦争で戦った兵士の「声」を芸術家があらわさなかったら、兵士の声は「政治家の陳腐なレトリックや戦争特派員の虚言」によってのみ語られることになってしまう (Rees 471)。排外的ナショナリズムが擡頭する二〇世紀前半ヨーロッパにおいて、政治家やプロパガンダの言説が常套句を反復し敵をステレオタイプ化することで人々を煽動するさまが言葉の危機として捉えられたことは、カール・クラウスの論考や（古田　二〇四―〇七）、『ホライズン』誌一九四六年四月号に掲載されたジョージ・オーウェルの評論「政治と英語」からも明らかだが、その問題とともに、リースがこうした状況の放置を芸術（家）と社会の乖離と捉え、その関係を修復し「安定した社会を創造する」(470) ことこそが急務ではないか、と述べている点に着目したい。

戦争とは、芸術家がその恵みを享受していた田園風景になにか忌まわしいものが侵入してきた、というようなものではない。戦争は、さまざまな社会的過程が、これまでにはなかった暴力的な形式で継続しているものであり、かつてプルーストが示したとおり、そこには戦争を不可避にしたあらゆる要素が含まれ、

> また新たに展開している。芸術家が自身への要求に応えたいと思うなら、戦争にはその価値がある。（中略）戦争で人は磔にされるかもしれないが死に絶えはしないと示すことが芸術家の義務である。この偉業を成し遂げることができる芸術家が存在するのか不明だが、仮に存在するなら、その芸術家は、かつて芸術家がキリストの磔刑に見たものを戦争に見るだろう。そこに、人類の果てしない自殺行為の果てのもう一つの卑しい事件ではなく、悲劇的で恐るべきなにかの誕生を見るだろう。(471)

この批判を受け、同じ号の巻末の「論評」でコノリーは、まず、たしかに自分たちは「愚者の天国の片隅に陣取っていた」(Connolly 532) 面があり、リースの批判は相応だと述べた上で、ただし自分の主張は、第一次世界大戦の戦争詩人たちが平和主義者であったのと同様、『ホライズン』がファシズムと戦争に反対する姿勢をとることの正当性を主張するものだったと書く (534)。だが、これがリースの批判にたいする適切な応答になっていないことは明白で、読者の目には芸術が政治や戦争などふつうの人々の経験を扱い、芸術が彼らの声を代理的に表象して芸術と社会の関係を修復することの重要性は明らかであったと思われる。コノリーが創刊時に有していた盛期《ハイ》モダニズムの美学を継承するとの目的が、戦争と芸術の関係、国民と芸術家の関係という観点から否定されたこの瞬間は、同誌が創刊半年で直面した大きな危機であった可能性が高い。

『ホライズン』誌の分析を通じて第二次世界大戦前後の文学と国際的地政学の関連を論じるトマス・S・デイヴィスは、この論争後、コノリーは現実に関心をもちはじめ、文学作品を書くことは国民や国家への奉仕と見なせるのだから、作家にたいして国家から支援があって然るべきとの見解を示すようになり、こうしたコノリーの現実との交渉は、第二次世界大戦後には紙不足や労働党政権の緊縮財政との戦いの様相を帯び、最終的には社会主義への失望と冷戦時代の芸術のあり方の難しさの認識が一九五〇年の廃刊に繋がっていくと述べている (Davis, "*Horizon, Encounter* and Mid-Century Geopolitics" 180–83)。

デイヴィスの分析は、論争や時局の流れの中で同誌がコノリーが考える〈ひきこもりの美学〉を手放さざるをえなくなり、戦時や不況期における芸術のあり方の難しさを経験していったことを明らかにする有益なものである。とはいえ本論の関心は、デイヴィスがこの論文で深く検討していない、同誌の言説に見られる芸術と戦争の関係と、芸術と国民の関係にある。デイヴィスの分析は、ほぼ毎号掲載されていたコノリーの「論評」を重視しすぎており、その観点から見るかぎり、芸術と戦争の関係や、芸術と国民の関係に関する議論はなかなか見えてこない。たとえばコノリーは、同誌一九四九年十一月号の「論評」で「『ホライズン』は戦時中のほうが質がきわめて高かった。当時はなにかを代表しえていた」(285) と述べており、デイヴィスはこの発言を重視するが、戦後の『ホライズン』誌も、おそらくコノリーが認めたくない意味で、充実している。同誌は、ジャン＝ポール・サルトルの評論「文学の責任」を一九四五年五月号に、「政治と英語」を含めたジョージ・オーウェルの評論をいくつも掲載するなど、文学と社会の関係や言葉と社会の関係をめぐる重要な評論が多数掲載されているのだが、コノリーのコメントを重視するデイヴィスは、「『ホライズン』は存在意義を失ったかもしれないが、同誌の内容はそのあおりを受けていない。」(Davis, "*Horizon, Encounter* and Mid-Century Geopolitics" 183) と述べるにとどまっている。

しかし、盛期《ハイ》モダニズム的に芸術と政治を分けることに郷愁を感じていたコノリーには戦後の『ホライズン』誌の〈政治化〉が色褪せて見えていただけであって、じつはここに見られるのは、同誌の後期《レイト》モダニスト化ではないか。ここで言う「後期《レイト》モダニズム」[9]とは、デイヴィスが著書『絶滅後の情景――後期《レイト》モダニズムと日々の生活』で「ある特定の時期の歴史の力をあらわすのに見られる独特の美学的特徴」(Davis, *The Extinct Scene* 4) と定義したものをひとまず指すが、先の論争を含め、『ホライズン』誌の戦争や冷戦下の現実への対応もまた、そのような後期《レイト》モダニスト的変容と見なせるのではと思われる。じっさい、コノリーだけでなく、もう一人の編集者スティーヴン・スペンダーが同誌の創刊当初から、詩、評論、巻末の「精選した短評」といった様々なかたちで存在感を示していたことに注目すると、同誌はデイヴィスが考えるより多声的で、その変容は――当然のことながら、盛期《ハイ》モダニズムに後期《レイト》モダニズムが置き換わるというよりは、両者が重なりあいつつ後者の特徴が勃興的に強くあらわれていく様相を呈しているが――、戦争中に国民団結の意識が見られ、戦後には福祉国家へと変容を遂げたイギリス社会の変化ともパラレルをなすように見える。

たとえばマニングの評論「異郷の詩人たち」が掲載された一九四四年十月号周辺のみに焦点を絞ってみても、同号がハイブラウな芸術のみに焦点を当てているのではないことは明らかである。オーウェルは評論「ラッフルズとミス・ブランディッシュ」でアメリカ化するイギリス大衆文化を論じているし、スペンダーは芸術と社会の関係の問題を視野にいれた「精選した短評」を書いている。スペンダーによると、T・S・エリオットやイーディス・シットウェルのようなモダンな詩人たちは、モダンな言語の衰退と文学的水準の低下が広く見られる中で独自の言語と呼べるものを鍛え上げてきた経歴をもつが、ここにきて彼らは、自分自身の内に閉じこもるのではなく、「共通の経験を理解する方向へと自身の個性を成熟させ」(Spender 281)、シットウェルの最新詩集『グリーン・ソング他詩集』（一九四四）に至っては、「詩人の声は完全に自身のものでありながら、同時に世界規模で広がる受難をあらわす声になっている」(281) という。これは、一九二〇年代に詩にジャズのリズムというアフリカ系アメリカ人性と大衆消費文化性を取り入れたことで知られるシットウェルが一九四〇年代になって盛期《ハイ》モダニスト的コスモポリタニズムを体現する詩人になったというよりは、彼女の詩に、戦争を世界中の異なる人々がもつ「共通の経験」、集団的な苦しみとしてあらわしえた後期《レイト》モダニスト的内容と形式の融合をスペンダーが読みとったと考えるべきだろう。この号にマニングの「異郷の詩人たち」が掲載されていて、「避難者」(refugees) や「異郷生活者」(exiles) (275) として戦争の中で移動を続けるカイロの詩人たちの受難が言及されていることは、必然的に、盛期《ハイ》モダニスト的コスモポリタニズムが時勢の中で再考を迫られると同時に、世界のそれぞれの場所で芸術家が戦争をどう表象するかという後期《レイト》モダニスト的問題がこの号の通奏低音として響いていることを示している。じじつ、翌月の『ホライズン』誌一九四四年十一月号にはピーター・ロッドによる「避難者の心理」と題された評論が掲載され、現代で言う難民や、外国から帰還する兵士や市民を迎え入れる際に市民がいかなる理解と心理的ケアをしてイギリス社会に包摂すべきかが説かれている (Rodd 312–14) ことをあわせて考えると、マニングの評論は、中東での戦争経験を書く芸術家の重要性を論じるものとして受容された可能性が高い。

マニングと『ホライズン』誌を再文脈化するとき、マニングの思想、戦争文学、後期《レイト》モダニズムが交差するのはここである。マニングは、ふつうの人々と芸術の分断、イギリスとヨーロッパ周辺の分断を修復し、後期《レイト》モダニズム的に戦時の文学、ふつうの人々、文化の関係の再統合を試みていた作家として再評価されうる。重要なのは、その「ふつうの人々」に、イギリス的価値観に疑問を呈したり、イギリスの視点からは不可視化される、イギリス国外の空間に存在する難民や無国籍者が含まれ、小説が表象することをめざす〈全体性〉(Jameson 50–51) がイングランドの島をこえたヨーロッパとアジアやアフリカの境界地帯まで拡張されていることである。

言い換えれば、マニングの評論「異郷の詩人たち」は、『ホライズン』誌が後期《レイト》モダニズムに移行していた時期にすでに展開していた戦争時の芸術論争の延長線上に位置づけられる。当時マニングが滞在していたギリシアや中東の観点からすれば、自国の歴史は各時代の帝国列強による侵略と掠奪の繰り返しであり、一九世紀以降などは、帝国列強が自らナショナリズムを唱えつつ、バルカン諸国にも近代西ヨーロッパ的なナショナル・アイデンティティや民族アイデンティティの安定した国民国家の形成を強要し、領土拡張主義を教え込んだために、すでに多民族が居住していたバルカンでは民族の虐殺や強制移住が行われる結果となった（マゾワー 一七三―七四）。第二次世界大戦に至っては、ヨーロッパ列強とソ連が、東欧、バルカン、中東の領土上で戦争を行ったに等しい。そうした歴史の中に生きる人間にとって、人生《ライフ》は不条理に巻き込まれる戦争なくして語りえないのであり、そうした存在の極北が難民や無国籍者にほかならない。

ただし、そうしたヨーロッパの境界地帯の難民の視点を意識して〈バルカン三部作〉が書かれたにしても、それはヨーロッパ文学に周縁から多様性をもたらしてヨーロッパ文学を「豊か」にすることを狙いとするものではない。これは、最近のモダニズム研究においても、「中心と周縁」という思考モデルから脱却し、モダニズムを、世界のあちこちで同時多発的に発生し、関係しあうネットワークとして考えることが提唱されている

ことにくわえて (Friedman 3-4)、レイモンド・ウィリアムズが『田舎と都会』で示してみせた、一つの文学的主題が「異なる時間と異なる場所で、究極的には共通の歴史とみるべきもののうちに、つながりをつくるプロセス」(Williams 288) を、「それなりの長さと広さをもつ時空間的パースペクティヴ」で、再検討することの重要性が示されている (中井　二〇一二) こととパラレルをなすと言えるだろう。こうした議論を受容して本稿は、一九六〇年代に刊行されたマニングの〈バルカン三部作〉における時空間的パースペクティヴを有する後期《レイト》モダニズムをネットワークと見なし、それとイングランドのモダニズムとの関係を、実践的な応答、批判、抵抗の理論化として読みとっていく。

二　難民の表象と後期《レイト》モダニズム――〈バルカン三部作〉を読む

マニングの評論「異郷の詩人たち」と同様、〈バルカン三部作〉は、戦争の表象を通じて芸術と生《ライフ》の関係を観察するテクストという側面を有している。その議論に入る前に、まずはプロットを確認しておこう。

〈バルカン三部作〉の第一巻『大きな財産』は、一九三九年秋、主人公である二一歳のイギリス女性ハリエット・プリングルとその夫でブカレストの大学で英文学を教えるイギリス男性ガイ・プリングルが、ブカレストに向かう列車の中でパスポートとヴィザを失くしたドイツからの難民男性が車掌に連れ去られるのを見る場面で始まる。ブカレストでの生活が始まると、ガイは仕事と社交に忙しくハリエットは孤独である。時勢が不穏になる中、ガイは学生や友人を巻き込んでシェイクスピア『トロイラスとクレシダ』を上演することを企画し、演出家として稽古に没頭する。いよいよ本番の日、舞台では、父親が白系ロシア人で母親がアイルランド系のイギリス男性ヤキモフ公が道化的な女衒パンダラス役で、ヴィザ取得目的にガイとの結婚を望んでいたルーマニア女性ソフィー・オリサヌがクレシダ役で、喝采を受ける。舞台後のパーティーで男性陣が「ルーマニアは財産を維持できない」と話すのを聞くハリエットは「大きな財産は人生《ライフ》だわ。それだけはとられないようにしなければ。」と思う。第二巻『壊された都市』で、時局はさらに悪化する。ハリエットの不満は、ガイが持ち前のリベラリズムと人道主義から、ヤキモフ公や、ガイの元学生で、軍隊から逃亡した裕福なユダヤ人青年サーシャを、断りなく夫妻のフラットに滞在させることだが、サーシャについては同情し親身に世話をする。そんな中ブカレストでは、極右の反ユダヤ主義民族運動を推進する政党「鉄衛団」がナチス・ドイツを味方につけてルーマニア国王に退位を迫り、軍はクーデターを起こす。混乱の中、プリングル夫妻のフラットも何者かに侵入され、サーシャが連れ去られる。危険を感じたガイは、まずはハリエットをイギリス公使館とイギリスの諸機関があるアテネへ飛行機で送り出す。第三巻『友と英雄と』では、冒頭でガイもアテネに無事到着し、夫妻は互いの無事を喜ぶ。ガイはすぐにブリティッシュ・カウンシルへ仕事を求めに行くが、思わぬことが発覚する。当地の組織が上から下までコネや汚職で腐敗している上に、ガイに関して悪意による悪い噂が広められているのだ。ナチスの進軍やギリシア軍の敗戦など不穏なニュースが続々と届く中、ガイは再び演劇の企画に熱中する。ハリエットも働き始めるが、その一方でイギリス軍人チャールズ・ウォーデンと恋仲になり、サーシャと偶然の再会も果たす。演劇はまたしてもヤキモフ公の熱演で成功するが、同時期にベオグラード他の土地から政治的、宗教的、人種的難民がアテネに押し寄せる。イギリス軍の旗色も悪くなり、夫妻はアテネを脱出するよう指示を受けるが、混乱の中、ヤキモフが警官の誤射により命を落とす。物語は、ハリエットとガイが港から船に乗り込み、難民の一部としてアレクサンドリア港へと向かう地中海上で終わる。

歴史小説とビルドゥングスロマンと旅行記等の複数のジャンルを混淆したようなこの長編小説を概観して気づくのは、冒頭とエンディングに「難民」(refugee)という言葉を置くこの〈バルカン三部作〉の主要テーマの一つが難民であり、小説は、一見主人公ハリエットがルーマニアからアテネ経由でアレクサンドリアへ向かうまでを描くリアリズム的戦争小説風にあらわしながら、もう一方では、劇中劇とまでは呼べないにしても、『トロイラスとクレシダ』他の複数のイギリス文学の作品が意味ありげに使われ、登場人物が人生《ライフ》と芸術の関係について考える会話をたびたびするなど、小説テクストが人生《ライフ》と芸術の関係について考える自己言及的な構造を有することである。それにくわえて、メイン・プロットの視点人物であるイギリス人ハリエットと似た道程をたどってアテネにたどりつく重要な難民の人物として、白系ロシア人の血を引くイギリス人ヤキモフ、ユダヤ人サーシャが描かれることは、このテクストでは、異なる属性をもつ人物が「共通の歴史」をいかに異なるかたちで経験をするのかを描く複数のサブプロットが配されていることを示す。このやや複雑な小説の構造の背景に浮き彫りにされるのが、過去（の文学作品）と現代の対比、及び、国家の庇護の下にある人物とそうでない人物の対比である。

たとえば、『トロイラスとクレシダ』がテクスト内で上演されることは、このギリシアとトルコを舞台とする初期近代の戯曲が、いみじくも第二次世界大戦後のイギリスで「愛と戦いの不毛さ」を表現する作品として実際に見直されていたこと（蒲池 二四四）と共振するのはもちろんのこと、ヤン・コットが「おそらくシェイクスピアのどの劇をとっても、登場人物がこれほどはげしく情熱をこめて、自己と世界を分析する例はほかにない」（コット 八二）と述べたこの戯曲の登場人物と同様、マニングのテクストの人物も、戦争と芸術作品に関する認識を通して自己と世界を分析することを示す。『トロイラスとクレシダ』では主要登場人物が、「この戦争は無意味だが、無意味な戦争でも勝たねばならない」（八一）との冷徹な世界観を有し、ヒロイン、クレシダは愛など信じられないのにトロイラスへの恋に落ちるため、「アイロニーによって自己を守」（八四）るしかない。マニングが第二次世界大戦を扱う小説で『トロイラスとクレシダ』を小説内テクストとして使うことには、「愛と戦争の不毛さ」をバルカンを舞台に表現する過去のテクストを参照して両作品の共通性を読者に示しつつ、ヤキモフ、サーシャ、ハリエットという現代の難民の人物を、やはり過去のテクストと同様、アイロニカルに自己と世界を見つめる人物として描く意味がある。しかしその一方で、〈バルカン三部作〉では、『トロイラスとクレシダ』の上演以降、この三名の人物の表象は過去のテクストから差異化されていき、最終的には現代化した人物として立ち現れる。

その現代化を可能にする主要素が、同時代のヨーロッパで大量に見られるようになった難民という存在である。愛と戦争の不毛さにしても、人権や国家の主権の脆弱さにしても、二〇世紀の難民という存在ほどこれらを味わいつくし、その不合理さの犠牲になった存在もないのであり、マニングのテクストは最終的に、この難民の表象によってヨーロッパの死角を突く。それは、ハリエットが第三巻『友と英雄と』の終わり近くで、夫ガイがロマン派詩人サミュエル・テイラー・コウルリッジの芸術論を読みあげるのを聞いて、人生《ライフ》と芸術について考える場面からも窺える。

「芸術作品は、それがそのような作品であり、他のありようであってはならない理由をその作品自体に包含していなければならない。」

「誰が言った言葉？」ハリエットは尋ねた。

「コウルリッジさ。」

「じゃあ、人生は、それがそのような人生であり、他のありようであってはならない理由をその人生の内に包含していなければならないものかしら？」

「そうに決まってるじゃないか。」

「でも、あなたはそう思うの？」

「そうでなければならない。」

「あなたの言っていることは、謎めいているわ。」と彼女は言い、しばらく黙った後でこう付け加えた。「ベオグラードの崩壊した建物の跡地は死体の山でね、街の人たちは最初は埋葬しようとしたけれど、やめてしまったの。いまでは死体の上にたくさんの花を撒いているわ。」(872)


引用中のコウルリッジのテーゼは、人生を模倣するミメーシス的芸術の内容《コンテント》と形式《フォーム》が一致していることを当然視する。だが、ここでハリエットは疑問を抱く。人生《ライフ》に関しても、その人の人生がそのようであることに理由があるのならば、戦争で不条理にも無残な死を遂げた人がいるとして、その人の人生がそうしたありようであったことを当然視できるのだろうか。いや、そんなはずはない。その人の人生を映しだす芸術作品が不条理かつ無残な死をミメーシス的にあらわすとき、そこでは内容《コンテント》（その人の人生）と形式《フォーム》（その人が戦争で破壊された建物の瓦礫の中で命を落とす最期を迎えること）は一致していないし、その死や人生《ライフ》の不条理さは十分にあらわされているとは言えない。つまり、ヨーロッパ芸術の人生《ライフ》の定義も、内容《コンテント》と形式《フォーム》に関するテーゼも、第二次世界大戦時のバルカン半島の人々の苦しみの人生《ライフ》を表象しえない。埋葬して弔う作業さえ叶わない現実を前に、その乖離を覆うべく、せめてもの喪の作業として花で死体を覆うのみである。このとき、捧げられる花は、代理的にその人の死や哀悼の意を象徴するアレゴリーになるが、ここにおいてミメーシスのような修辞様式とは異なる次元の修辞様式であるアレゴリーは同時に、表象しえない暴力的かつ不合理な現実という現実・人生と表象の間の大きな裂け目に跳躍的に蓋をする役割をも担っている。

　このように人生《ライフ》を模倣する芸術にたいして自意識的であるマニングの〈バルカン三部作〉は、メタ的にヨーロッパ文学やイギリス文学の伝統を考察する小説であり、その大きな主題は、やはり戦争時の難民の表象である。文学、とりわけモダニズム文学における難民の表象と国際法の関係を、ハンナ・アーレントの難民に関する議論や人権の法律の観点から検討するリンジー・ストーンブリッジやジョウゼフ・R・スローターによれば、ヨーロッパの小説、とりわけ教養小説《ビルドゥングスロマン》は、「いかなる形式の生（中略）であれば法の形式と調和するのか」(Agamben 52) を示すことで、二〇世紀の無国籍者や難民の人権が奪われているさまを否定性として表象するジャンルとして有効性を保ち続けており (Stonebridge 29–45; Slaughter 1–24)、とりわけ自身も難民としての経験をもつハンナ・アーレントの議論に依拠するストーンブリッジは、この問題はモダニスト作家フランツ・カフカのユダヤ系無国籍者の表象とアーレントのカフカ読解にきわめて重要なかたちであらわれていると述べる

(Stonebridge 36–45, 53)。この議論を受けるなら、第二次世界大戦時の難民を描く後期《レイト》モダニズムの文脈に位置づけることができる〈バルカン三部作〉においても、避難民でありながら夫のブリティッシュ・カウンシルと関係した職業ゆえに最低限の安定が保障されているハリエットと、彼女とは対照的に、安定した職をもたない白系ロシア人の血統をひくイギリス人ヤキモフ公、ユダヤ人青年サーシャがルーマニアからギリシアまで移動する道程を描くサブプロットがある目的のもとに比較対照的に表象されていると言えるだろう。後者の難民の人物は、ハリエットと同様に戦争経験を通じたビルドゥングスロマン的なプロットをなぞりながらも、それぞれが表象不可能性や否定性《ネガティヴィティ》の領域に追いやられることで、主人公が〈社会化〉として国民国家への参入を果たす通常のビルドゥングスロマンのプロットが破綻するさまを示している。[10]

重要なのは、〈バルカン三部作〉の否定性《ネガティヴィティ》は、ヒロインのハリエットが、ユダヤ系難民の人物で、リベラル知識人の夫ガイの元学生であるサーシャを、愛情をもって世話し、ホスピタリティや庇護を提供する意思をつねに失わずにいながらも、ブカレストでサーシャが何者かに連れ去られた後、アテネで偶然に再会したときに、サーシャから拒絶され、別の空間と思われる場所へ立ち去られてしまうことである。リベラルなイギリス人夫妻のユダヤ人難民救済の試みは、失敗と断絶として表象されるのだ。

具体的に論じよう。ユダヤ人青年サーシャは、ナチスと近い関係にあったルーマニア鉄衛団の反ユダヤ主義的政策により富裕な銀行家である父親が逮捕され投獄された後、プリングル夫妻のブカレストのフラットに匿われるようになる。ここでハリエットはサーシャを優しく世話するのだが、あるとき、プリングル夫妻が外出中にサーシャは何者かに連れ去られ、行方がわからなくなってしまう。このようにサーシャが一旦小説テクストから消えた後、ハリエットはアテネのあるホテルの廊下でサーシャとばったり遭遇する。ブカレストで親身に世話をし、サーシャの身の安全を案じていたハリエットは親愛の情をこめてサーシャに声をかけるが、プリングル夫妻がルーマニア当局に自分の情報を売ったと信じ込むサーシャは、かつてとは別人のような「慎重に避けようとしつつ、警戒した表情」(855)でハリエットを見返すのみである。会話を交わしても態度を崩さないサーシャを見てハリエットは、「サーシャの不幸を嘆き悲しんだ。それもそのはず、ハリエットは実際にサーシャを失ったのであり、いまここで見つけた人物は単に知らない人であるだけでなく、到底好きになれない見知らぬ人だった」(859)から。他人扱いされるという拒絶のジェスチャーに傷ついたハリエットは、その痛みに耐えきれず、彼を「抜け目なさのシンボル」(858)である帽子が象徴するもの、つまりユダヤ金融資本一族という人種的アイデンティティに還元し、さらに、サーシャの喪失を表現するのにmournという別の文脈では死を暗示する単語を使いながら、サーシャとその伯父が去るのを見つめ、ユダヤ人である伯父と甥の二人をもう一捻り「他者化」する。

二人は似ており、互いを結束させるものの理解によってその類似は一層強まった。二人が属していたのは、国ではなく、国際的同胞愛だ。そのメンバーが共有するものは、彼らが偶然生まれ落ちた国の住人と共有するものよりずっと多い。(859)

ここでサーシャは、リアリズム小説的な表面的な事実の上では、伯父と待ち合わせて空港に向かい、南アフリカの家族と合流する予定であるだけにもかかわらず、ハリエットの眼差しの中では、既存の国民国家を見限り、国家の枠組みをこえて各地のユダヤ人金融資本家が繋がる、大多数には不可視のアソシエーション的な「国際的同胞愛」「国際的友愛ネットワーク」の世界に参入する者として感知される。ただしこれは、サーシャに他人扱いされたハリエットによる否定的な見方として書かれており、この見解から、ユダヤ資本が世界経済において幅をきかせていて世界征服を目論んでいるとの反ユダヤ主義まではあと一歩である。とはいえこの表現は同時に、国民国家が要請する少数民族への「同化」政策や偽りの可能性のあるホスピタリティに背を向け、ヨーロッパの国民国家の外部の想像上の空間に位置づけられる人物としてサーシャを再現前させる力をもつ。ここにおいてサーシャは、ヒロインのハリエットが、第二次世界大戦時のユダヤ人がヨーロッパの国民国家の国際法の外に置かれるという例外状況にあったことを適切に理解することができていないために、言い換えれば、彼に拒絶されることを〈友人として振る舞ったのに拒絶された〉との個人的なショックの体験にのみ還元するだけで、ヨーロッパ政治史にサーシャと自身の難民性の差異を再配置して、それを意味が理解された「経験」とできていないために、ハリエットを視点人物とするイギリス小説である〈バルカン三部作〉の空間から理解不能かつ表象不可能な存在としてとりこぼされる。サーシャは、ヒロインの盲目性により、戦争のミメーシスを試みる〈バルカン三部作〉というテクスト内の空間の不可視の〈外部〉となるのである。

田崎英明は、難民とその他の人々の政治について、次のように論じている。

政治とは、ただの共同体、人間が複数集まって存在すると言うことではない。そうではなくて、人間が互いに自分の言葉の宛先と思う相手との関係を超えた何かとの抗争を通じて、人間の共同性が規定されると言うこと、これこそが政治なのである。私が私宛の言葉とは思っていないような声との関係において、私の属する集団の共同性が規定される過程こそが政治なのである。難民の声や死者の声が、私たちの共同体と、その利害を問い糺す、それが政治的なものの本質である。（田崎　三九—四〇）

〈バルカン三部作〉がハリエットの視点からサーシャが小説の共同性の外部の空間へ追いやられる瞬間を表象するこの瞬間こそが、田崎の論じる「政治」であり、この小説テクストがイギリスやヨーロッパ文学にたいして問いかける政治性である。

そのようなイギリス人やヨーロッパ人の盲目性やリベラルな自己満足は、エンディングにおいて再び前景化される。ピレウスから出港した三隻の船は、ドイツ軍を警戒して猛スピードで地中海を進み、夜明けの後、乗客たちは、危険が去ったこと、他の二隻も無事であることを確認して一瞬安堵する(923–24)。〈バルカン三部作〉は、乗客の中のハリエットがガイの手を強く握ってアフリカの海岸を見つめる場面でエンディングを迎える。

彼女は言った。「私たちは見に行かなくては」。ギリシアを脱出したときの彼らは、追放者のように(like exiles)その土地を去った。地中海を渡って対岸に到着しつつあるいま、自分たちが難民(refugees)なのだと自覚していた。それでも、命は残っている——この命は使い果たし枯渇した財産だけれど、それでも財産だ。彼らは共にいて、これからも共にいるだろう。確信できることはそれだけだった。(924)

この段落で繰り返し使われる代名詞「私たち」は、ふつうに考えれば、ハリエットとガイを指す。しかしながら、その直前の段落で、ピレウス港から三隻の船に乗り、危険を共にした「難民」と呼んでよい乗客たちが互いの安全を確かめあって安堵するさまが描写されていることを考慮にいれるなら、とりわけ直喩（like exiles）を使って「追放者のように」ギリシアを出発し、船上にある現在、自分たちは「難民なのだ」と断定するハリエットの意識の中で使われる「自分（私）たち」には戦略的に揺れが込められている可能性がある。つまり、ハリエットは、表面上はガイと自分のことを指しているように見せながら、他の難民たちとの集団性もあるかのように聞こえる一人称複数形を反復して使いつづけている――厳密には、到着先で入国を拒否される可能性がある人と、イギリス大使館がカイロにあるイギリス国民とでは境遇が異なるにもかかわらず。言い換えれば、難民たちとの集団性があるように聞こえなくもないが、そうとは言い切れない――この躊躇いがちな「私たち」の使用が、サーシャをテクストの共同性の外部へと追いやったハリエットの良心と特権性の両方を併せもったアンビヴァレンスを際立たせている。

おわりに

これまで論じてきたように、マニングの作家および評論家としての仕事は、後期《レイト》モダニズム期の芸術と人生と戦争をめぐる言説の中に位置づけられる。そうした芸術について考察するメタ的な意識のもと、難民に焦点を当てて書かれた一種の難民版ビルドゥングスロマンとも呼びうる〈バルカン三部作〉は、難民や無国籍者が表象不可能な存在であることを示すことにより、ヨーロッパの小説の一つの伝統に内在する死角をつくことでその不全を露わにし、イギリスの文壇の面々が有する文学観が偏狭的であることを批評的に示す役割を果たしている。とはいえ、難民の表象の問題は、主人公がカイロからシリアへ単身で移動する〈レヴァント三部作〉においてまた新たな展開が見られる。それについては、稿をあらためて考察することとしたい。

注

本研究はJSPS科研費18K00430の助成を受けている。

1 このシリーズは、正確に表記すれば『戦争の勝運——バルカン三部作』と『戦争の勝運——レヴァント三部作』となるが、本論文では、英語圏の先行研究にならって、以下、〈バルカン三部作〉と〈レヴァント三部作〉と表記する。

2 オリヴィア・マニングの伝記としては、David を参照のこと。

3 現在「バルカン」と呼ばれる地域は、元は「南東ヨーロッパ」と呼ばれていたが、第一次バルカン戦争のあたりから「バルカン」の呼び名がふつうとなったとされる（マゾワー　八）。本論でもこの慣習にのっとり「バルカン」という呼称を使う。

4 第一次世界大戦と第二次世界大戦の表象に関する文学研究は、最近さらなる進展を見せている。第一次世界大戦から百年が経過したことを記念するイベントや論集の出版は数多く、そこではヨーロッパの白人中流階級の男性だけでなく、植民地出身の有色人種からみた大戦を考えることによって大戦研究をグローバル化する動きが見られたが、ここにきて、大戦研究の周縁に有色人種の経験を位置づけるのではなく、複数の空間の複雑な結びつき等を比較的に分析するなど、大戦研究そのものをも揺るがすような視点や方法を導入することによって大戦研究の「再グローバル化」を試みる研究が陸続と国内外で刊行されている。最近の大戦研究および戦争文学研究については、以下を参照のこと。Hartley, MacKay, ed., *The Cambridge Companion to World War Two*; *MacKay, Modernism and World War II*; Piette and Rawlinson, *Edinburgh Companion*; Sherry, ed., *The Cambridge Companion to the Literature of the First World War*; Frayn など *Modernist Cultures* 12.1 (2017) のモダニズムと第一次世界大戦に関する特集として収録された論文、河内、霜鳥。

5　イギリス文学史に関連する問題については、マニングがアングロ・アイリッシュでありながらその伝統を意識した作品を書いていないこともあるが、やはり彼女が在中東の女性作家という例外的な存在であったことも少なからず関係しているかもしれない。たとえば第二次世界大戦前後にカイロに滞在していた経験から『アレクサンドリア・カルテット』（一九五七―一九六〇）を書いたロレンス・ダレルや、やはり中東やバルカン半島を舞台に〈名誉の剣三部作〉（一九五二―一九六一）を書いたイーヴリン・ウォーなどは経験と作品の両面から考えてマニングと同系列として扱ってよい作家だと思われるが、一九四〇年から一九四五年のエジプトでイギリス作家が作っていた文芸誌『パーソナル・ランドスケープ』に焦点を当て、この定期刊行物の創刊から廃刊までの三、四年にわたる歴史的・文化的文脈を記述する研究書を一九九五年に上梓したロジャー・ボウエンは、おそらくさまざまな作品の評価について男性作家・詩人たちとマニングの意見が衝突することが多かったからとの理由からであろうが、マニングの小説は同誌の歴史的・文化的文脈を明らかにするのに適切な題材ではあるが、その分析は「省略する」(Bowen 16) と序論で断り書きをするという不可解な行動をとっている。

6　一九七〇年代以降のフェミニスト批評家がマニングの小説を評価できなかったことについては、当時の英米のフェミニスト批評家の大多数がミドルクラス出身で、そのミドルクラス的道徳観から、婚外恋愛を繰り返していたオリヴィア・マニングや、やはり婚外恋愛をするマニングの小説の女性人物を肯定的に論じることに困難を感じていたことが原因である。つまり、問題はマニングではなくフェミニスト批評にあるのであり、第四波フェミニズムが観察される二〇二一年の現在ではその問題は解消されている。一九七〇年代のフェミニスト批評がミドルクラス的道徳感から婚外恋愛をする作家や人物を評価することができなかったことについては、フェミニスト批評が黒人男性と恋愛をした恋多き女性作家ナンシー・キュナードを評価できなかったことを批判するマーカスの議論が参考になるかもしれない。なお、第二波フェミニズム、ポストフェミニズム、第三波フェミニズム、第四波フェミニズムといったフェミニズムやフェミニスト批評の流れについては、下記を参照のこと。Fraser; Budgeon.

7　イギリスが歴史的にバルカン半島周辺の地域をどのように見ていたかについてはTodorovaを参照。

8　ここで注意すべきは、この評論でマニングが使うrefugeeという言葉にはマニング自身を含むイギリス人が含まれており、ギリシアやカイロのイギリス大使館やブリティッシュ・インスティテュートが限定的ではあれ機能していた折に、イギリス行きの船に乗って帰国する選択肢があった状況下では、「無国籍者」や、引き受けてくれる国がない「難民」(displaced person)とはまったく異なることである。この評論におけるマニングの関心は、イギリスに居住し続けている作家や批評家とは対極的な存在である在中東、在バルカンのイギリス作家であるため、こうした広い意味でrefugeeという言葉が使われていると思われる。

9　後期モダニズムについては、Davisの他、以下を参照のこと。Esty, *A Shrinking Island*; MacKay, *Modernism and World War II*.

10　本論でビルドゥングスロマンに言及する際は、その概念をモレッティの議論に依拠している。

文献表

Agamben, Giorgio. *Homo Sacer: Sovereign Power and Bare Life*. Trans. Daniel Heller-Roazen, Stanford UP, 1995.

Bowen, Roger. *"Many Histories Deep": The Personal Landscape Poets in Egypt, 1940–45*. Associated UP, 1995.

Budgeon, Shelley. "The Contradictions of Successful Femininity: Third-Wave Feminism, Postfeminism, and 'New' Femininities." *New Femininities: Postfeminism, Neoliberalism and Subjectivity*. Ed. Rosalind Gill and Christina Scharff. Palgrave Macmillan, 2011. 279–92.

Connolly, Cyril. "Comment." *Horizon*, vol. 1. no. 5. May 1940, 309–14.

——. "Comment." *Horizon*, vol. 1. no. 7. July 1940, 532–35.

——. "Comment." *Horizon*, vol. 20. no. 119. November 1949, 284–86.

David, Deirdre. *Olivia Manning: A Woman at War*. Oxford UP, 2012.

——. "Olivia Manning and the Longed-for City." *Greece in British Women's Literary Imagination, 1913–2013*. Ed. Eleni Papargyriou, Semele Assinder, and David Holton. Peter Lang, 2017, 67–80.

Davis, Thomas S. *The Extinct Scene: Late Modernism and Everyday Life*. Columbia UP, 2016.

——. "*Horizon, Encounter* and Mid-Century Geopolitics." *British Literature in Transition, 1940–1960: Postwar*. Ed. Gill Plain, Cambridge UP, 2019, 176–91.

Esty, Jed. *A Shrinking Island: Modernism and National Culture in England*. Princeton UP, 2003.

Fraser, Nancy. *Fortunes of Feminism: From State-Managed Capitalism to Neoliberal Crisis*. Verso, 2013.

Frayn, Andrew. "Introduction: Modernism and the First World War." *Modernist Cultures*, vol. 12, no. 1, 2017, 1–15.

Friedman, Susan Stanford. *Planetary Modernisms: Provocations on Modernity across Time*. Columbia UP, 2015.

Hartley, Jenny. *Millions Like Us: British Women's Fiction of the Second World War*. Virago, 1997.

Hammond, Andrew. *British Fiction and the Cold War*. Palgrave Macmillan, 2013.

——. "'The Red Threat': Cold War Rhetoric and the British Novel," *The Balkans and the West: Constructing the European Other, 1945–2003*. Ed. Andrew Hammond, Ashgate, 2004, 40–56.

Harris, John. *Goronwy Rees*. U of Wales P, 2001.

Hartley, Jenny. *Millions Like Us: British Women's Fiction of the Second World War*. Virago, 1997.

Jameson, Fredric. "Modernism and Imperialism." *Nationalism, Colonialism, and Literature*. Ed. Terry Eagleton, et al., U of Minnesota P, 2001, 43–66.

MacKay, Marina, ed. *The Cambridge Companion to World War Two*. Cambridge UP, 2009.

——. *Modernism and World War II*. Cambridge UP, 2010.

Manning, Olivia. *Fortunes of War: The Balkan Trilogy*. New York Review of Books, 2010.

——. "Poets in Exile." *Horizon: A Review of Literature and Art*. Ed. Cyril Connolly, vol. X, no. 58, October 1944, 270–79.

Marcus, Jane. *Hearts of Darkness: White Women Write Race*. Rutgers UP, 2004.

Moretti, Franco. *The Way of the World: The Bildungsroman in European Culture*. New Edition. Verso, 1987.

Papargyriou, Eleni, Semele Assinder, and David Holton, eds., *Greece in British Women's Literary Imagination, 1913–2013*. Peter Lang, 2017.
Patten, Eve. *Imperial Refugee: Olivia Manning's Fictions of War*. Cork UP, 2011.
Piette, Adam, and Mark Rawlinson, eds. *The Edinburgh Companion to Twentieth-Century British and American War Literature*. Edinburgh UP, 2012.
Plain, Gill. *British Literature in Transition, 1940–1960: Postwar*. Cambridge UP, 2019.
Rees, Goronwy. "Letter from a Soldier." *Horizon*, vol. 1. no. 7, July 1940, 467–71.
Rodd, Peter. "The Psychology of Refugees." *Horizon: A Review of Literature and Art*, edited by Cyril Connolly, vol. X, no. 59, November 1944, 312–19.
Said, Edward W. "Reflections on Exile." *Reflections on Exile: And Other Literary & Cultural Essays*. Granta, 2001, 173–86.
Sherry, Vincent, ed. *The Cambridge Companion to the Literature of the First World War*. Cambridge UP, 2008.
Slaughter, Joseph R. *Human Rights, Inc.: The World Novel, Narrative Form, and International Law*. Fordham UP, 2007.
Spender, Stephen. "Selected Notices." *Horizon: A Review of Literature and Art*. Ed. Cyril Connolly, vol. X, no. 58, October 1944, 280–87.
Stonebridge, Lyndsey. *Placeless People: Writing, Rights, and Refugees*. Oxford UP, 2018.
Todorova, Maria. *Imagining the Balkans*. Oxford UP, 1997.
Williams, Raymond. *The Country and the City*. Chatto and Windus, 1973.
Woolf, Virginia. *A Room of One's Own/Three Guineas*. Penguin, 1993.
アーレント、ハンナ『全体主義の起原２　帝国主義』大島通義・大島かおり訳、みすず書房、二〇一七。
蒲池美鶴「解説」、ウィリアム・シェイクスピア『トロイラスとクレシダ』小田島雄志訳、白水社、一九八三。二三七―二四七。
河内恵子編著『西部戦線異状あり――第一次世界大戦とイギリス女性作家たち』慶應義塾大学出版会、二〇一一。
コット、ヤン『シェイクスピアはわれらの同時代人』白水社、一九六四、一九六八、二〇〇九。

霜鳥慶邦『百年の記憶と未来への松明《トーチ》――二十一世紀英語圏文学・文化と第一次世界大戦の記憶』松柏社、二〇二〇。

田崎英明『無能な者たちの共同体』未來社、二〇〇七。

中井亜佐子『〈わたしたち〉の到来――英語圏モダニズムにおける歴史叙述とマニフェスト』月曜社、二〇二〇。

ベンヤミン、ヴァルター「物語作者――ニコライ・レスコフの作品についての考察」『ベンヤミン・コレクション2――エッセイの思想』浅井健二郎編訳、三宅晶子・久保哲司・内村博信・西村龍一訳、筑摩書房、一九九六。二八三―三三四。

牧野雅彦『精読 アレント『全体主義の起源』』講談社、二〇一五。

マゾワー、マーク『バルカン――「ヨーロッパの火薬庫」の歴史』中央公論新社、二〇一七。

第六章
ユーモアの居場所
――戦後社会とエリザベス・テイラーのヒロインたち

原田　範行

はじめに

「戦時中の大人一人あたり一週間分の配給量。ベーコンもしくはハム四オンス（概ね、ベーコン四皿分）、一シリングもしくは二ペンスの肉（挽肉二ポンドあるいは一ポンドのステーキもしくは肩付き肉に相当）、チーズ二オンス（二インチのキューブ一個）、マーガリン四オンス（食卓用スプーン八杯）、バター二オンス（食卓用スプーン四杯）、ミルク三パイント、砂糖八オンス（コップ一杯）、ジャム二オンス（食卓用スプーン四杯）、茶葉二オンス（これで一五杯から二〇杯分が作れる）、生卵一個（加えて、毎月、生卵一二個相当の卵粉一包み）、三オンスのスウィーツもしくはキャンディ」(3)。この配給量をもとに、ロンドン郊外に住む四人の女性が料理を競うという小説が、イギリス生まれのジェニファー・ライアンのコメディ風新作『キッチン・フロント(*The Kitchen Front*)』(二〇二一)だ。作品の表題は、第二次世界大戦当時、ＢＢＣが実際に放送していた料理番組のタイトルでもあるが、「フロント」に戦争の前線が含意されていることは言うまでもない。祖母が語ってくれた戦時中の話をもとに、ライアンはこの作品を構想したという。[1]

エリザベス・テイラー（同姓同名の女優とは別人）は、ライアンに戦時中の食糧事情を語って聞かせたという祖母とほぼ同世代の作家である。一九一二年、ロンドンの西方六〇キロほどのバークシャーの町レディングに生まれたテイラーは、地元のアビー・スクールを卒業後、家庭教師や図書館員の仕事に従事した。一九三六年、菓子工場を経営していたジョン・テイラーと結婚した後は、バークシャーの北に隣接するバッキンガムシャーのペンという村に住み、生涯の大半をここで過ごしながら、二人の子供を育て、一二の長編小説を執筆した。そのほか、ゆうに五〇を越える多くの短編を、主に雑誌『ニューヨーカー』に発表している。癌で亡くなったのは一九七五年、享年六三であった。日常生活におけるプライベイトとパブリックを截然と分けていたこともあって、彼女の人生を詳細に綴った伝記はほとんどない。テイラーの親友でもあったエリザベス・ジェイン・ハワードは、テイラーの死後、夫のジョンから伝記執筆を依頼されたが、伝記として描くべき人生の変化が少ないとしてこれを断ったという。一般に知られているのは、彼女が一時期、イギリス共産党（CPGB）に加わり、その後も労働党支持を続けていたということくらいであろう。[2]

地味な印象を与えるそうした私生活の影響もあってか、テイラーの作品は、一部の作家がきわめて高く評価しているにもかかわらず、いささか等閑に付されてきたという感を禁じ得ない。実際、アイヴィー・コンプトン＝バーネットやエリザベス・ボウエンといった先輩作家をはじめ、「二〇世紀イギリスの最良の作家の一人」であるとしてテイラーの作品を賞賛したキングズリー・エイミスやバーバラ・ピムら同時代作家、さらにはアニータ・ブルックナー、アントニア・フレイザー、アン・タイラー、ヒラリー・マンテル、フィリップ・ヘンシャー、サラ・ウォーターズといった新しい世代の作家に至るまで、テイラー作品を時にジェイン・オースティンやブロンテ姉妹にも比肩する優れたものであると評価する声は少なくないのだが、他方で、フレイザーが言うように、「二〇世紀にあって最も過小評価された作家の一人」であることも確かなようだ。それは、ロナルド・ヘイマンの『現代小説　一九六七―一九七五』（一九七六）、ボリス・フォード編のニュー・ペリカン・ガイド版英文学史第八巻の『現代』（一九八三）、D・J・テイラーの『戦後――一九四五年以降の小説とイギリス』（一九九三）、ドミニック・ヘッド編のケンブリッジ・イントロダクション版『イギリス現代小説　一九五〇―二〇〇〇』（二〇〇二）などにおいて、テイラーへの言及がほとんど、もしくはまったく見られないことからも明らかである。[3]

とはいえ、現在、テイラー作品の再評価は進みつつある。二〇世紀後半から今世紀にかけて、ロンドンのヴィラゴ社から彼女の長編および短編の主要作品が新たにモダン・クラシックス集の一部として刊行されたことも大きい。一九九三年には、ニコラ・ボウマンによる伝記『もうひとりのエリザベス・テイラー』が出版された。二一世紀に入ると『クレアモント・ホテルのパルフリー夫人（*Mrs Palfrey at the Claremont*）』（一九七一）と『エンジェル（*Angel*）』（一九五七）が相次いで映画化され、生誕一〇〇年を迎えた二〇一二年には、未発表や未完の手稿類や書簡がN・H・リーヴの編集によって記念出版されている。第一次世界大戦が始まる前に生まれ、第二次世界大戦の直前に結婚、イングランド南部の小さな村で生涯を終えたテイラーは、間違いなく第二次世界大戦とその戦後社会を生き抜いた作家である。声高な主義・主張を感じさせず、戦争の影さえも遠景にあってヒロインたちの日常が淡々と描かれる彼女の諸作品は、戦争の何を描き出したのか。それを解明する試みは、緒に就いたところと言ってよいだろう。

本章の初めにライアンの『キッチン・フロント』の冒頭の場面を引用したのは、ライアンの祖母とテイラーが同時代人であるというだけの理由ではもちろんない。テイラー作品の中には、ライアンの祖母が語り聞かせたであろう戦中・戦後の食卓の様子と同様の風景がやはり詳細に描かれている。「彼女は紅茶に砂糖を入れた、三つほど」(272)といった描写が実に多い。[4] だが、現代のライアンが描き出すキッチン・フロントのユーモラスな光景は、戦中・戦後を生き抜いたテイラーの作品にはない。テイラー作品を一様に満たしているのは、よごれていたり(dirty)、不潔だったり(filthy)、こわばっていたり(stiffly)、疲労していたり(tiredness)、じめじめしていたり(damp)する感覚である。[5] だが、そういう、およそ平凡で文化的洗練を欠き、ときに退屈さが横溢する日常を、ヒロインたちは、表面的な力強さを感じさせることなく、しかしたくましさとしなやかさをもって生き抜いていく。テイラー作品におけるそのようなたくましさやしなやかさの源泉がどこにあるのか、それを第二次世界大戦との関係の中で見きわめようとするのが本章の目的である。

1940年代のエリザベス・テイラー、自宅にて。

一　日常生活の寂寥と不安

テイラーの小説には、多くの場合、主な登場人物が日常生活において感じる寂寥と不安が描かれる。長編であれば、その寂寥や不安がストーリー展開の基軸となり、短編であれば、それらが瞬間的に示されることで、登場人物の心の奥底が鮮やかに照射される。自らの老いに戸惑いつつも、心の充足を求める主人公の晩年を丁寧に描いた『クレアモント・ホテルのパルフリー夫人』もそうだ。余生を過ごす長期滞在者の多いクレアモント・ホテルに向かうパルフリー夫人は、老いを謳歌しようとするような覚悟もなければ人生への諦念もない。人生で初めてむかえる老いを前に困惑し、過去の人生を捨てきれずにいるのである。

一月のある日曜日の午後、パルフリー夫人は初めてクレアモント・ホテルにやってきた。ロンドンの街には雨が降りしきり、彼女のタクシーは、ほとんど人気のないクロムウェル・ロードを、水しぶきを上げながら進んでいく。洞穴のように見える車寄せを通り過ぎるたびに、運転手は速度を緩め、頭を雨の中に突き出した。ホテルの名を知らなかったからだ。運転手も知らないと聞いて、パルフリー夫人はいささか落ち着かない気持ちになった。彼女だって知らない。自分はいったいどこへ行くのだろうと思い始めた。怯えを心から締め出そうとする。憂鬱が襲ってきそうで、彼女は不安になった。(1)

雨の降りしきるロンドン、ホテルの場所を知らないタクシー運転手、生活を始めようとするそのホテルについて何も知らない自分自身――パルフリー夫人の心は不安と憂鬱でいっぱいだ。

テイラーの描く日常生活の寂寥と不安は、病気や死、荒廃などを対象として登場人物たちが感じる恐怖や苛立ち、不満、不審、動揺、緊張、虚無などにも広がっていく。例えば、短編「蠅取紙("The Fly-paper")」(一九六九)の主人公シルヴィアも、数々の不安を抱えてピアノのレッスンに通う、「むっつり(glum)」して「不機嫌(sullen)」な少女である(566)。そもそも、ピアノ教師であるハリソンの家からして、暗くて陰鬱だ。しかもこのハリソンは、あまり上手でないシルヴィアに対して苛立つことが少なくない。レッスンに行くために彼女が乗るバスも、そのバスから見える風景も、いささか荒んでいる。しかもそのバスの車内で突然、彼女は向かいの席にいる「気がふれた(mad)」(567)としか思えない男に話しかけられることになる。この男を制した年配の女性は、一見、「落ち着いて(comfortable)」いて「守ってくれる(protective)」(568)ような印象を与えるのだが、レッスンまでの空き時間にお茶に誘われてシルヴィアがこの女性の自宅を訪れてみると、そこに現れたのは、なんと先ほどの男であって、実はこの二人、老夫婦であったと思われる。女性の家にあってシルヴィアが、なんとも不調和で「困惑する(disconcerting)」(571)ように感じたのが、作品のタイトルになっている蠅取紙で、そこには、見込みのない努力をしてもがいている蠅がいたとある。話はここで終わってしまうので、シルヴィアのその後について読者は想像するしかないのだが、こうした描写とストーリー展開は、何気ない日常生活に潜む謎とそこから生まれる不安や緊張、恐怖の感覚を読者に強く意識させるものである。

先に触れた通り、第二次世界大戦当時、テイラーは、バッキンガムシャーの村で夫や子どもたちと暮らしていた。その村が、激しい空爆にあったという記録はない。むしろ、ロンドンの子どもたちが疎開してきていたようだ。[6]だが、戦中から戦後にかけて発表された彼女の作品には、当然のことながら、戦争の影が感じられる。もちろん、戦闘や空襲を正面から扱うのではなく、日常生活における寂寥や不安として戦争が描かれるのである。なかでも、「テイラーの最も暗い作品」(ix) とも言われる『薔薇の花冠 (*A Wreath of Roses*)』(一九四九) には、戦争の影が色濃く映し出されている。主人公カミラの周囲には、彼女自身が平静を保とうと躍起になっているにもかかわらず、実に多くの不安や恐怖がうごめいている。作品の冒頭、列車を待つカミラの目の前で起きる飛び込み自殺は、そのことをよく示している。

この出来事は、その日の午後を真っ二つにしてしまった。永遠などという感覚はもはや消え失せた。無限に黙するかに見えた時の流れが、混乱してめちゃくちゃになってしまったのである。走り回る人々の足音が響きわたり、声がとぎれとぎれに聞こえてくる。午後の陽ざしが陰ってくると不吉なハゲタカどもが集まってきた。連中は、死者が出たと聞いて村からやって来ては、いろいろ脚色して互いにこの事件の話をしている。(3)

この後に挿入される背骨が折れた遺体の描写は、戦死者のそれを思わせる。ようやく目的の列車がやって来てカミラはそれに乗り込むのだが、動揺が収まる間もなく、今度はそこへ若い男が乗り込んでくる。彼は故郷に帰って本を書くのだと言う。「どんな本を?」と問う彼女に、男は「戦争について」と答える。「戦争についての体験記か、おもしろくもない」と心の中で一蹴した彼女だが、スパイまがいの行為をしていたという男の話に彼女は次第に引き込まれて行く。「度胸があるのね」と彼女は男に語りかけた。

「度胸があるのね」と彼女は語りかけた。男の話にある何か言い訳、弁解じみたものを探り出すために、である。男の目はどこか虚ろなのだ。

「今はそれほどでも」と彼は答えた。「僕にとってはちょうどいい時期に戦争が終わったのです。戦況説明のブリーフィングを受ける最後の時が、何か気の抜けたような感覚とともにやってきたのです。なんと言うか、飽き飽きとした恐怖みたいな……」

「飽き飽きとした恐怖ですって！」カミラは驚いて繰り返した。「飽き飽きとした恐怖」という言葉を彼が発した際、彼女はすべてを了解できたのである。(6)

「気の抜けたような感覚」や「飽き飽きとした恐怖」は、通奏低音のように本作品の最後に至るまで響く。だが、リチャードという名のこの若い男が語る戦争体験は、ニセモノであった。彼は兵士であったかのように振る舞っていただけなのである。そういう彼の語りにカミラはすっかり合点がいってしまい、彼との抜き差しならぬ関係に陥るというのがこの作品のストーリーである。独身のまま年を重ねるカミラが抱える心の穴に、全体像をつかみかねる戦争という事件がすっぽりあてはまってしまったのだ。テイラーは戦争を、このような戦後社会に生きるヒロインの日常生活の中の不安として描き出したのである。それは、戦争が終われば解決するとか、戦争への反省によって改善するといった性質のものではなかった。そういう一時的なものではない、より日常的で普遍的な寂寥と不安の中に、テイラーは戦争を落とし込んでいるのである。

日常生活の寂寥や不安に戦争が忍び込んでいる、と言えばそう言えるような内容も、それゆえ、戦争が本当の原因であるのか否か、多くのテイラー作品において実は判然としない。戦後まもなく発表された『薔薇の花冠』（一九四九）でさえそうなのだから、その傾向は、戦後社会が進むほど強くなっていく。一九五七年に発表された『エンジェル』は、その一部においてヴィクトリア朝の女性作家マリー・コレリをモデルにしたと言われているが、コレリが第一次世界大戦後まもなくこの世を去っているのに対して、主人公のエンジェルは、第二次世界大戦を生き抜いて戦後社会に踏み込んでいる。だが、彼女の第二次世界大戦への見方は、ある意味で辛辣を極めていると言えよう。

エンジェルにとって今回の戦争は、個人的には腹の立つものであったが、それ以上ではなかった。もう一つの戦争のときの燃えるような憎しみは消え、忘れ去られた。今度の戦争で、彼女のもとから奪われる者はいない。戦争に反対する理由もなく、彼女は気にも留めなかった。彼女の知り合いはみな年寄りばかり。老いた彼らにとって、今起きていることは、予想よりも少し早く、そして望んでいたのとは異なる形で死が訪れるかもしれないという不安もしくは恐怖だけだった。（215）

『エンジェル』を執筆しているテイラーは四〇歳代半ばであり、『クレアモント・ホテルのパルフリー夫人』を書いた還暦間際の彼女ではない。テイラーにとっての第一次世界大戦は子供時代のかすかな記憶であって、そこに、エンジェルが言うような恋人エスメの心身に致命的な打撃を及ぼすことになる戦争への「燃えるような憎しみ」があったとは考えにくい。だがテイラーは、第一世界大戦をそのような性格の戦争として描き出したのに対して、「今度の戦争」は、「個人的には腹の立つもの (a personal annoyance)」とするばかりである。そこにあるのは、朽ち果てつつあるパラダイス・ハウスに住む老作家エンジェルの投げやりな感懐ばかりではあるまい。再び起こされた世界大戦が、「燃えるような憎しみ」によって作家の消えかけた創造力に火を灯すようなものではなく、「個人的には腹の立つ」程度のものであって、そこにエンジェルの、そして広く人類の再生はないという、テイラーの、諦念というよりはむしろ強い異議申し立てが静かに語られているのである。それは、カミラに向かって発せられた「飽き飽きとした恐怖」にもつながるものであろう。

この後エンジェルは、次第に衰弱して息を引き取ることになる。『タイムズ』紙の死亡告知欄には「エドワード朝の作家」(249) と記された。朦朧とする意識の中で彼女は、「何もかもまたもう一度やり直すなんてことをしなくてもいいんだわ。私は自宅で、自分のベッドの中にいる、人生はすべて自分の背後にあるのだから」(249) と思う。テイラーは、過去の作家であるエンジェルを、こうした一種の安堵感のうちに葬った。だが、戦後社会を生きるテイラー自身が見据えていたのは、そうした「個人的には腹が立つ」程度の戦争を直接的な原因とするわけではないものの、しかし戦争によってさまざまなものが崩壊していく中で明らかになった、より普遍的で日常的な寂寥や不安であり、苦しみながらそれを克服しようとする登場人物たちの努力であった。

二　挑戦するヒロインたち——複数の関係性と未完結性

テイラー作品には多くの女性が登場する。その中には、パルフリー夫人やエンジェル、ヘスター・リリー、マダム・オルガ、あるいは『眠れる美女』（一九五三）のエミリーのように、作品のタイトルにもなってストーリーを牽引するようなヒロインたちも少なくないが、それと同時に、『薔薇の花冠』のカミラがフランセスやリズとの対比で描かれるように、あるいはまた『親切心 (*The Soul of Kindness*)』（一九六四）におけるフランセスには、その気配りの虚飾を鋭く見抜くリズがいるように、一作品の中で複数のヒロインたちが、時に対立しながらも深く結びついている場合も多い。「母たち ("Mothers")」（一九四五）や「手紙の書き手たち ("The Letter-writers")」（一九五八）、「姉妹 ("Sisters")」（一九六九）のような短編もまた、複数のヒロインたちの関係性によってストーリーが展開する。語りの点でも、『エンジェル』や『クレアモント・ホテルのパルフリー夫人』のように、比較的安定した形で主人公に寄り添う作品はむしろ稀で、語りの主体が複数の人物間を往き来し、登場人物の会話がそれぞれ別個に自由間接話法的に展開していく場合が少なくない。この意味においてテイラー作品の多くは、一作品一人のヒロインを描くというよりは、一作品に登場する複数のヒロインたちによって構成されていると言ってよいだろう。逆に言えば、安定した主人公は不在であり、それが彼女の文学の重要なテーマに関わっていると考えられるのである。これが、テイラー作品におけるヒロインたちの描写の特徴の一つである。

第二次世界大戦末期の一九四五年三月に発表されたテイラーの短編「悲しい庭 ("A Sad Garden")」にもまた、

シビルと義妹キャシーという対照的な二人のヒロインが登場し、二人の会話や独白が、それぞれ自由間接話法をまじえて進んでいく。シビルの方が年長であろう。夫とおぼしきラルフと息子とおぼしきアダムへのごく短い言及があり、二人とも今はこの世にない。シビルの特異な気質のせいもあって、彼女を訪問する親戚は、もはやキャシーのみ。そのキャシーは、今、娘のオードリーを連れてシビルの菜園を訪れている。オードリーに、高い木の上の方になった実をとらせようとシビルは、彼女のために踏み段を置き、「アダムも昔はそうしていたわ」「もっといける、もっといける」(92) と、嫌がるオードリーを無理やり持ち上げようとする。その様子に気づき、叫び声を上げてキャシーがこちらへ飛んで来る、というところで話は終わるのだが、失った息子を思って狂気を感じさせるシビルと、身近な場所でその様子をいささかの哀感をもって観察するキャシーの、そのいずれが欠けてもこの作品は成立しない。

「悲しい庭」において戦争を感じさせるのは、シビルが、夫のラルフのみならず息子のアダムをも失い、老境を生きる彼女の実り豊かな菜園が、「悲しい庭」となっていることである。キャシーの描くシビルは、疲れていて孤独で、何事にも「飽き飽きした女 (a tired woman)」である。この「飽き飽きした」という形容詞は、『薔薇の花冠』で繰り返される「飽き飽きした恐怖」を想起させる。戦中から戦後にかけての時代状況を、テイラー独特の視点で捉えた表現であろう。だが、それと同時に、シビルの狂気は、『薔薇の花冠』のカミラにおける人生の陥穽と同様、必ずしも戦争被害にのみ収斂するものではない。それは、戦争を契機として明確になった恋愛、家族、子育て、老いの問題であり、そして何より、女性の生き方、女性の日常生活の細部である。男性性が表面に出やすい戦争は、逆にそういうテイラー作品の美質を鮮やかに浮かび上がらせているとも言えるのだが、ここで注意しなければならないのは、テイラーの描くヒロインたちの日常生活の寂寥や不安は、戦争の有無とは別に普遍的な問題である、という点だ。そうした普遍性を強く意識すればするほど、戦争は後景に退くはずであり、テイラーはまさしくそのように戦争を描いたのである。アダムやラルフの死の原因が明確に語られない理由はここにある。

ところで、一作品の中に複数のヒロインが登場することの多いテイラー作品には、もう一つの特徴として、エンディングが必ずしもはっきりしないという点を指摘しておくことができよう。もちろん、主人公の死をもって作品が閉じられる『エンジェル』や『クレアモント・ホテルのパルフリー夫人』のような場合、エンディングは比較的明瞭である。だが、同じ長編でも、『港の眺め (*A View of the Harbour*)』(一九四七) のような場合はどうだろうか。たしかにこの作品の結末では、のぞき見と噂話の好きなブレイシー夫人が亡くなり、ヒロインの一人で作家のベスが、それまで執筆していた小説を書き終えている。だが、そのベスの描写には、あくまでも暫定的なエンディングという感触がある。

屋敷の裏の居間で、ベスは小説を書き終えた。腕は痙攣し、手首はずきずきする。最後の一文を書いて、ピリオドを打ち、短く線を引いた。

「これでおわり」、そう彼女は思った。「まさにこの瞬間、すべてが報われたわ。みんなの目標はぴたりと結び合わされたし、結び合わされる中に完璧な喜びがある。すべての疑いや懸念がまた生まれて、他の人たちが入ってくるまでは、ね。」

空っぽですっきりとした、やや寂しい感じがする。まるで、この世の中が胸の中から一掃されてしまい、自分は澄み切った水晶のような感じ。彼女はペンを置きながら、なんとか気持ちを切りかえたのであった。(312)

夫リチャードの浮気に端を発するあらゆる「疑い」や「懸念」は、いったん終息したものの、また生まれるかも知れない。のぞき見と噂話の好きなブレイシー夫人は世を去ったものの、新たな隣人がやって来るかも知れない。ベスの小説は、そして『港の眺め』というこの作品自体も、結末というよりは書き継がれることを念頭に置いているかのようである。ベスの執筆もテイラーの日常も、ここではまだ終わらないのである。[7]

短編の場合、この未完結性は、より明瞭である。すべての短編が未完結的であると言ってもよいであろう。一九四四年に発表された短編処女作とも言える「力はあなたのために」でも、消化不良の治療のためにペトリー医師の診察を受けるイヴァと、この医師の素行に疑念を抱くエイダのやり取りは、さしたる解決をみないまま途絶してしまう。「しない方がよい("Better Not")」(一九四四)や先に触れた「悲しい庭」といった戦中作品もまたそうである。「しない方がよい」の場合、おそらくは軍務についている夫レッキーと妻ヘレンのほんのわずかな会話から、二人の心情の齟齬や夫婦関係の不安定さが示唆されるが、結局は、庭で遊んでいる娘のヴィッキーに家へ戻るようにヘレンが声を掛けるところで話は終わる。二人の今後の行方は、読者が想像するしかない。「悲しい庭」についても、最後に叫び声をあげたキャシーが、シビルの家への訪問をやめることはないだろうが、いささか精神の安定を欠くシビルの今後は分からない。短編の秀作として知られる「赤面("The

Blush")」(一九五七) の結末も、多くの解釈を許容するものと言えよう。アレン夫人とラーシー夫人のそれぞれの身の上が語られ、その中で、例えば、アレン夫人とラーシー夫人が出かけるパブの違いから階級問題への秀逸な言及が見られるなど、この作品には注目すべき点が多い。だが、アレン氏とラーシー夫人との浮気を知ったラーシー氏のアレン夫人宅への訪問は、復讐を意図していたものの、結局、何も起こらず、ラーシー氏は「思わしげな失望 (a yearning disappointment)」を抱えて帰宅することになる。他方、アレン夫人は、ラーシー氏が去った後、一種の性的興奮を久しぶりに覚えて「赤面」するというのだが、この結末は、アレン夫人とラーシー夫人、および彼女たちの夫婦関係の今後の展開に一定の有力な手がかりを与えるといったものではない。テイラー作品における未完結性は、人生を大きく転回させる微妙な瞬間を鮮やかに照射するテイラーの筆の冴えによるものである。

ただ、日常生活に寂寥や不安を覚えているテイラー作品のヒロインたちが、個人で、というよりは、登場人物どうしが取り結ぶ複数の関係性の中で、その寂寥や不安を認識し、それに対する何らかの能動的な動きを見せているという点には留意する必要があろう。シルヴィアもカミラも、ベスもアレン夫人も、短編であればかなり瞬間的に、長編であれば一定の時間的経過を伴って、日常生活の寂寥や不安の源泉に向き合い、そういう人生を生き抜こうとする。姪を無理やり高い木に登らせようとするシビルでさえも、彼女の歩んだ過去の、特に息子との人生を、キャシーやオードリーの心に刻印しているのである。それは、蠅取紙の上の蠅のようなもがきなのかも知れないが、テイラーは確かに、ヒロインたちのこうした奮闘や挑戦を描こうとしている。それは例えば、テイラー作品と比較されることのあるシャーロット・ブロンテの『ジェイン・エア (*Jane Eyre*)』(一八四七）などのような作品とはいささか性格を異にするものであろう。『ジェイン・エア』が自伝的で完結性を持った語りであるのに対して、テイラーのヒロインたちは、その語りも含めて、あくまでも複数の関係性の中で日常生活に潜む寂寥や不安を認識し、そうした関係性の中で生きて行こうとするからだ。登場人物たちが抱えているのは容易に解決できる問題ではなく、それゆえ、作品は未完結的あるいは継続的であるが、むしろこの点こそ、テイラー作品が有する独特のしなやかさと考えられるのではないだろうか。[8]

第二次世界大戦の影が遠景に退くのもまた、こうしたテイラー作品の特質によるものである。彼女の描く日常生活の寂寥や不安は、複数のヒロインたちの関係性の内に宿るものであって、むしろそれを強引に断ち切りかねない戦争とは相いれないし、勝利による終結をめざす戦争は、普遍的で未完結性を帯びた彼女のテーマとは異質であるからだ。だが他方で、そうした寂寥や不安に満ちた戦後社会の淵源に、戦争があったことも間違いないであろう。戦争は、テイラー作品において、あくまでも遠景にある。だが、日常生活の寂寥や不安に不気味な影を投じてもいるのである。

三　ユーモアの居場所

日常生活に潜む寂寥や不安が描かれるテイラー作品には、恐怖を特徴とするいわゆるゴシック小説のような性質を帯びているものが少なくない。実際、先に触れた「蠅取紙」のような作品にあっては、老夫婦の家の居間にあがり込んでしまったシルヴィアとともに読者も、謎めいた空間に閉じ込められたかのような恐怖を覚える。蠅取紙の上で必死にもがく蠅の姿は、実に象徴的だ。だが他方で、テイラー作品に関する評言として、「喜劇的」ないしは「おかしみ」という指摘がなされる場合も多い。[9] 不安や恐怖、あるいは怒りといった感情と、おかしみあるいは喜劇性は、なぜ、そしてどのようにテイラー作品において共存しているのだろうか。

両者が共存しうる理由の一つは、不安や恐怖、あるいは不満や怒りの感情が、しばしば別の感覚、特に匂いや音、声についての客観的で冷静な描写によって置き換えられ、それによって不安や恐怖や怒りが深刻で致命的なものになるのを緩和している場合が多い、ということである。憂鬱な思いを抱えたままクレアモント・ホテルに投宿したパルフリー夫人を絶望の淵から救い出すのも、にわかに聞こえてきた雑音や話声である。

静けさに違和感があった。日曜の午後のもつ静けさと違和感だ。一瞬、彼女の心はぐらつき、恐ろしい絶望によろめいた。それは、死への戸口に立つ夫が確かに中へ入っていこうとするのをにわかに悟った、いやにわかに悟らずにはいられなくなった時と同じなのであった。あらゆる希望に反し、彼女の必死の祈りにもかかわらずに、である。（中略）エレベーターが遠くでうなっていた。まもなく、扉がガチャンと開く音が聞こえ、足音や話声が途切れがちにしてきた。（中略）彼女はその話声に感謝した。(5)

第二次世界大戦の終結直後に発表された「変わる（"It Makes a Change"）」（一九四五）は、テイラー作品あっては珍しく、男性の意識の流れをたどった作品だが、これもまた、音や匂い、声に満ちた作品である。否、主人公の意識の流れは、主に音や声、匂いで構成されていると言ってもよい。

ああ、街は平和だ！　六時五分にオフィスを出ると、いつもそう思うのだった。彼にすっかりもたれかかってくるこの平和は、さわやかで美しく、花と空の匂いが漂い、道行く車のタイヤの柔らかな音や教会の庭でさえずるツグミの鳴き声が聞こえてくる。（中略）「ヴェロニカ！何度その名を呼んだことだろう。私の声が聞こえるかい？」　神よ！　この声をお助け下さいますか？　声。平和が必要だ。この夕べのような平和。そして穏やかな音。(517–18)

テイラー作品に多い食事の場面も、その匂いや音、全く別の角度から割り込んでくる話し声などが、登場人物たちの心情に同調するというよりはむしろ独立していて、それがユーモラスに寂寥や不安、恐怖を緩和していると言えよう。食卓を共にする比較的マイナーな登場人物が、それにもかかわらず精彩を放っているのはこのような場面である。

だが、テイラーのこうした描写は、たんに表現上の手法にとどまることなく、実は彼女のストーリー展開そのものと深く響き合っていると思われる。すなわち、一作品に複数の、立場を異にするヒロインたちが登場することで、彼女たちの寂寥や不安、恐怖が互いに相対化され、そうすることでユーモアが生まれている、と考えられるからだ。実際、パルフリー夫人を、一時的にせよ絶望から救ったのは、以前の彼女であれば嫌悪し振り向きもしなかったであろう、声の大きな滞在者たちであり、また、定職を持たない作家志望の青年ルドであった。パルフリー夫人を描きつつも、例えばアーバスノット夫人やポスト夫人の特異な性格、ホテルのウェイターであるアントニオとしばしば定食をめぐって悶着を起こす老オズモンド、頼りになるのかならないのか判然としないポーターのサマーズ、ルドと母ミムジーや恋人ロージーとの微妙な関係などが入念に描き込まれることによって、パルフリー夫人の老いは慰謝され、そこに生じるユーモアが、彼女を次の行動へと駆り立てていくのである。

一九四五年に発表されたテイラーの長編第一作『リピンコート夫人邸 (*At Mrs Lippincote*)』は、寂寥と不安を抱える複数のヒロインたちが、戦時色の濃い時代を生き抜いていくというストーリーだ。登場人物は、いずれも何らかの不安や不満を心の奥に宿し、しかもそれらが互いに対立してもいる。主人公と考えられるジュリアも、ジュリアの夫でイギリス空軍兵士のロディも、ロディの従妹のエレナーも、リピンコート夫人やその娘のフィリスも、である。夫の任地である基地に近いという理由で息子のオリヴァーとともにリピンコート夫人邸に移り住んだジュリアが、最終的にその邸宅をリピンコート夫人に返すという結末は、結局、このストーリーに満足のいく勝者がいないということを示している。いずれもが心に深手を負ったまま、人生の次の段階へ進もうとするのだ。

登場人物たちの抱える深刻な問題には、確かに戦争が関係している。リピンコート夫人邸に移住したジュリアとロディ夫婦はもちろんのこと、戦争が始まって以来、この夫婦と暮らさざるを得なくなった独身のエレナーもそうだし、また、兵士の妻としての重圧を感じるジュリアがわずかな心の憩いを感じる相手のテイラー氏は、ロンドンで空襲に遭い、誇りにしていた自分のレストランを失っている。こうした意味で、『リピンコート夫人邸』は、テイラー作品の中で最も戦争の影が色濃い作品と言えるだろう。だがジュリアは、作品の終末部で次のように明言している――「戦争はただ、いろいろな対立をはっきりさせるだけ。それで皆が、自分の立ち位置をはっきりと分かるようになるのよ。だから――対立のあとに革命が起きるの」(218)。ここでジュリアの言う「革命」のごく小さな例が、リピンコート夫人邸での結末と考えられるわけだが、彼女がはっきりと言っているように、それは戦争を本質的な原因とするものではなく、たまたま戦争がきっかけになった、というだけのことである。「なぜ？　なぜなの？　女が男のために料理をするなんて考えがどうしてまかり通っているの？　性が違うという、ただそれだけの理由でどうして女はチーズを切り分けなければならないの？」(59)とか、「ロディ、私は、あなたが考えるような敬意や、女は男に敬意を持つものだというような考えからあなたを愛したことは一度もないわ」(236)といった発言に見られるジュリアの生き方や周囲との軋轢は、戦前も戦中も、そしておそらくはこの作品を執筆していた当時のテイラーが意識していたであろう戦後社会の日常生活においても、変わらないのである。

むしろここで注意しなければならないのは、そういう明快なメッセージを示しつつも、テイラーは、すべての登場人物に深手を負わせている、という点である。何かにつけてジュリアと衝突する旧来の価値観の持ち主エレナーは、結局、ジュリアとロディのそばを離れていくことになる。自らの醜聞が知られるところとなったロディは、もはや軍務もおぼつかない。ジュリアもまた、まったく予想もしない形でテイラー氏の死を彼の母から聞くのだが、その母は、それまで彼女がテイラー氏から聞いていた姿とはまったく違っていて、お悔やみの言葉も出てこない。こうした三者三様の敗北は、勝者の存在する戦争をはすに見つつ、現代の日常生活における破綻を正面から見据えている。リピンコート夫人邸での彼らの日常生活が精彩を放っているのは、勝敗にかかわる戦争原理ではなく、現代社会の日常に通底する不安や恐怖、不満に誰もが敗北し、誰もがそこから立ち上がろうともがいているからである。テイラーは、そういう登場人物たちを、正義や道徳、ないしは声高な主義主張で支えるのではなく、ごく抑えた調子で彼らに声援を送っている。それは、サラ・ウォーターズの言う「大いなる同情 (great compassion)」と言ってもよい。[10] 正義や道徳、声高な主義主張は、戦争によって、否、戦争の有無とは関係なく、もはや崩れ去っているのだ。だからこそテイラーは、安易な結論を示すことなく、登場人物たちに声援を送るのである。そこには、戦後社会を小さな村で生きる彼女自身の寂寥や不安もあったであろう。いずれにしてもそうした寂寥や不安は、正義や道徳、声高な主義主張、明確に勝敗を決しようとする戦争によっては解決されえない人間の心の問題であり、しかも個人の問題ではなく、複数の人間の関係性の内に宿るものだったのである。

実はここにこそ、テイラー作品のユーモアの居場所がある。理論的ないしは暴力的に解決を導き出すことのできない寂寥や不安は、個人が感じるものであるように見えながら、実際には他者との関係性の中で見いだされ、増幅したり相対化されたりする。そうした苦しみの中を生き抜くために必要なのは、戦争のように勝者と敗者を明確にすることではなく、また正義と不道徳という二項対立に収斂させることでもなく、登場人物のすべてが寂寥や不安におののき、敗北しつつも、大いなる同情と声援をもってそれらが慰撫され、彼らが再び歩み始めるための活力を得ることなのである。テイラー作品の多くにユーモアが介在するのはまさにこうした理由によるものであり、ユーモア以外にこの活力を生み出すものはないのである。

『リピンコート夫人邸』の末尾でジュリアはロディに向かって叫び声をあげるが、それは、主義主張のための叫びといった種類のものでは決してない。それは、ユーモアであり、離れて行くエレナーへの含羞に満ちた声援であり、そしてまた、エレナーと対峙して深手を負った自らへの慰謝でもある。

ジュリアは部屋を横切り、窓脇のカーテンの端をつかんで閉めようとして、思わず笑いだしてしまった。「ねえ、見て!」と彼女は叫んだ。「オールドリッジさんが道を歩いて行くわよ。何か月も前に亡くなったんじゃなかったの。」

勢いよくガラガラと音を立てて彼女はダマスク織のリピンコート夫人邸のカーテンを閉めた。そうするのもこれが最後である。(236)

言うまでもなくオールドリッジは、エレナーが死んだことにしていた彼女の交際相手の小柄な男である。

おわりに

テイラー作品には、登場人物それぞれの、特にヒロインたちの日常生活をめぐる寂寥や不安が鮮やかに描かれている。そこから、作品の主題を指摘することは比較的容易だが、その解決はたやすく導き出されるものではない。戦争のように勝敗を決するものではないからだ。自信に満ちているかに見えるヒロインたちがはまり込む人生の陥穽は、その深刻さをよく示している。だが、深刻であればあるほど、陥穽にはまり込んだヒロインたちを効果的に救い出すことが必要になる。それゆえテイラーは、すべての登場人物にそれぞれの敗北を与えてその深刻さを緩和しつつ、陥穽から抜け出そうとする登場人物に生きる力を、つまり深刻さから抜け出すユーモアという声援を送ったのである。

第二次世界大戦は、テイラーにとって、エンジェルの言うように「個人的には腹の立つ」程度のものであったかも知れないが、しかしそれとともに、ジュリアが指摘したように、「いろいろな対立をはっきりさせる」ものであったことは間違いない。「いろいろな対立」の根が明確になった戦後社会にあって、テイラーは、その深刻さと非完結性を見事に描き出した。その深刻さと非完結性は、宗教や政治、旧来の道徳や価値観によっては解決しえないことを了解していた彼女は、そこにユーモアを与えたのである。「飽き飽きとした」日常生活の中でともすればかき消されかねないそうしたユーモアの匂いや音、声を掬い取る作業こそ、テイラー作品の意義ある再評価につながるものと考えられる。

注

1　ライアンの伝記や『キッチン・フロント』執筆経緯についてはは参考文献中のウェッブサイトを参照。
2　テイラーの伝記については、*Oxford DNB* のほか、Beaumont, Gordon などを参照。
3　テイラー作品をめぐる評価については、Reeve 1-7 および 93, Jordison, Hensher, Tyler などを参照。
4　短編「力はあなたのために（"For Thine is the Power"）」より引用。以下、本章におけるテイラー作品からの引用は、作品のタイトルも含めてすべて拙訳とし、本文中に頁数のみを記した。拙訳のタイトルについては、初出時に原題を付してある。なおテイラー作品には、参考文献表に示した通り、邦訳されているものもあり、それらについては適宜参照させていただいた。

5　これらの語はいずれも、短編「力はあなたのために」に登場する。

6　戦時中のバッキンガムシャーの状況については、参考文献中のウェッブサイトを参照。

7　テイラー作品における未完結性の問題は、文学史的に見れば、モダニズム期の諸作品をはじめ、小説の誕生期である一八世紀の諸作品にも見られる特徴とも言えるが、この問題については稿を改めたい。

8　テイラー作品におけるイギリス文学史上の諸作品への直接的もしくは間接的言及はきわめて多い。『パラディアン (*Palladian*)』（一九四六）のように、オースティン作品を思わせる人物名を配したものもあれば、『薔薇の花冠』のようにヴァージニア・ウルフの『波 (*The Waves*)』（一九三一）の一節を作品の冒頭に付したものもある。次節で論じる『リピンコート夫人邸』でも、『ジェイン・エア』をはじめとするブロンテ作品への言及が頻出している。文学史上の諸作品における人物や場面を、自らの作品に導入し、そのさまざまな交錯から登場人物の複数性をより深めていると考えることもできよう。

9　例えば、Reeve 1や『リピンコート夫人邸』の表紙裏に掲載されたレベッカ・エイブラムズの『ニュー・ステイツマン』紙への書評などを参照。

10　『リピンコート夫人邸』の裏表紙に記されたサラ・ウォーターズの書評による。

文献表

Beaumont, Nicola. *The Other Elizabeth Taylor*. Persephone, 1993.

Brown, Erica. *Comedy and the Feminine Middlebrow Novel: Elizabeth von Arnima and Elizabeth Taylor*. Routledge, 2016.

Buckley, Ariel. "Food, Rationing, and National Identity in Midcentury British Fiction".（カナダ・マギル大学に提出された博士論文（二〇一六年八月提出）、https://escholarship.mcgill.ca/?locale=en を参照）

Ford. Boris, ed. *The New Pelican Guide to English Literature 8: The Present*. Penguin, 1983.

Gordon, Edmund. "Elizabeth Taylor's Last Secret". *Times Literary Supplement* (22 April 2009).

Hayman, Ronald. *The Novel Today, 1967–1975*. Longman, 1976.

Head, Dominic, ed. *The Cambridge Introduction to Modern Fiction 1950–2000*. Cambridge UP, 2002.

Hensher, Philip. “The Other Liz Taylor”. *The Daily Telegraph* (9 April 2006).

Jordison, Sam. “Rediscovering Elizabeth Taylor—The Brilliant Novelist”. *The Guardian* (11 May 2012).

Ryan, Jennifer. *The Kitchen Front*. Ballantine, 2021.

Reeve, N. H. *Elizabeth Taylor*. Northcote, 2008.

——, ed. *Elizabeth Taylor: A Centenary Celebration*. Cambridge Scholars, 2012.

Taylor, D. J. *After the War: The Novel and England since 1945*. Chatto and Windus, 1993.

Taylor, Elizabeth. *Angel*. New York Review Book, 2006.

——. *At Mrs Lippincote's*. Virago, 2006.

——. “Better Not”. *Complete Short Stories*. Virago, 2012. 231–33.

——. “The Blush”. *Complete Short Stories*. 174–79.

——. “The Fly-paper”. *Complete Short Stories*. 566–71.

——. “For Thine is the Power”. *Complete Short Stories*. 271–74.

——. “Hester Lilly”. *Complete Short Stories*. 1–53.

——. “The Letter-writers”. *Complete Short Stories*. 180–90.

——. “Madame Olga”. *Complete Short Stories*. 148–56.

——. “Mothers”. *Complete Short Stories*. 491–93.

——. “Sisters”. *Complete Short Stories*. 534–40.

——. *The Sleeping Beauty*. Virago, 2011.

——. *A View of the Harbour*. Virago, 2006.

——. *Mrs Palfey at the Claremont*. Virago, 1982.

——. *Palladian*. Virago, 2011.

——. "A Sad Garden". *Complete Short Stories*. 90–92.
——. *The Soul of Kindness*. Virago, 2010.
——. *A Wreath of Roses*. Virago, 2011.
Tyler, Anne. "Anne Tyler Recommends". *Fantastic Fiction* (https://www.fantasticfiction.com/t/elizabeth-taylor/).

（『キッチン・フロント』関係）
https://www.goodreads.com/author/show/15504358.Jennifer_Ryan
https://www.goodreads.com/book/show/54873823-the-kitchen-front

（戦時中のバッキンガムシャーについて）
https://www.buckinghamshirelive.com/news/history/waddesdon-manor-evacuees-world-war-5511134

（テイラー作品の邦訳）

小野寺健訳「蠅取紙」、『20世紀イギリス短篇選』（下）、岩波書店、一九八七、一三五—四七。

小谷野敦訳『エンジェル』白水社、二〇〇七。

最所篤子訳『エンジェル』集英社、二〇〇七。

最所篤子訳『クレアモントホテル』集英社、二〇一〇。

図版

Elizabeth Taylor by Unknown photographer, 1940s, ©National Portrait Gallery, London

第七章
『ミニヴァー夫人』と『日ざかり』から『夜愁』へ
――第二次世界大戦の映像化と女性作家たちからの貢献

秦　邦生

はじめに――「見えるもの」と「見えないもの」

現代イギリスの作家サラ・ウォーターズが二〇〇六年に発表した小説『夜愁』(*The Night Watch*)は、第一部を一九四七年、第二部を一九四四年、第三部を一九四一年に設定することによって、時系列を遡りながら、当時の社会において周縁化されていた同性愛者たちの第二次世界大戦中と戦後の経験を描いた物語である。その第一部の第三章には、次のような示唆的な場面がある。

この小説の主人公の一人ケイ・ラングリッシュはレズビアンであり、戦争中は夜間空襲時の救急隊員として活動的な日々を送っていた。だが戦後、救急隊の仕事を失ったあとも男装を続け、その姿で街中を闊歩するケイには、周囲から冷たい視線が注がれている。かつての同僚であり、やはりレズビアンである友人のミッキーが現在働いているガソリンスタンドをケイが訪ねると、ミッキーはH・G・ウェルズの『透明人間』(一八九七)を読んでいた。ミッキーが椅子に置いたペーパーバックをケイが手に取りランダムに開くと、この小説の本文には次のような一場面の引用が挿入される。

「だがそろそろきみにもわかってきただろう」と、透明人間は言った。「私の状態がどれほど不便だったのか。私は身体を保護すること――なにかで身を包むこと――ができなかった。服を着れば透明であることの利点を手放すことになるし、奇妙な化け物のようになってしまう。食事を絶ってもいた。食べて身体に同化していないものを入れると、それがまた見えるようになってしまうからだ。グロテスクなものさ。」「それは考えてもみなかった」ケンプは言った。(102)[1]

ウェルズが想像した透明人間はいっけん、不可視であることによって特別な力を享受しているかのように思える。ところが彼は、不可視であり続けるためには、衣服を身につけることを諦め、身体をさらけ出さねばならない。さらに、身体を維持する栄養を摂取することも彼には禁じられている。このような「普通」の行動は、ごく一般的な人間の場合であれば誰の注目を惹きつけることもないだろう。ところが、透明人間にとっては、こうしたいっけんあたりまえの行動は、みずからの身体の存在と内密な機能を可視化するという最大限のリスクをはらむ行為になってしまう。つまり透明人間は、不可視であり続けるためには、ごく「普通」の行動を断念せねばならないのである。

このように「普通」であることを禁じられた透明人間の状態は、ウォーターズの『夜愁』において、とりわけ女性同性愛者たちの歴史的経験を寓意するものであると理解できるだろう。社会の片隅に追いやられてきた彼女たちは、特に空襲下のロンドンのような非日常の空間において、周囲からの注目を惹かず、いわば「不可視」の存在であり続ける限りでは恋人たちとの愛を育むことができていた。ところが戦争が終わり、日常生活が回帰しつつある戦後社会においては、パートナーと結婚したり、暖かい家庭を築いたりといった、ごくあたりまえの幸福は、彼女たちには決して手に届くものではない。そのような「普通」の人生を志向することが危険なほどの可視性に直結してしまうという彼女たちの生の条件は、ウェルズ的な透明人間の状態に近似している。

ウォーターズの歴史小説が示唆するのは、第二次世界大戦中と戦後におけるジェンダー秩序の変動が、可視性と不可視性という問題と逆説的に連動するメカニズムである。社会において規範として可視化された（特に男性の）異性愛者たちにとって、自分たちのセクシュアリティは、規範的である限りは周囲の注目を惹かず、その意味ではほとんど不可視のままである。ところが不可視化された同性愛者たちにとっては、自分たちのセクシュアリティは可視化というリスクを引き受けることと同義なのである。支配的な人々にとっての親密性は不可視性によって保護される一方で、周縁化された人々にとっての親密性は可視性という危険とすれすれの領域に置かれている。ウォーターズが描き出したのは、そのようなジェンダー秩序が戦時中はいったん弛緩しつつも、戦後にはふたたび硬直化してゆく歴史的経緯であると言えるだろう。

本稿では、第二次世界大戦における女性たちの経験をとりわけ女性作家たちと映像表現という観点から考察する。ウォーターズの小説は、女性同性愛者たちの戦中・戦後経験を軸に、「可視性」と「不可視性」をめぐるひとつの逆説を提示している。この逆説は、視覚性を本質とする映像という表現媒体において一定の修正を加えつつ、女性一般の戦争経験とその表象についても敷衍して考えてみることができるのではないか、というのが本章の仮説である。第二次世界大戦時のイギリスにおいては、工場労働や農業労働といった生産活動、軍隊における補助的業務、さらにホームフロントにおける空襲監視や救護活動など、多種多様な領域において女性の大規模動員がなされていた。[2] 戦時中にはこうした女性の動員を奨励しつつ制御するために、それまでにない規模での女性の労働の可視化が行われていた。映像作品の例を挙げれば、例えば、国防義勇軍女性補助部隊 (Auxiliary Territorial Service) に志願した女性たちを描いた『女性たち』(*The Gentle Sex*) や、戦闘機の部品工場に徴用された女性主人公の経験を物語る『わたしたちのような何百万人』(*Millions Like Us*) は、ともに一九四三年に公開されている（図１）。[3] 当時は民衆娯楽の筆頭であった映画というメディアは、女性たちの大量動員に向けた公的なプロパガンダとしての役割を担っていたのだ。

しかしながら、戦時中における女性労働の可視化は、戦後に入ると急速に失速する。歴史家ペニー・サマーフィールドによれば、一九五〇年代にヒットした戦争映画三〇作のうち女性が中心的な役割を演じたのは三作品しかなく、「女性たちが戦争中に果たした役割は公的記憶からは急速に抹消された」(Summerfield 163)。第二次世界大戦を題材として製作された戦後の映画はほとんどが男性同士の関係性を描いたものであり、戦争中のイギリス人女性たちの姿をすこしでも丁寧に描いた映画は、ジョン・シュレシンジャー監督の『ヤンクス』(*Yanks*)（一九七九）や、ジョン・ブアマン監督の『戦場の小さな天使たち』(*Hopes and Glory*)（一九八七）などを待たねばならなかったという (Ramsden 57)。もっと近年では、戦争を直接に経験した女性たちの回想録の出版や、歴史研究や文学作品における女性たちの貢献の再評価と並行するあたらしい映画作品の製作・公開を受けて状況は変わりつつある。[4] それでも、映像表象における女性と第二次世界大戦との関係性を掘り下げるには、

1.『わたしたちのような何百万人』（1943年）軍用機の部品製造機械の前に立つ主人公シリアとその同僚

戦中の可視性が戦後にはふたたび不可視性の領域へと差し戻される歴史的経緯を踏まえねばならないだろう。第二次世界大戦後における女性動員の不可視化は、当時のイギリス社会におけるジェンダー秩序の再保守化と密接に連動していたのである。

このように戦争と女性の関係の映像化の流れを大雑把に整理してみると、女性作家たちの貢献はどのように位置づけられるだろうか。個々の女性作家たちの想像力は、このような大きな潮流にたいして、どのような抵抗の可能性を提起しているのか。また彼女たちの作品が映像へと翻案されるメカニズムやタイミングは、いかなる差異を生み出しているのか。以下では、三組の原作と映像版のあいだで行われたアダプテーションに関するケース・スタディーズを通じて、戦時における女性の可視性と不可視性のせめぎあいとその歴史的変遷を検討しよう。①ジャン・ストラザーの小説『ミニヴァー夫人』(*Mrs. Miniver*)（一九三九）と、ウィリアム・ワイラー監督による翻案映画『ミニヴァー夫人』（一九四二）、②エリザベス・ボウエンの小説『日ざかり』(*The Heat of the Day*)（一九四八）と、ハロルド・ピンターの脚本によるTV映画『日ざかり』（一九八九）、そして、③サラ・ウォーターズの小説『夜愁』（二〇〇六）と、ポーラ・ミルンの脚本によるTV映画『夜愁』（二〇一一）である。

一　二人のミニヴァー夫人

ハリウッドの名匠ワイラー監督による映画『ミニヴァー夫人』は一九四三年のアカデミー賞作品賞を獲得した名作として昔から日本でも親しまれており、主役を演じたグリア・ガースンの名演でも知られている。この映画の成功は、当時のアメリカにおいて戦禍にあえぐイギリスにたいする共感をかき立て、プロパガンダ的な役割を果たしたと言われている (Glancy 154)。

そのいっぽうで、その原作となったジャン・ストラザーの『ミニヴァー夫人』自体は、現代の日本ではあまり知られていないかもしれない。この物語はそもそも一九三七年一〇月から一九三九年一二月まで、イギリスの新聞『タイムズ』の紙面に月に二〜三回のペースで連載されたコラムだった。一九三九年に一冊の本にまとめられた後も、一話が三頁ほどの短いエピソードが積み重ねられ、ミニヴァー夫人とその家族たちの幸福な日常が綴られてゆく形式が維持されている。彼女と成功した建築家の夫とのあいだには三人の子供（男の子が二人と女の子が一人）があり、一家はロンドンのチェルシー近辺の自宅のほかに、ケント州に「スターリング」という別宅を保有している。専門職に従事する中流階級である一家は、子守や料理番などの召使いを雇い入れる余裕があり、社交界では年老いた陸軍大佐や貴族の老婦人と言葉を交わすこともある。ミニヴァー夫人は夫との仲は良いが四六時中べったりしているわけではなく、子供たちに惜しみない愛情を注いではいても、子守のお陰でケアの重荷にわずらわされることもない。物質的快適さに下支えされた彼女の幸福感——ある挿話で彼女は、それを「家庭性に縁取られた永遠」(Struther 20) と表現する——には自己満足の気配もないわけではないが、特有のウィットやユーモアがそれを相殺し、読後感を爽やかにしている。アリソン・ライトによれば、ミニヴァー夫人は中流階級の理想的な家庭像をアイデンティティの核とする「自信に満ちた女性らしさ」(Light 118)を表現しており、新聞連載当時からカルト的な人気を博していたという。

一九三九年一〇月(第二次大戦の勃発直後)に書籍として出版された『ミニヴァー夫人』も大きな評判を呼び、さらにアメリカではブック・オブ・ザ・マンス・クラブに選ばれてベストセラーになった。ミニヴァー一家へのはばひろい共感は、大西洋をまたいだ米英の同盟関係を密接にする効果を持ったと思われていたようだ。フランクリン・ルーズベルト大統領はストラザーに『ミニヴァー夫人』はアメリカの参戦を相当に早めた」と述べ、ウィンストン・チャーチルもまた「『ミニヴァー夫人』は小艦隊ひとつよりも連合国に大きな貢献をした」と発言したとされている(Grove xi)。なによりも妻であり母であることに自足したミニヴァー夫人――彼女のファーストネームである「キャロライン」は最後近くなってようやく明かされる――は、戦時中の英米において「象徴的なヒロイン」(Grayzel 142)として受容され、士気高揚に資する文化的アイコンと化した。ハリウッドにおける映像化は時間の問題だったのである。

この論考の冒頭でも触れたように、戦時中のイギリス国内では女性たちの大量動員を可視化する『女性たち』や『わたしたちのような何百万人』のような映画が公開されたが、その一方で、トランスアトランティックな主流派の商業映画で脚光を浴びたのは、アッパー・ミドル・クラスの「主婦」だった。この対比の構図には、戦時中の英米におけるジェンダーの政治学が反映されている。ソーニャ・ローズの歴史研究は、当時の女性たちに求められた戦争努力への貢献にともなって、それと引き換えにより平等な市民権を求めるフェミニズム的主張がイギリスにおいて巻き起こっていたと指摘している。ところが、支配的な言説においては女性たちの公的貢献はあくまでも「当座だけ」のものとされ、戦時中の女性表象では「型にはまった女らしいペルソナを保持し、結婚や母性への欲望を抱き続けること」が女性たちに奨励されていたという (Rose 123)。戦争が引き起こした社会の大変動にもかかわらず、保守的な言説が偶像として可視化したのはあくまでも「妻」であり「母」である女性像——まさしくミニヴァー夫人のような——だったのである。総力戦体制が必要とした女性労働者たちは、体制にとって不可欠な存在であると同時に、潜在的には既成のジェンダー秩序をおびやかす脅威としても見られていたのだ。

このようにストラザーの小説からワイラーの映画へと引き継がれた「ミニヴァー夫人」像の基本的な保守性は踏まえつつも、この二者のあいだには、いくつかの差異も存在している。原作小説が興味深い点は、新聞連載という性格ゆえに、時事的な話題、とりわけ迫り来る戦争の予感が、ミニヴァー一家の幸福な生活に徐々に暗い影を落とし始めるという点である。例えば一九三八年九月のミュンヘン危機の頃には、政府から支給されるガスマスクをミニヴァー夫人が子供たちをともなって受け取りにゆく挿話が発表されている。まだテディ・ベアを片時も離さないような末の子供にすらもガスマスクを与えねばならない時代状況に、彼女は次のように慨嘆する。

家族たちと車に向かって歩きながら、ミニヴァー夫人はこう思った——子供たちの哺乳瓶のためにミルクを温めたり、昼食の前に子供たちの手を洗ったり、床に落ちたスプーンで食べさせたりしないようにし

ていたのは、このためだったのかと。(63)

このようないかにも「母親ならでは」の気遣いは、ここで一般市民的な嫌戦意識の表明に奉仕している。これが強硬な反戦平和主義の姿勢とは異なることには注意が必要だろう。ユダヤ人たちの受難を伝える新聞報道を見て心を痛める彼女は(72)、ファシズム打倒の必要性を理解している。だが、幼少時に経験した第一次世界大戦時の過剰なプロパガンダを想起した彼女は、敵対関係が醸成する「精神の腐敗」をなによりも恐れている。自分たちは「観念にたいして戦っているのであり、国民を相手に戦っているのではない」と考えるミニヴァー夫人の戦争への姿勢は、中道リベラル的なバランス感覚を特徴とする(61–62)。

同様のバランス感覚は、ミニヴァー夫人の国内問題への意識にも発揮されている。あるディナーパーティで、保守的な友人(貴族の夫人)と社会主義支持の友人との論争を目撃した彼女は、「左翼……右翼……なんて限られているのだろう。みんなが本当に求めているのは叉骨《さこつ》だということが、どうして誰にも思い浮かばないのだろう」と冗談めかす(101)。このように「極端」な右派からも左派からも距離を取るミニヴァー夫人だが、(しばしば戯画的に描かれる)頭の硬い保守派に対しては皮肉な姿勢を隠さない。別のパーティで、子供たちの疎開が実施されても自分の田舎屋敷には「本当に上品な子供達」しか受け入れないと宣言するある上流夫人に対して、彼女は「ほかの子供たちはどこに行くのですか?」と率直に訊ねる(88)。このようにミニヴァー夫人は、戦争の危機を背景とするイギリス社会についての自己省察においては、階級の分断を強く意識している。自身の生活が快適なものであることを否定しようとは思わないが、それでも、自分の幸福が不平等な社会構造を基礎としてきたことは率直に認め、戦争を契機とした気づきが社会改良に結びつくことを期待する――「生活の質を変えることなく社会構造を変化させること」を「奇跡」としつつ(133)、なおそのような変革を希望する原作のミニヴァー夫人の精神は、戦時中の階級横断的連帯を演出した「民衆の戦争」のレトリックとも遠くない。

これと比較すると、ハリウッド映画版『ミニヴァー夫人』においては、階級間関係の描き方はかなりの単純化が施されている。この映画翻案では、家族のおおまかな設定は原作から引き継ぎつつも、物語の時間軸は大幅に引き伸ばし、空軍パイロットとなった長男の出征、夫のダンケルク撤退作戦への参加、さらに防空壕のなかで空襲に耐える一家の様子など、戦争の挿話をより多く設けている。他方で物語の人間関係はロンドン郊外の村落共同体内に限定され、中流のミニヴァー一家を軸に、上は偏屈な老貴族のベルドン夫人、下は純朴な老駅長バラードや喜劇的な召使いなど、登場人物たちはほぼ紋切り型になってしまっている。共同体内の階級融和は、まずミニヴァー一家の長男ヴィンとベルドン夫人の孫娘キャロルとの恋愛と結婚で象徴的に示され、その後、花の品評会において駅長バラードの育てた薔薇（「ミセス・ミニヴァー」と名付けられている）がプライドの高いベルドン夫人によって一等賞を授けられる場面において頂点に達する。ところが、直後に始まったドイツによる空襲のなかでキャロルは命を落とし、バラードの死も報じられる。この筋書きに従えば、イギリスの階級融和が長続きをしないのはこの社会構造自体の問題ではなく、ほぼひとえにナチス・ドイツによる侵攻のせいであることになるだろう。

それではこの映画の世界において、女性はどのように戦争に貢献できるのか。ある挿話において、ミニヴァ

2.『ミニヴァー夫人』(1942年) 自宅のキッチンでドイツ人パイロットと対峙するミニヴァー夫人

ー一家のコミカルな召使いグラディスが女性補助空軍(Women's Auxiliary Air Force)に入隊することが言及されるが、その直後にミニヴァー氏によって、グラディスの任地が恋人ホラースと同一の基地であることが明かされる。グラディスの志願はロマンチックな恋愛のためであると暗示されており、彼女が基地で実際に労働する姿はまったく可視化されることがない。対照的に、その後に演じられるミニヴァー夫人の見せ場は女性の戦争努力がなによりも家庭においてなされるものであることを示している。ある早朝に彼女は、撃墜されて重傷を負ったために潜伏していたドイツ空軍のパイロットに、自宅の庭で遭遇してしまう。折あしく夫はダンケルク撤退戦のため不在、銃で脅された彼女はキッチンでドイツ兵に食事を提供する。だが、興奮した彼がやがてなされるイギリス侵攻を声高に予告すると、ミニヴァー夫人はそれが「女子供」に対する無益な殺戮であると反論し、男性的なファシズムの暴力に対して果敢に抵抗を示すのである(図2)。このあと、負傷のため気絶したドイツ兵から彼女は銃を取り上げ、警察に通報することで一家は事なきを得る。ミニヴァー夫人は、なによりも家族を守る母として戦うのである。

この映画のクライマックスでは村が空襲の標的となり、数多くの死者が出てしまう。犠牲者たちを追悼するこの映画の最終場面においては、村の牧師が「これはすべての人々の戦い」であると述べ、その舞台は戦場のみならず「自由を愛するあらゆる男女と子供たちの家庭と心のなか」にもある、と説く。「妻」として、「母」として戦うミニヴァー夫人の戦いの場は、まさしくキッチンのような家庭空間なのである。だが、「象徴的なヒロイン」と化したミニヴァー夫人の可視性は、そのほかの女性たちの戦いの場を日陰に追いやってしまう。

二　宙吊りの時間、凍りついたイメージ

『ミニヴァー夫人』原作と映像版には戦意高揚の意図を明確に読み取ることができるが、対照的に、戦後一九四八年に出版されたボウエンの『日ざかり』、さらにそれを約四十年後に翻案したピンター脚本による一九八九年のＴＶ映画版にはそのような高揚感は不在である。いつもは速筆だったボウエンはこの小説の執筆には例外的なほどに苦労したというが、草稿を研究したクレア・セイラーによると、その苦労の一因は、物語の時間軸の設定にあったという (Seiler 132)。大戦時のロンドンを描いた代表的作品として名声を博するこの小説のなかで特に高く評価されてきたのは、一九四〇年秋から翌年五月まで続いたロンドン大空襲 (the Blitz) を回顧する第五章である。空襲によって生まれた緊張感と興奮状態、「明日死ぬかもしれない」という感覚は、階級の壁を越えた友愛の感覚をもたらした、と語り手は述べる。

というわけで、まだ食べたり、飲んだり、働いたり、移動したり、停止したりする群衆のあいだには、ま

だ時間のあるうちに無関心の壁を壊そうとする本能的な動きがあらわれはじめた。生きている者たちと死んだ者たちの壁が薄くなるにつれて、生きている者たち同士のあいだの壁は以前より堅固ではなくなった。あの九月の透明感のなかで人々も透明になり、人々の心のすこしだけ暗いゆらめきだけが彼らのいる場所を示していた。(Bowen 92)

刹那的な生の感覚が逆説的にもたらす連帯感――「ロンドンにいる誰もが恋に落ちている」(95) という感覚――は、主人公ステラ・ロドニーとロバート・ケルウェイとの恋のはじまりの舞台ともなった時空だった。この小説はたしかに「暴力と覚醒／性的興奮の時」(Hartley 17) として空襲時のロンドンを神話化している。[5] ところがセイラーが重視するのは、この空襲の描写はあくまでも小説中で比較的短い回顧としてのみ提示されているだけで、物語のメイン・プロットの時間軸はすでに大空襲が一段落した一九四二年秋の時点に置かれているという事実である。それはまさしく、戦争序盤の高揚感も収まり、終戦時の勝利感もまだない「長引いた戦争の暗い中間地点」(Seiler 132) だったのであり、この物語を支配するためらい、不確実性、宙吊りのムードは、ボウエンが選択したこのような時間的設定に大きく由来していると言えるだろう。

ではこのような「宙吊りの時間」を生きる女性たちはどのように描かれているのか。まず主人公ステラは二十歳間近の息子がいる中年女性である。若き日の結婚が破綻したのち夫には先立たれ、現在は海外経験や語学力を活かして政府関係の組織で働いている (26)。上流階級の出身である (アングロ・アイリッシュらしき出自は曖昧にされている) が両親も兄弟もすでに亡く、二年前にはじまったロバートとの関係を「生息地」(90)

としているものの、物語の開始時点で、そこにハリソンという謎の男が割り込んでくる。諜報組織で働いているらしいハリソンによれば、ダンケルクから生還して現在は戦争省で働くロバートは、敵に情報を売り渡す裏切り行為を働いている形跡があり、ロバートを見逃すのと引き換えにステラはハリソンとの関係を迫られる。ステラを軸とする物語には、愛と欲望と疑惑と裏切りが複雑にからみついている。

作中に登場するもう一人の主要な女性キャラクターは、サブプロットの焦点となるルーイ・ルイスである。下層中流階級出身の彼女は若くして結婚するがサリー州海岸沿いに住んでいた両親はバトル・オブ・ブリテンで早々に死亡し、兵士となった夫のトムもインドに出征して、現在はロンドンで孤立している (16)。昼間は工場で働きながらもアイデンティティを見失ったルーイは、人との接触を求めて街をふらついたり、プロパガンダ的な新聞が蔓延させる望ましい女性像になんとか自分を同一化させようとしたりする (152)。新聞に夢中になるルーイを描く第八章の描写は下層階級の女性を愚鈍に描き過ぎてはいるが、アルチュセール的な「呼びかけ」を彷彿とさせる場面でもある。ステラとルーイという二人の女性の軌跡は第一二章において偶然に交錯し、結果として、ステラを我がものとしようとするハリソンの企みが挫かれる。階級の壁を横断した二人の女性のつかのまの出会いと共感が女性を支配しようとするハリソンのもくろみを破綻させるこの挿話には、表面的なコミカルさとは不釣り合いなテーマ的重要性を読み込むこともできるだろう。

このようにボウエンの『日ざかり』は、型にはまらない女性像を確信犯的に描いている。戦中の自己犠牲や貢献と、それに続く結婚や家庭生活を強調した当時の女性表象にとって「キャリア女性や家庭にしばられない女性」は危惧すべき代替イメージとなっていた、とジル・プレインは指摘する (Plain 166)。このような女性たちが恋愛や性愛を経ながらも、男たちの支配をすり抜けてゆくところにこの物語の妙味がある。ただクリスティン・ミラーがいうように、ステラとルーイとの関係には大きな階級的差異があることには注意が必要だろう。ステラにとってロンドン大空襲時の高揚感とともにはじまったロバートとのロマンスは、彼の裏切りという嘘をはらんだものだった。それにつけこんだハリソンからの脅迫／誘惑は、ルーイの介入によって阻まれた。ロバートの死後、最終章で久々に姿をあらわしたハリソンに対して、ステラは親戚と結婚することを告げる。対照的に、ステラとの出会いののち、行きずりの関係に身を任せるようになったルーイは、夫トムの戦死も知らされ、物語の結末ではシングル・マザーとなる。空を飛ぶ白鳥に向かって赤ん坊を高く掲げるルーイのジェスチャーには「女性的再生と自由のヴィジョン」が含意されているかもしれないが、シングル・マザーとしての彼女を待ち受ける「社会的現実」は、好都合な結婚によって社会的地位を維持するステラには見えていない（Miller 57）。この指摘を受けて長島佐恵子がいうように、『日ざかり』の読者には「ステラにとっての不可視性を読み取る」というボウエンのアイロニーへの敏感さが求められるのだ（一九〇）。

ピンター脚本の映像版に目を向けると、まず、ボウエンの原作と比較してさらなる時間軸の圧縮が起こり、物語はステラ、ロバート、ハリソンの擬似三角関係が展開する一九四二年秋に集中している。一九三〇年生まれのピンターは十九歳の頃、出版早々にこの小説を読んだというが（Forster 552）、当時から冷戦構造に反発して良心的懲役忌避者となったピンターは、『日ざかり』の提示する戦争中盤の停滞感に共鳴していたのかもしれない。四十年後の翻案において、原作が（回顧的にではあっても）印象的に描いた「ブリッツ」の神話的瞬間はほぼ完全に削除されている。他方で、脚本草稿を検討したローレル・フォスターは、ピンターのアダプテーションにおいては女性の主体性が消去され、戦争に対する「男性の観点」が強調されている、と指摘する(556)。具体的には、ボウエンの小説においては工場ではたらくルーイや、空襲監視人を勤めるその友人コニーとの疑似レズビアン的関係など、労働や会話をつうじた女性間のつながりがたしかに描かれている。ところが、ピンターの脚本においてはルーイを軸とした挿話はその大半が省略されてしまっている（彼女は冒頭と、クライマックス間際のステラとハリソンとの対決への介入にしか登場しない）。ボウエンの原作が「ステラにとっての不可視性」をアイロニカルに指示していたとすれば、ピンター脚本においては、そもそも不可視性自体が不在化している。

その一方で、映像版における「男性の観点」の前景化については、ボウエン原作のある側面をピンターが巧みに引き出しているとも言えるだろう。具体的には、全編にわたる「写真」というモチーフの活用である。ピンターの脚本の冒頭は、暗い部屋のなかで机に向かい、ロバートとステラの様子を隠し撮りした何枚もの諜報写真を吟味するハリソンの後ろ姿からはじまる(Pinter 141)。これに対応する場面は原作には存在せず、ピンターによる完全な創作であるものの、「写真」というモチーフ自体は原作においても重要な役割を果たしている。例えばステラのフラットの炉棚飾りにはロバートと息子ロデリックの写真が置かれており(Bowen 24)、ルーイの部屋にも不在の夫トムの写真が飾られている(158)。戦時中における写真とは、被写体に対する愛着の表現であると同時に、被写体自身の不在、さらにはその潜在的な死を思わせるモノでもある。ニール・コーコランがロラン・バルトの写真論に言及しながら述べるように、ボウエン小説における写真は「亡霊的」なメメント・モリとして機能している(Corcoran 68)。

3.『日ざかり』（1989 年）ロバートの旧居室の壁一面に飾られた写真と、その前に立つステラとロバート

写真の不気味な存在感は、裏切り者／ファシストとしてのロバートの内面をも暗示する、彼の生家ホルム・ディーンへの訪問場面においてとりわけ強調されている。ロバートにともなわれてステラが彼のかつての居室に入ると、少年時代からの彼を写した六〇～七〇枚もの写真が壁にかけられていた。ステラから話題を振られたロバートは、これらの写真への嫌悪を隠そうとしない。「寝室の壁一面に、ああいう彼自身のたくさんの嘘をピン留めしておくことよりも巧妙に人を狂気に追いやる方法を思いつくかい？」(Bowen 118)。ロバートにとっては、表面しか写さない自分の写真は「内面」とは食い違う「嘘」であり、所有欲の強い家族からの束縛そのものでもある。皮肉なのは、このような家族の束縛から逃れるプライヴァシーを求めるべく、思春期のロバートが趣味として写真に関心を持ち、暗室に閉じこもったり、撮影を口実に近隣の街へ出かけたりをくり返していたらしい、という事実であろう (257)。

沢山の写真が掛けられたロバートの旧居室は映像版でも印象的に再現されている（もっとも、この場面での彼の発言の多くは省略されているが）（図３）。[6] 映像版においては、写真のメメント・モリとしての機能は拡張され、ロバートの転落死と同時にステラが額装した彼の写真が落下して割れ、さらにそれが彼の死体写真に置き換わる演出がされている。だが、ピンターによる写真の活用で興味深いのは、小説版とは異なって映像版では、男性のみならず女性（ステラ自身）も被写体となることだろう。そもそもステラの姿は、ハリソンが凝視する諜報写真のなかにはじめてあらわれる。小説版で生き生きとした回想に描かれた大空襲時のステラとロバートの恋愛関係は、映像版においては凍りついた時間を表象する写真によって代置されている。プロパガンダとない混ぜになった時空は、静止画としてしか残存しない。さらに、芝生の上のデッキチェアに物憂げに身を沈めるステラの写真は、ハリソンにとっては、欲望の視覚的対象であると同時に、生身の人間としては決して手の触れることのできない存在である（図４）。写真を対象として高まった彼の欲望は、最初から充足不可能なのだ。

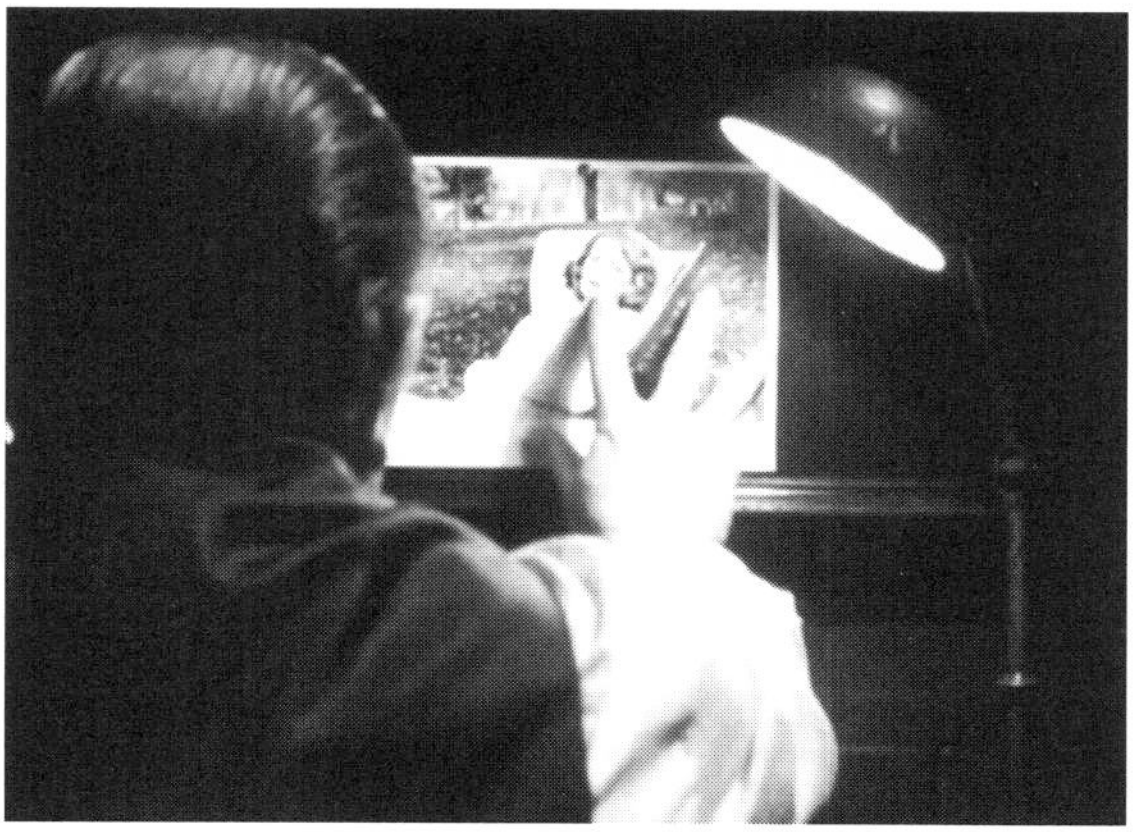

4.『日ざかり』（1989 年）ステラの写真を壁に貼るハリソンの後ろ姿

興味深いのは、この映像版においては二、三度、ステラを映すクロースアップ映像そのものが写真へと置き換わり、彼女を視覚化する映像の視点そのものが、諜報部員ハリソンの視点と一致する効果が挿入されていることである。フォスターが述べたように、ピンター脚本の映像版はルーイのような労働する女性像を省略し、不可視化してしまっている。しかしこの映像は他方で、女性を視覚化する映像の目線それ自体が、女性を支配しようとする男性的まなざしと共犯関係にあることをアイロニカルに暗示しているのだ。最後の場面でソファに深々と身を横たえるステラは、デッキチェア上の写真の物憂げな姿勢を反復しつつ、ハリソンを前にみずからを凍りついたイメージと化すのである。

三　時間遡行への誘惑

第二次世界大戦終結から約六〇年後に出版されたウォーターズの『夜愁』には、従来の歴史表象をクィアの観点から批評的に修正する明確な意図を読み取れる。『ミニヴァー夫人』について確認したように、戦中に支配的だった女性表象は異性愛中心主義にからめとられており、ジェンダー秩序の再保守化が見られた戦後においても、支配的なセクシュアリティにあらがうレズビアン女性たちの姿にはほとんど焦点が当たってこなかった。『夜愁』巻末には約四十冊にも及ぶ参考文献表が附されており、この小説は手厚い歴史研究に基づいている。ナターシャ・オールデンが指摘するように、ウォーターズは第二次世界大戦を舞台としたボウエンやヘンリー・グリーンの小説のみならず、当時を実際に生きたレズビアンたちの回想録なども参照しつつ、戦時におけるジェンダー秩序の変容が、女性たちに公的領域でのあらたな職業機会を与えるのみならず、非規範的なセクシュアリティに一定の自由を与えてもいたことを示している (Alden 71-75)。既述のように主人公の一人ケイは戦中には救急隊員を務め、その恋人だったヘレンは空襲被害を受けた人々に金銭的補償を提供する福祉援助局で働いていた。ほかにも軍人レジーと不倫を続けるヴィヴは食料省に勤めていた。こうした女性たちが秘密裏にであっても享受していた性的自由は、戦中の職業がもたらす社会的・経済的自律性に裏打ちされていた。ウォーターズの小説はこうした周縁化・不可視化された歴史を可視化している。

ポーリーナ・パーマーがいうように、この小説における可視性／不可視性への関心は、とくにレズビアニズムの社会的認知に関する二一世紀の議論と共鳴すると同時に、一九四〇年代のこうした女性たちの経験における自由と制約のせめぎあいを描いている (Palmer 80–83)。重要なのは、ウォーターズの小説（ならびにその映像版）による可視化がクィア・プライドの追求であることとは裏腹に、戦中・戦後を生きる登場人物たちにとっては、（ウェルズの「透明人間」にとってと同様に）可視性は必ずしも恩恵とはならない、ということである。例えば、一九四四年前半の「リトル・ブリッツ」[7]の時期を描いた第二部第五章に、ヘレンがケイを裏切り、小説家ジュリアとの恋愛をはじめる挿話がある。二人の距離が縮まるのは、ブラックアウトした空襲中のロンドンを二人で歩き回り、廃墟で抱き合う瞬間である。示唆的にもジュリアは「私たちはまた見えなくなった」とつぶやく (374)。また、ヴィヴの弟で、ある事情で刑務所に入っているダンカン（同性愛傾向が暗示されるが、明確にはされていない）が同房のフレイザーと同じ寝台で身を寄せ合うのは、やはり空襲中のブラックアウトのなかである (437–41)。対照的に、戦時中には救急隊員の制服を身につけるケイに対して軽口がたたかれることはないが、戦後も男装にこだわる彼女には「もう戦争は終わったって知らないのか?」(100) と心ない言葉が浴びせられる。異性愛中心主義のなかでの可視化は、差別や攻撃を受けるリスクと表裏一体なのである。

三部構成によって戦後から戦中へと時間軸を遡行するこの小説の構成は、クィアな主体の時間経験の特異性を暗示している。ジュディス・ハルバースタムやヘザー・ラヴなどの理論家を参照しつつクレア・オキャラハンが述べるように、支配的な時間意識はしばしば異性愛規範（例えば、恋愛、結婚、家庭生活といった生のパターン）を前提としている。ところがそのような生のパターンが攪乱される戦中においては、未来の不透明性が人々をむしろ「現在」の可能性の追求へと差し向ける。この「クィア・タイム」においては「欲望の新しいさまざまな表現への機会」が生み出されるのだ（O'Callaghan 106）。私たち読者は、第一部一九四七年の時点においては失意の淵にあった登場人物たちが、戦中の第二部や第三部においてはむしろ充実した生を謳歌していたことを知る。小説末尾に置かれた第三部一九四一年の結末では、ケイが空襲現場でヘレンにはじめて出会って瓦礫のなかから救出し、新たなロマンスのはじまりが予示される。ところが、小説の終わりに置かれた新しい可能性が、第一部一九四七年においては破綻に終わり、ケイが孤独に苦しんでいることも読者は知っている。[8] 時間軸を遡行するこの小説の特異な構成は、戦中における解放された性の経験が、終戦とともに喪失されるさまを痛切にあばき出している。

本来は歓迎すべき終戦と平和の到来が、喪失や抑圧の回帰として経験されるという逆説――いっけん特異なこの経験は、終戦とともに職場から追われ、家庭回帰を迫られた多くの女性たちにも共有されていたと考えるべきだろう。この戦争の終わりをファシズムへの勝利として楽観的に言祝ぐような歴史観に対する攪乱をここに見ることができる。しかしながら、ケイ（108）、ヘレンとヴィヴ（113）、フレイザーとダンカン（138）など、第一部において多くの登場人物たちが戦時中の興奮や充実感を回顧し、語りあうとき、そこには「戦争に対するノスタルジア」というやや倒錯的な感情が滲み出てはいないだろうか。この疑念を打ち消すために注目すべきなのは、戦後にも消えない戦中のトラウマ的記憶である。恋人レジーの身勝手さゆえに非合法の妊娠中絶に手を出して、命の危険に陥ったヴィヴの挿話はとりわけ印象的である。レジーが逃亡し、救急車で搬送されるときに指輪を貸し、結婚の偽装に手を貸すことでヴィヴを救ったのはケイだった(416)。性的指向の差異を越えた女性たちの連帯は、男性中心的な異性愛が引き金となるトラウマへの応答として配されている。

ウォーターズの『夜愁』における時系列を遡行する構成は、二〇一一年のTV映画版においても再現されている。映像表現として興味深い特徴は、一九四七年から四四年、四四年から四一年へと物語が遡行する際に、それまでの映像を高速で巻き戻す効果が使われている点だろう。二度にわたるこの巻き戻しのシークエンスは、視聴者がそれまで目撃してきた登場人物たちの喜びや痛みを、一〇秒ほどの短時間に圧縮することで強い情動的強度を生み出している。それと同時にこの技法はリアリズムの約束事を裏切ることで映像メディアそれ自体の特性を自己指示しており、この物語があくまでも現在の観点からの歴史の再現であることを示すメタフィクショナルな仕掛けであるとも言えるだろう。要約すれば、この巻き戻しの効果は、①過去の喜びや苦痛に憑依された登場人物たちの後ろ向きの姿勢のみならず、②歴史的過去を再現し、ことなるかたちで視覚化することを志向する現在の作り手たちの批判的意識をも指示している。[9]

ただし、この映像版はウォーターズの小説とはややことなる意味で視覚化の困難に直面しているように思われる。その点を考えるために、小説版では第二部第一章に置かれている空襲時のケイの経験についての挿話と、そのアダプテーションを比較検討しよう。サザーランド・ストリートにおける空襲被害のために緊急出動したケイは、防空壕への直撃のために死んだ、一人の母親と三、四人もの子供たちの死体を目撃する。ウォーターズの散文は文字通りバラバラになった身体を、容赦なく即物的に描写している。

5.『夜愁』(2011 年) 爆撃後に残された人形を凝視するケイのクロースアップ・ショット

> ひとりの男がケイとコールをその内側に案内し、それまでに発見されていたものを見せた。女の身体は衣服を身につけスリッパを履いていたが、頭部がなかった。やや年長の子供の胴体にはガウンの紐がまだ巻きついていたがあとは裸で、性別はわからない。これらには毛布がかけられていた。その脇にオイルクロスで包まれていたのは、いろいろな人体の部分だった。小さな腕、小さな脚、下顎、膝だったのか肘だったのかわからなくなった、ふっくらとした関節部。(212)

グロテスクな「モノ」と化した人間身体を徹底的に可視化するこの場面は、女性や子供たちが暴力の犠牲になってきた事実を読者に突きつけている。それと同時にこのトラウマ的な場面は、男性軍人の身勝手に振り回されたヴィヴの妊娠中絶の挿話とテーマ的に共振し、戦争暴力の男性性を暗示している。ここには、スペイン内戦時の被害者たちの写真に言及するヴァージニア・ウルフの『三ギニー』とのインターテクスト性も読み取れよう。ウルフは、ある写真が提示する空襲犠牲者の遺体があまりにも損なわれていたために、性別すらわからなくなっていた、と述べている (Woolf 125)。ただし、このような即物的かつグロテスクな描写は、実際に視覚化することはない文学というメディアだからこそ可能になったものかもしれない。[10]

これと近似した挿話は二〇一一年の映像版『夜愁』においてもたしかに存在している。だが廃墟と化した爆撃地はかなりリアルに再現されているものの、小説が容赦なく向き合った断片化した身体はここには不在である。原作における性別のわからなくなった子供の胴体を代置するのは、瓦礫のなかにケイが見つける子供用の人形である。当然のこととしてTV映画においては過剰に生々しい映像は避けねばならず、このような妥協は不可避だったとも言えよう。しかしながら、この場面では人形を見つめるケイのクロースアップ・ショットに、「私の赤ちゃん！」と叫ぶ（画面上には不在の）母親の声が重ねられることによって、やや安易な感傷性が帰結してしまっている（図5）。異性愛規範に抵抗するクィアな時空を探究するこの物語に、残念ながら紋切り型の演出で終わっている「母」としての女性の声を被せることは、あまり妥当ではなかったかもしれない。

おわりに

冒頭でも触れたように、終戦後には商業映画において急速に不可視化されることになった女性たちの戦争貢献は、近年ではさまざまな歴史研究、回想録、文学作品、さらに映像作品においてあらためて可視化されてきている。しかしながら、『ミニヴァー夫人』のハリウッド版アダプテーションのように、ある特定の立場（この場合は家庭）の女性のみを「象徴的ヒロイン」と化すことは、そのほかのさまざまな女性たちの経験をおおい隠す危険性もある。ピンターによる『日ざかり』翻案が写真のモチーフによって暗示するように、視覚性それ自体が男性的欲望と共犯関係を結んでいることもあるだろう。さらにウォーターズの『夜愁』が示唆するのは、一九四〇年代のレズビアンたちの経験においては可視化それ自体がリスクとなることもあるという事実である。可視性が文化的な承認としばしば直結しているからといって、それを無邪気に歓迎はできない。

いうまでもなく、視覚化することは現代メディア環境に生きる私たちや、さらに若い世代の人々にとって強力なアピール力を持つ。女性たちの大戦という特異な歴史的経験を振り返るためには、いくばくかの危険やリスクがあるからといって視覚メディアの表現力がもたらす恩恵を手放すわけにはゆかないだろう。しかし、だからこそ私たちは可視性/不可視性の逆説的な力学に鋭敏な注意を払い、どのようなイデオロギーが視覚性を支配しているのか、可視化の限界はどこにあるのかをつねに念頭に置かねばならない。女性作家たちが残した三つの原作と、その映像版とのあいだでなされたアダプテーションのプロセスに目を向ける意義はこの点に見出せるのではないか。

注

1 以下、小説作品からの引用は既訳を参考にしつつ、基本的に筆者自身の訳をもちいる。
2 戦時中の女性労働力の動員については Calder 267–68, 331 などを参照。
3 紙幅の都合上これらの映画作品については詳しくは触れないが、Miller, chapter 5 は詳細な分析を行なっている。当時の女性たちによる戦争協力が雑誌媒体などでも可視化されていた事実については杉村を参照。
4 回想録に取材した近年のあらたな創作の例としては以下第四節で論じるウォーターズ『夜愁』のほかにイアン・マキューアン『つぐない』(*Atonement*, 2001) が挙げられる(どちらも映像化されている)。戦時中の女性労働を題材とした近年の映画には『スカートの翼ひろげて』(*The Land Girls*, 1998) や『人生はシネマティック！』(*Their Finest*, 2016) などがある。

5　このような空襲時の都市経験とセクシュアリティの解放を関連づける傾向は、ボウエンやグレアム・グリーンなどしばしば作家たち自身の実体験でもあったようだ。Feigel を参照。

6　ただし、ピンターの脚本ではこの台詞は残されており、省略がなされたのは映像制作のプロセスにおいてであったと思われる。

7　「リトル・ブリッツ」とは一九四四年一月から五月まで続いたドイツ軍によるイギリス空爆作戦のこと。一九四〇年から四一年まで続いたブリッツよりも小規模であったためにこの名で呼ばれたという。

8　ミッチェルが指摘するように、この特徴は物語言説（第三部末尾、四一年の時点で終わる）と物語内容（第一部末尾、四七年の時点で終わる）のズレとして説明できる (Mitchell 92)。

9　興味深いことに、これと類似した巻き戻しの効果はジョー・ライト監督による『つぐない』映画版（二〇〇七）においても利用されている。

10　ウルフは『三ギニー』に何枚かの写真を掲載しているが、本文中で言及されるスペイン内戦の犠牲者たちの写真は掲載しておらず、ここにもやはり視覚化の限界を見ることができる。

文献表

Alden, Natasha. "'Possibility, Pleasure and Peril': Sarah Waters and the Historical Novel." In Mitchell, 70–83.

Bowen, Elizabeth. *The Heat of the Day.* Vintage, 1998.（エリザベス・ボウエン『日ざかり』太田良子訳、晶文社、二〇一五。）

Calder, Angus. *The People's War: Britain 1939–1945*. Pimlico, 1992.

Corcoran, Neil. *Elizabeth Bowen: The Enforced Return*. Clarendon P, 2004.

Feigel. Lara. *The Love-charm of Bombs: Restless Lives in the Second World War*. Bloomsbury, 2013.

Forster, Laurel. "Harold Pinter and Elizabeth Bowen: Men and Women at War." *Historical Journal of Film, Radio and Television*,

40.3 (2020): 551–67.

Glancy, Mark. *When Hollywood Loved Britain: The Hollywood 'British' Film*. Manchester UP, 1999.

Grayzel, Susan R. "“Fighting for the Idea of Home Life”: *Mrs. Miniver* and Anglo-American Representation of Domestic Morale." In Levine, 139–56.

Grove, Valerie. "Introduction" to Struther, vii–xxi.

Hartley, Jenny. *Millions Like Us: British Women's Fiction of the Second World War*. Virago, 1997.

The Heat of the Day. Directed by Christopher Morahan, performance by Michael Gambon, Patricia Hodge, and Michael York, ITV, 1989. Acorn Media, 2009.

Levine, Philippa, and Susan R. Grayzel, eds. *Gender, Labour, War and Empire: Essays on Modern Britain*. Palgrave Macmillan, 2009.

Light, Alison. *Forever England: Femininity, Literature and Conservatism between the War*. Routledge, 1991.

Miller, Kristine A. *British Literature of the Blitz: Fighting the People's War*. Palgrave Macmillan, 2009.

Millions Like Us. Directed by Frank Launder and Sidney Gilliat, performance by Patricia Roc, Gainsborough Pictures, 1943. Simply Home Entertainment, 2010.

Mitchell, Kaye, ed. *Sarah Waters: Contemporary Critical Perspectives*. Bloomsbury, 2013.

——. "'What Does It Feel Like to be an Anachronism?': Time in *The Night Watch*." In Mitchell, 84–98.

The Night Watch. Directed by Richard Laxton, performance by Jenna Augen, BBC, 2011. BBC, 2019.

O'Callaghan, Claire. *Sarah Waters: Gender & Sexual Politics*. Bloomsbury, 2017.

Palmer, Paulina. "'She began to show men the words she had written, one by one': Lesbian Reading and Writing Practices in the Fiction of Sarah Waters." *Women: A Cultural Review*, 19:1 (2008): 69–86.

Pinter, Harold. *Collected Screenplays Three: The French Lieutenant's Woman, The Heat of the Day, The Comfort of Strangers, The Trial, The Dreaming Child*. Faber and Faber, 2000.

Plain, Gill. "Women Writers and the War." *The Cambridge Companion to the Literature of World War II*, ed. Marina MacKay,

Cambridge UP, 2009, pp. 165–78.
Ramsden, John. "'The People's War': British War Films of the 1950s." *Journal of Contemporary History*, 33:1 (1998): 35–63.
Rose, Sonya O. *Which People's War? National Identity and Citizenship in Britain 1939–1945*. Oxford UP, 2003.
Seiler, Claire. "At Midcentury: Elizabeth Bowen's *The Heat of the Day*." *Modernism/modernity*, 21:1 (2014): 125–45.
Struther, Jan. *Mrs. Miniver*. Virago, 1989.
Summerfield, Penny. "Film and the Popular Memory of the Second World War in Britain 1950–1959." In Levine, 157–76.
Waters, Sarah. *The Night Watch*. Virago, 2006.（サラ・ウォーターズ『夜愁』上下巻、中村有希訳、東京創元社、二〇〇七。）
Woolf, Virginia. *A Room of One's Own/Three Guineas*. Penguin, 1993.
杉村使乃『制服ガールの総力戦——イギリスの「女の子」の戦時貢献』春風社、二〇二一。
長島佐恵子「エリザベス・ボウエンの『日ざかり』と〈中間〉の力学」中央大学人文科学研究所編『英国ミドルブラウ文化研究の挑戦』中央大学出版部、二〇一八、一七七―九六。
『ミニヴァー夫人』、監督ウィリアム・ワイラー、出演グリア・ガーソン、ワーナー、一九四二年、ワーナー・ホーム・ビデオ、二〇〇四年。

画像

1 『わたしたちのような何百万人』（一九四三年）Simply Home Entertainment (00:37:23)
2 『ミニヴァー夫人』（一九四二年）ワーナー・ホーム・ビデオ (01:18:22)
3 『日ざかり』（一九八九年）Acorn Media (00:38:29)
4 『日ざかり』（一九八九年）Acorn Media (00:01:24)
5 『夜愁』（二〇一一年）BBC(00:39:41)

あとがき

原田　範行

本書は、第二次世界大戦を描いたイギリスの女性作家たちについて、その作品世界の特質を七つの章から考察したものである。中心となるのは、生年の早い方から、ヴァージニア・ウルフ（第一章）、レベッカ・ウェスト（第二章）、エリザベス・ボウエン（第三章および第七章）、ジャン・ストラザー（第七章）、スティーヴィー・スミス（第四章）、オリヴィア・マニング（第五章）、エリザベス・テイラー（第六章）、サラ・ウォーターズ（第七章）である。本書の序にもある通り、第二次世界大戦の期間を定義づけることには困難があり、また第七章のように、この戦争の映像化と女性作家たちからの貢献ということを考えれば、ウォーターズのような戦後生まれの作家も射程に入ることになる。ただ基本的には、暴力表象の新たな可能性を宿しつつも第二次世界大戦初期に入水自殺したウルフから、戦中・戦後を生き抜いたテイラーに至るまで、個々の作家の作品世界をじっくりと検討し、一般に私たちが想起する戦争表象というよりも、むしろその根底や背後に存在する人間の情動や感性の機微を照射しようとしたところに、本書の意図がある。あえて女性作家たちの作品世界に着目したのもまた、こうした本書の意図を実現するためである。

言うまでもなく第二次世界大戦は、その苛烈な戦闘と深刻な損失によって、国際社会においても、またイギリスにおいても、きわめて重要な歴史を刻むことになった。「戦争を終わらせるための戦争」と称された第一次世界大戦が、当初の大方の予測に反して泥沼化し、ようやく終戦をむかえたのが一九一八年一一月のこと。それからわずか二〇年あまりで、人類は、世界各地を戦場とする第二次世界大戦を引き起こすことになった。人はなぜ戦争をしたのか?という過去形ではなく、人はなぜ戦争をするのか?という現在形は、第二次世界大戦が終結してなお、今日に至るまで解決できない問いのままである。そしてイギリスは、この第二次世界大戦により、大英帝国と呼ばれたかつての国や社会の姿を大きく変容させる必要に迫られたのであった。しかしここで注目すべきは、戦後のイギリス社会に戦勝国としての喜びや慰めがほとんど見られなかったことに示されているように、戦争はもはや、勝敗をもって判断するような既成概念ではまったく捉えきれないものになっていたということであろう。戦争は、勝敗などではもちろんなく、非日常の苛烈さや残酷さのみに終始するものでもなく、今や人間社会そのものの闇や亀裂、あるべきものが欠損した不在が引き起こす不安や恐怖を表すものへと変貌を遂げたのである。本書の各章で考察された女性作家たちの表現世界は、まさにこうした新たな戦争表象というべきものの重要な諸側面を浮かび上がらせていると言えよう。

そもそも人はなぜ戦争をするのか? 戦争を回避するという理念が、今日に至るまで必ずしも実現しえないでいるのは、もちろん直接的には、当事者である国や民族が、自己の信じる正義や利益を全うできないことによるものと考えられようが、しかしその根底には、おそらく、「戦う」という行為やそれに伴う価値観、あるいはその成果などが、人間社会に広く、かつ本質的な部分で共有されているからなのではないだろうか。古今東西を通じて私たちは、例えば議論をする際に、それぞれが優劣を競い合う。あるいはまた、何か得がたいものを獲得した時、それを「征服（conquest）」と呼んだりもする。第一次世界大戦と第二次世界大戦の間の戦間期にあたる一九三〇年に出版されたバートランド・ラッセルの『幸福論』（*The Conquest of Happiness*）などは、その一例であろう。この「征服」はまた、未知なるものを既知とする行為とも接続しているにちがいない。よく分からなかった分野の知識を習得したり、未知の領域を解明したり、あるいはまた恋人の心をしっかりとつかむような行為についても、私たちはそれを「征服」と呼ぶことがある。未知なるものを既知とするこのような行為の根底に、挑みかかって格闘しつつそれを我がものとする戦いの様相が潜んでいるとすれば、私たちが日常的に有している好奇心や探究心さえもが、実は「戦う」ことの比喩によって語られているのではあるまいか。受験戦争から広告商戦、あるいは選挙戦に至るまで、さまざまな形で私たちは「戦う」のである。

もちろん、世界的な戦争と、例えば科学的好奇心とは、まったく別物のはずである。それらを峻別するところにこそ、人間の知恵があり文化がある。否、あったはずである。だが、本書で取り上げた女性作家たちの描写を丹念に読み解くと、第二次世界大戦は、そういう境界線を溶解させる性格のものでもあったことが見えてくる。勝者と敗者を隔てる区分も、戦闘地域と非戦闘地域を分ける境界も、さらには戦争が行われているという非日常と戦闘のない穏やかなはずの日常との区別も、次第に希薄なものになっていき、野原に遊ぶ小鳥のさえずりに戦闘機の爆音が、失われた建物の跡地に漂う不在の感覚に戦死者の記憶が重なってくる――戦争の勝敗ではなく、また爆撃の瞬間に被る甚大な損害でもなく、しかしそれだからこそ人生への深刻な危機をはらんだこのような生活感覚こそ、第二次世界大戦がもたらしたものなのではなかったか。

しかしながら、こうした生活感覚はもちろん、何らかの意味で修正されなければならないだろう。世界的な戦争と科学的好奇心とが結びついてしまうようなことが起こりかねない、そういう人間の本質を意識しつつも、そのような結びつきに抗してそれらを峻別していかなければ、第二次世界大戦を生き抜いた自らの生を全うすることはおそらくできないからである。第二次世界大戦は、イギリスにおいて、第一次世界大戦の場合とも異なるような深刻な危機感を、戦争とは一見無縁に見える日常生活においてさえもたらすものであった。まずはそのことについて書くこと――戦中から戦後社会を生き抜いた女性作家たちは、いずれもこのことに自覚的であったように思われる。そしてそれが新たな戦争表象に結実していったのである。「書くことはレジスタンス」という本書のタイトルは、本書の序にもある通り、エリザベス・ボウエンの語った言葉によるものである。第二次世界大戦を生き抜いたイギリスの女性作家たちにとって、戦争を書くことは、戦闘場面を入念に描き込むことでもなければ、戦時下の風景を点描するようなことでもなかった。戦争を生き抜いた戦後社会にあって、それだからこそ見えてきた深刻な人間社会の危機を日常生活の細部に看取していた彼女たちは、それと「戦う」のではなく、書くことで「抗う」という道筋を選び取ったのである。それは、決して受動的なものではない。それまでは「戦う」ことによってしか得られないと思われていた人間社会の安寧や進歩が、「戦う」ことでは決して得られず、書くという「抗う」行為によってこそ担保されるものであることを、彼女たちは明確に示したと言えるのではあるまいか。

＊

本書の構想は、二〇二〇年の九月、河内と原田が、第二次世界大戦を描いたイギリスの女性作家たちについての本格的な研究書をまとめようではないか、と話し合ったことに端を発している。先に触れたように、一九一八年に終結した第一次世界大戦をめぐっては、ちょうどその一世紀後にあたる二〇一八年前後に、関連する文献が少なからず出版されたが、その後の第二次世界大戦について、特にこれを女性作家の作品世界から考察するという試みは必ずしも十分ではなかったのである。取り上げるべき女性作家を検討した当時のメモによると、少なくとも二〇名前後の女性作家の名前が挙がっていたが、まずは実現可能な形でまとめる過程で作家を絞らざるをえなかったことは、本書の序に記されている通りである。しかし他方で、こうしたテーマをめぐって本書の各章を担当した気鋭の研究者たちに集っていただけたのは幸いであった。二〇二一年五月には、日本英文学会の全国大会で「第二次世界大戦と英語圏文学」と題するシンポジウムが行われ、本書の執筆者の中では河内と松本が登壇している。各章の原稿は概ね二〇二一年の暮れには揃っていたが、その後、体裁の統一や表現の工夫、図版の調整、索引の制作などに一年あまりを要することになった。この間、辛抱強く編集の指揮を執っていただいた音羽書房鶴見書店社長の山口隆史氏には、改めて深甚なる謝意を申し上げたい。

第二次世界大戦を描いたイギリスの女性作家たちの作品世界には、新たな戦争表象と言うべき重要で豊かな語りがある。書くことで戦争に抗った彼女たちの文学の特質が、本書を通じて少しでも明らかになっているとすれば、望外の幸せである。

二〇二三年一月

リース、ゴロンヌイ　Goronwy Rees　163–64
リチャードソン、ドロシー　Dorothy Richardson　4, 10n, 111
ロシア革命　Russian Revolution　48
ロレンス、D. H.　D. H. Lawrence　83–84
　『恋する女たち』 *Women in Love*　83–84
ロンドン空襲　the Blitz　93
『わたしたちのような何百万人』 *Millions Like Us*　215–16

ハ

『パーソナル・ランドスケープ』誌 *Personal Landscape* 159, 161–62, 181n
パーソンズ、デボラ Deborah Parsons 84–86, 88, 91
ハイデガー Heidegger 105
バイロン、ジョージ・ゴードン George Gordon Byron 158
パシフィスト pacifist 15, 18, 21
反復強迫 repetion compulsion 83
ピカソ、パブロ Pablo Picasso 39
　『ゲルニカ』*Guernica* 39
ビルドゥングスロマン Bildungsroman 75
ピンター、ハロルド Harold Pinter 216, 223, 226–30
ファシズム fascism 18, 33
　反ファシズム anti-fascism 15, 17, 33, 41
不安 anxiety 88–89, 93
フェミニスト feminist 14–15, 21, 48–49, 157, 181
フェミニズム feminism 44n, 49–50, 76
フォースター、E. M. E. M. Forster 95, 158
　『インドへの道』*A Passage to India* 95
父権 patriarchy 4–5, 138–59
ブリテン、ヴェラ Vera Brittain 49
フロイト、ジークムント Sigmund Freud 30, 81–83
　『快原理の彼岸』*Beyond the Pleasure Principle* 81, 83
　精神的外傷（トラウマ）trauma 82
　『精神分析学入門』*Introductory Lectures on Psychoanalysis* 89
　戦争神経症（シェルショック）war neurosis (shell shock) 82
　『ヒステリー研究』*Studies on Hysteria* 82
ブロンテ、シャーロット Charlotte Brontë 188, 200
　『ジェイン・エア』*Jane Eyre* 200–01, 209n
ベルサーニ、レオ Leo Bersani 57–58, 68, 77, 78n
ボウエン、エリザベス Elizabeth Bowen 4, 7–9, 81, 87, 99, 102, 187, 223–30
　『悪魔の恋人』*The Demon Lovers and Other Stories* 93, 98
　『日ざかり』*The Heat of the Day* 4, 81, 87, 91–92, 98, 102, 104, 223–30
　「ポストスクリプト」"Postscript" to *The Demon Lover and Other Stories* 9
　『ホライズン』誌 *Horizon: A Review of Literature and Art* 156–57, 159, 161–68

マ

マス・オブザヴェイション mass observation 6, 10n
マニング、オリヴィア Olivia Manning 153
　「異郷の詩人たち」"Poets in Exile" 159–61, 169
　『戦争の勝運——バルカン三部作』*Fortunes of War: The Balkan Trilogy* 154–57, 168–80
　　『大きな財産』*The Great Fortune* 169
　　『壊された都市』*The Spoiled City* 170
　　『友と英雄と』*Friends and Heroes* 170, 172
　『戦争の勝運——レヴァント三部作』*Fortunes of War: The Levant Trilogy* 154–55, 180
マフディー Mahdi 31, 150, 151n
マン、ポール・ド Paul de Man 97
モダニスト modernist 13–15
モダニズム modernism 23, 42, 153–54, 156, 161, 165–69, 175, 179, 181n, 182n
モダニズム文学 modernism 4, 108, 147

ヤ

野外劇 pageant 30–31, 34, 35–41, 43, 45n
ユダヤ人 Jew 18, 32, 50, 111, 117–18, 125–26, 128–29, 148, 153–54, 170, 174–77, 220

ラ

ライアン、ジェニファー Jennifer Ryan 186–89, 211n
　『キッチン・フロント』*The Kitchhen Front* 186–87, 189, 211n
リージェンツ・パーク The Regent's Park 95

シェルショック　shell shock　54, 59
シットウェル、イーディス　Edith Sitwell　166–67
ジョイス、ウィリアム　William Joyce　64–68, 78n
ジョイス、ジェイムズ　James Joyce　154
ショー、ジョージ・バーナード　George Bernard Shaw　48–49, n78
『女性たち』（映画）*The Gentle Sex*　215
ストーンブリッジ、リンジー　Lyndsey Stonebridge　87–90, 93, 153–54, 157, 174–75
ストラザー、ジャン　Jan Struther　216–23
　『ミニヴァー夫人』*Mrs. Miniver*　216–23
スペイン市民戦争　Spanish Civil War　17, 29, 39
スペンダー、スティーヴン　Stephen Spender　166–67
スミス、スティーヴィー　Stevie Smith　5, 8, 108–14, 147–48, 150
　『黄色の紙に描かれた小説』*Novel on Yellow Paper*　112, 114–23, 147
　『休暇』*The Holiday*　113, 137–47, 149, 151n
　『境界を超えて』*Over The Frontier*　112, 124–37, 147
　「使節」"The Ambassador"　150n
　「手を振っているのではない、溺れているのだ」"Not Waving but Drowning"　113–14
　『ハロルズリープ』*Harold's Leap*　150n
　『また、私』*Me Again*　115, 149
　「モザイク」"Mosaic"　149
戦後　post war　137–38, 143, 146–47
戦間期　the interwar period　35, 41, 44n, 45n, 90, 93

タ

第一次世界大戦　World War I　4–5, 7, 10n, 13–16, 18, 23–26, 39, 44n, 51, 81, 90, 109, 153, 155, 180n, 181n, 188, 194–95, 220
第二次ボーア戦争　Second Boer War　69, 76
ダレル、ロレンス　Lawrence Durrell　158, 181n
テイラー、エリザベス　Elizabeth Taylor　186–208, 209n
　『エンジェル』*Angel*　188, 194–96, 198, 208
　「悲しい庭」"A Sad Garden"　196–99
　「変わる」"It Makes a Change"　202–03
　『クレアモント・ホテルのパルフリー夫人』*Mrs Palfrey at the Claremont*　188, 190–91, 194, 196, 198, 202–04
　「しない方がよい」"Better Not"　199
　「姉妹」"Sisters"　196
　『親切心』*The Soul of Kindness*　196
　「赤面」"The Blush"　199–200
　「力はあなたのために」"For Thine is the Power"　189, 199, 208n, 209n
　「手紙の書き手たち」"The Letter-writers"　196
　『眠れる美女』*The Sleeping Beauty*　196
　「蠅取紙」"The Fly-paper"　191, 201–02
　「母たち」"Mothers"　196
　『パラディアン』*Palladian*　209n
　『薔薇の花冠』*A Wreath of Roses*　192–93, 197, 209n
　「ヘスター・リリー」Hester Lilly　196
　「マダム・オルガ」"Madame Olga"　196
　『港の眺め』*A View of the Harbour*　198–99
　『リピンコート夫人邸』*At Mrs Lippincote*　204–08, 209n
ドイツ　Germany　111, 116–19, 124–25, 130
トルストイ、レフ　Leo Tolstoy　111, 121, 151n
　『生ける屍』*The Living Corpse*　121–23, 151n

ナ

ナチス　Nazis　50, 60–61, 63–64, 66–67, 98, 153, 155, 170, 175, 221
ニコルズ、ロバート　Robert Nichols　112, 150n
ニューウーマン　New Woman　49
ニュルンベルク　Nuremberg　50, 62
ニュルンベルク裁判　Nuremberg Trials　61–63
ノース、マイケル　Michael North　93, 102

索　引

（第二次世界大戦については本書全体にわたるため省略した。）

ア

アーレント、ハンナ　Hannah Arendt　61, 67–68, 154, 156, 174
イプセン、ヘンリック　Henrik Johan Ibsen　48–49
　「ロスメルスホルム」“Rosmersholm” 48
インド人　Indian　142–44, 148
ウェスト、レベッカ　Rebecca West　48–80, 157
　『火薬列車』*A Train of Powder: Six Reports of the Problems of Guilt and Punishment in Our Time*　50, 61
　『黒い仔羊と灰色の鷹』*Black Lamb and Grey Falcon: A Journey Through Yugoslavia*　49, 60
　『新・叛逆の意味』*The New Meaning of Treason*　64–68, 78n
　『鳥たちの落下』*The Birds Fall Down*　51, 68–77
　『叛逆の意味』*The Meaning of Treason*　50, 64
　『兵士の帰還』*The Return of the Soldier*　51, 52–60, 75–76
ウェルズ、H. G.　H. G. Wells　49, 212–13, 231
　『透明人間』*The Invisible Man*　212–14, 231
ウォー・イーヴリン　Evelyn Waugh　181n
ウォーターズ、サラ　Sarah Waters　188, 206, 212–16, 230–35
　『夜愁』*The Night Watch*　212–16, 230–35
ウルストンクラフト、メアリー　Mary Wollstonecraft　49
ウルフ、ヴァージニア　Virginia Woolf　4, 7, 10n, 13–47, 111–12, 132–33, 150n, 154, 209n, 234, 237n
　「空襲下で平和について考える」“Thoughts on Peace in an Air Raid” 25, 45n
　『歳月』*The Years*　15–17, 19–29, 30, 41, 44n
　『三ギニー』*Three Guineas*　15, 20, 29, 132–33, 154, 234, 237n
　『自分ひとりの部屋』*A Room of One's Own*　15, 21
　「斜塔」“The Leaning Tower” 44n
　「女性にとっての職業」“Professions for Women” 19, 21
　『パージター家の人びと』*The Pargiters*　16, 19, 28, 43n
　『幕間』*Between the Acts*　15–17, 29–43, 45n
ウルフ、レナード　Leonard Woolf　18
エディプス王　oedipus rex　106
エリオット、T. S.　T. S. Eliot　166
エルマン、モード　Maud Ellmann　93
オーウェル、ジョージ　George Orwell　163, 165–66
オースティン、ジェイン　Jane Austen　188, 209n

カ

カルース、キャシー　Cathy Caruth　85 86
『カントリーライフ』*Country Life*　52, 78n
キリスト教　Christianity　140–41, 144
クリスティー、アガサ　Agatha Christie　157
コウルリッジ、サミュエル・テイラー　Samuel Taylor Coleridge　172
コノリー、シリル　Cyril Connolly　159, 161, 164–66
コンラッド、ジョウゼフ　Joseph Conrad　95, 158
　『闇の奥』*Heart of Darkness*　95

サ

シェイクスピア、ウィリアム　William Shakespeare　169
　『トロイラスとクレシダ』*Troilus and Cressida*　169–72

理論』（彩流社、2017）、『死の欲動とモダニズム――イギリス戦間期の文学と精神分析』（慶應義塾大学出版会、2012 年）、ジョージ・マカーリ『心の革命――精神分析の創造』（みすず書房、2020 年）など。

松本 朗（まつもと ほがら）

上智大学教授

東京都立大学大学院人文科学研究科博士課程満期退学（英文学専攻）。博士（文学）。

共著書として、『終わらないフェミニズム――「働く」女たちの言葉と欲望』（共著、研究社、2016 年）、『英国ミドルブラウ文化研究の挑戦』（共著、中央大学出版部、2017 年）、『英文学と映画』（共著、中央大学出版部、2019 年）、『イギリス文学と映画』（共著、三修社、2019 年）、*The Edinburgh Companion to Virginia Woolf and Contemporary Global Literature*（共著、Edinburgh UP, 2021）、『自然・風土・環境の英米文学』（共著、金星堂、2022 年）など。

原田 範行（はらだ のりゆき）

慶應義塾大学教授。日本学術会議会員。

慶應義塾大学大学院文学研究科博士課程修了。博士（文学）。

最近の著訳書に、『セクシュアリティとヴィクトリア朝文化』（共編著、彩流社、2016）、*London and Literature, 1603–1901*（共著、Cambridge Scholars, 2017）、『オスカー・ワイルドで学ぶ英文法』（共著、アスク出版、2020）、『世界文学へのいざない――危機の時代に何を、どう読むか』（共著、新曜社、2020）、*Robinson Crusoe in Asia*（共著、Palgrave Macmillan, 2021）、『フォルモサ――台湾と日本の地理歴史』（翻訳、平凡社、2021）、*Johnson in Japan*（共著、Bucknell UP, 2021）、*Aspects of British Culture*（共著、Kinseido, 2022）など。

秦 邦生（しん くにお）

東京大学大学院総合文化研究科准教授。

英国ヨーク大学博士課程修了。PhD.

最近の著訳書に『ジョージ・オーウェル『一九八四年』を読む』（編著、水声社、2021 年）、『カズオ・イシグロと日本』（共編著、水声社、2020 年）、『イギリス文学と映画』（共編著、三修社、2019 年）、レイモンド・ウィリアムズ『オーウェル』（訳書、月曜社、2022 年）、論文に “The Uncanny Golden Country: Late-Modernist Utopia in *Nineteen Eighty-Four*”, *Modernism/modernity* Print Plus (2017), “Language Questions: Translation, *Modanizumu*, and Modernist Studies in Japan”, *Literature Compass* (2022) など。

執筆者略歴

（執筆順）

河内 恵子（かわち けいこ）［編者］

慶應義塾大学名誉教授。『三田文學』編集顧問。

慶應義塾大学文学研究科博士課程単位修得満期退学。

著訳書に『深淵の旅人たち：ワイルドと F. M. フォードを中心に』（慶應義塾大学出版会、2004 年）、『ロンドン物語：メトロポリスを巡るイギリス文学の 700 年』（慶應義塾大学出版会、2011 年、共編著）、『現代イギリス小説の「今」：記憶と歴史』（彩流社、2018 年、編著）、ジャイルズ・ブランドレス『オスカー・ワイルドとキャンドルライト殺人事件』（翻訳、国書刊行会、2010 年）など。

麻生 えりか（あそう えりか）

青山学院大学教授。

慶應義塾大学文学研究科博士課程単位修得満期退学。

著訳書に、『戦争・文学・表象──試される英語圏作家たち』（共編著、音羽書房鶴見書店、2015 年）、『終わらないフェミニズム──「働く」女たちのことばと欲望』（共編著、研究社、2016 年）、『カズオ・イシグロと日本──幽霊から戦争責任まで』（共著、水声社、2020 年）、*Japanese Perspectives on Kazuo Ishiguro*（共著、Palgrave Macmillan, 近刊）、ジョナサン・バーカー『テロリズム──その論理と実態』（翻訳、青土社、2004 年 ）、伊藤恵子『わが上海』（翻訳、小鳥遊書房、2021 年）など。

生駒 夏美（いこま なつみ）

国際基督教大学教授。

英ダラム大学博士課程修了。Ph.D. (English Studies)。

最近の著訳書に、*Angela Carter's Pyrotechnics: A Union of Contraries*（共著、Bloomsbury, 2022)、*Re-Orienting the Fairy Tale: Contemporary Fairy-Tale Adaptations across Cultures*（共著、Wayne State UP, 2020)、『現代イギリス小説の「今」：記憶と歴史』（共著、彩流社、2018 年）、*Women Writing Across Cultures: Present, Past, Future*（共著、Routledge, 2017)、*Seduced by Japan: Memoir of the Days spent with Angela Carter*（翻訳、英宝社、2017 年）など。

遠藤 不比人（えんどう ふひと）

成蹊大学文学部教授
慶應義塾大学大学院文学研究科博士課程単位取得退学。博士（学術 一橋大学）。
著訳書に、*The Bloomsbury Handbook to Literature and Psychoanalysis*（共著、Bloomsbury, 近刊）、*The Pleasure in/of the Text: About the Joys and Perversities of Reading*（共編著、Peter Lang, 2021）、*Knots: Post-Lacanian Psychoanalysis and Film*（共著、Routledge, 2020)、『情動とモダニティ──英米文学／精神分析／批評

書くことはレジスタンス
——第二次世界大戦とイギリス女性作家たち

2023年2月28日　初版発行

編著者　河内　恵子
発行者　山口　隆史
印　刷　シナノ印刷株式会社

発行所　株式会社 音羽書房鶴見書店
〒113-0033 東京都文京区本郷3-26-13
TEL 03-3814-0491
FAX 03-3814-9250
URL: http://www.otowatsurumi.com
e-mail: info@otowatsurumi.com

ISBN978-4-7553-0436-1

組版　ほんのしろ／装幀　吉成美佐（オセロ）
製本　シナノ印刷株式会社